T0279262

A
DE ASESINATO

ALMA

Título original: *File M for Murder*

© 2012, Dean James
Primera edición: The Berkley Publishing Group, Penguin Group (USA) Inc.
Publicado de acuerdo con Nancy Yost Literary Agency Inc.
a través de la Agencia Literaria Carmen Balcells, S. A.

© de esta edición:
Editorial Alma
Anders Producciones S. L., 2024
www.editorialalma.com

© de la traducción: Inés Clavero y Eugenia Vázquez Nacarino
© Ilustración de cubierta y contra: Joy Laforme

Diseño de la colección: lookatcia.com
Diseño de cubierta: lookatcia.com
Maquetación y revisión: LocTeam, S. L.

ISBN: 978-84-19599-45-2
Depósito legal: B-2406-2024

Impreso en España
Printed in Spain

El papel de este libro proviene de bosques gestionados de manera sostenible.

COZY MYSTERY

MIRANDA JAMES

A
DE ASESINATO

**Un misterio felino para
ratones de biblioteca**

Para David

CAPÍTULO UNO

L a primera vez que Connor Lawton apareció por la biblioteca municipal de Athena me causó una pésima impresión. Cuatro semanas después, tenía tan bien calado al dramaturgo tatuado como para saber que no mejoraba al conocerlo.

Al verlo acercarse al mostrador donde atendía las consultas de los usuarios de la biblioteca, maldije mi suerte. Oí un gorjeo interrogativo y miré a Diesel, mi gato Maine Coon de tres años, que siempre parecía detectar cuando algo, o alguien, me ponía nervioso. No pude por menos de sonreír.

—Tranquilo, amigo, no pasa nada.

Diesel volvió a gorjear y se estiró, tranquilizado.

—¿Qué? ¿Hablando con los pies? —ironizó Connor Lawton con una sonrisa burlona.

Entre la nariz rota, el pelo rapado y la musculatura tenía más pinta de boxeador que de dramaturgo. Llevaba una camisa sin mangas que dejaba al descubierto sus coloridos brazos, repletos de tatuajes de estilo japonés que resaltaban con el blanco de la tela y su piel bronceada. En la oreja izquierda centelleaba un pendiente de diamantes.

—No, con mi gato. ¿Se acuerda de él?

Lawton hizo una mueca.

—Por desgracia... En la vida me había cruzado con un gato tan antipático.

Tuve que reprimir la risa. Diesel era un gato tranquilo y sociable, muy parecido a mí, a decir verdad, y congeniaba con casi todo el mundo. Pero también había personas que le caían mal de entrada y eso fue precisamente lo que le pasó con Lawton cuando se conocieron. El dramaturgo alargó la mano y fue directo a rascarle la panza, y Diesel, ofendido por aquellas confianzas, soltó un gruñido que lo hizo retroceder. Mi gato se alejó y, desde entonces, no podía verlo ni en pintura.

—Me extraña que le dejen traerse a esa fiera. —Y, exagerando su acento sureño, añadió—: Por lo menos no tiene un caimán de mascota.

Reprimí un suspiro mientras notaba que Diesel me colocaba la zarpa en la rodilla. Si se alzara sobre las patas traseras, sobresaldría por encima del mostrador y podría mirar a los ojos al dramaturgo.

—¿Qué desea, señor Lawton?

—Periódicos antiguos —respondió ensimismado. Por un momento, pareció atribulado—. Estoy documentándome para mi nueva obra.

La obra, cómo no... Lawton la sacaba a relucir a la primera de cambio. Todo Athena ya estaba al corriente de que Connor Lawton, la promesa de la dramaturgia, la estrella de Broadway y de Hollywood, iba a pasar dos semestres como escritor residente en la universidad. Aún faltaban diez días para que empezara el curso, pero Lawton ya se había plantado en Athena para adaptarse y «sumergir a la musa en la fecunda atmósfera del sur literario, hogar de leyendas como William Faulkner, Eudora Welty y Flannery O'Connor».

Huelga decir que su ampulosidad no tenía límites. Según me contó, lo habían bautizado en honor a Flannery O'Connor, pero él le había quitado la partícula para sonar menos artístico.

—¿Necesita números antiguos del periódico local? Tenemos acceso a varias hemerotecas en línea, pero la *Gaceta de Athena* aún no está digitalizada. Al menos, no los números anteriores a 1998.

—Sí, local, por ahora. —Lawton me miró pensativo.

—Sígame, por favor —dije saliendo del mostrador—, voy a enseñarle el microfilm.

—Lo que usted diga. —Lawton se me acercó y señaló detrás de mí—. ¿Y el gato tiene que venir?

—Sí —respondí tajante mirando a Diesel—. Bueno, siempre y cuando él quiera, claro...

Diesel me miró y gorjeó un par de veces antes de regresar tras el mostrador y acurrucarse junto a Lizzie Hayes, una de las encargadas de préstamo. «Buena elección, muchacho. Dónde va a parar, Lizzie es mucho más simpática».

—Sígame —repetí poniéndome en marcha, y Lawton farfulló algo a mi espalda.

Enfilamos un pasillo cercano al mostrador y señalé hacia una salita donde había varios archivadores, un par de mesas y dos reproductores de microfilm. Me detuve junto a los archivadores.

—Los carretes de la *Gaceta de Athena* están aquí, tiene la fecha en las etiquetas de cada cajón. Cuando termine con uno, déjelo en el cesto que está encima del armario, por favor. —Hice una pausa para carraspear—. ¿Ha usado lectores de microfilm como estos alguna vez?

Lawton asintió conforme se acercaba y me aparté para dejarle ojear las etiquetas. Tras acuclillarse, abrió un cajón y examinó su contenido.

—Bueno, pues... Si no necesita nada más, yo me vuelvo al mostrador.

—Vale, gracias —dijo Lawton.

—De nada —contesté sorprendido. Era la primera vez que expresaba agradecimiento en todas las ocasiones en que le había atendido.

De camino al mostrador de consultas miré el reloj: las tres menos cuarto, un rato más y Diesel y yo podríamos volver a casa. Estaba deseando descansar, la semana había sido larga y calurosa y me apetecía dar una cabezada antes de preparar la cena.

Mientras cavilaba el posible menú, recuperé mi asiento tras el mostrador y Diesel dejó a Lizzie para volver conmigo. Le rasqué la cabeza mientras se restregaba contra mi pierna derecha. Era una criatura cariñosa que no solía alejarse mucho de mí, salvo para pasar tiempo con sus amigos humanos. Tenía mucho éxito entre los usuarios de la biblioteca y se dejaba querer por todo el mundo, siempre y cuando no tuvieran manos menudas interesadas en arrancarle pelos.

Atendí otras dos consultas y, cuando volví a mirar el reloj, ya eran más de las tres. Bronwyn Forster, la última incorporación al equipo de la biblioteca, se acercaba para relevarme con una dulce sonrisa en los labios.

—Buenas tardes, Charlie. ¿Mucho lío?

—Lo de siempre, más o menos. La semana que viene, cuando empiecen las clases, se calmarán las cosas.

Bronwyn asintió mientras se deshacía en caricias y palabras cariñosas con Diesel, que este agradeció con un afectuoso gorjeo. Sabía que mi gato estaba de acuerdo conmigo en que

Bronwyn, que nunca tenía una mala palabra para nadie, era un cambio estupendo con respecto a la odiosa mujer a la que había sustituido hacía dos meses.

Esperé a que Bronwyn terminara sus carantoñas para despedirnos de ella y de Lizzie e irnos a recoger mi cartera al despacho que compartía con otra bibliotecaria los viernes que iba de voluntario. Tras colocarle el arnés a Diesel y atarle la correa, nos pusimos en marcha.

El aire caliente de agosto nos bofeteó al salir y, en cuanto llegué al coche, abrí las puertas para que se fuera el calor y encendí el aire acondicionado. De un salto, Diesel se acomodó a los pies del asiento del copiloto, le quité la correa y la guardé en la cartera.

De camino a casa, fantaseé con una ducha fría. A pesar de la ráfaga de frescor que escupían las rejillas de ventilación del coche, me notaba pegajoso.

Al tomar el camino de entrada a casa y accionar el mando de la puerta del garaje, vi el coche de Sean aparcado en su plaza. Sonreí para mis adentros, alegrándome de que hubiera vuelto del misterioso recado que tenía que hacer aquel día. Aparqué a su lado y pensé en el giro que había dado nuestra relación en los últimos cinco meses: nos llevábamos mucho mejor y disfrutaba de nuestra convivencia.

Diesel bajó del coche de un brinco y se plantó ante la puerta de la cocina antes que yo. Observé divertido cómo intentaba abrirla. Había aprendido a girar el pomo con las patas delanteras a principios de año y me seguía haciendo gracia verlo en acción. Sospechaba que se lo había enseñado Justin Wardlaw, mi inquilino, aunque Diesel era lo bastante listo como para averiguarlo por sí mismo.

Seguí a mi gato hasta la cocina y cerré la puerta tras nosotros. Una vez dentro, Diesel salió flechado hacia el lavadero, donde tenía su caja de arena y sus escudillas de agua y comida, y yo seguí su ejemplo y me serví un vaso de agua. Mientras me lo bebía, unas risas llegaron del salón. Reconocí la voz densa y profunda de Sean, pero había alguien más. Una voz femenina que me resultaba extrañamente familiar.

—No puede ser —dije incrédulo.

Con un vuelco en el corazón, dejé el vaso en la encimera y un instante después observaba desde el umbral del salón a las dos personas que ocupaban el sofá: mi hijo Sean y mi hija Laura. Al verme, se levantó de un salto.

—¡Sorpresa! —exclamó risueña corriendo a mi encuentro con los brazos abiertos.

La abracé con fuerza.

—¡Menuda sorpresa! —Miré a Sean, que seguía en el sofá, con una sonrisa de oreja a oreja—. Pero ¡qué ven mis ojos! Mi hija, la estrella de cine. —La solté y retrocedí un paso. Llevaba sin verla desde Navidad y estaba encantado de tenerla en casa, apenas venía de visita—. Me quito el sombrero. Realmente me la habéis colado.

—Uy, papá, qué cosas dices... Todavía no soy una estrella de cine, pero estoy en ello —replicó Laura entre risas mientras posaba para mí.

Incluso con unos vaqueros y una vieja camisa de hombre seguía estando guapa y aparentaba varios años menos de los veintiséis que tenía. Con su pelo moreno rizado y sus ojos expresivos, como los de su hermano, y pese a su metro setenta y cinco de estatura, poseía la elegancia aniñada de Audrey Hepburn.

—El miércoles, cuando me llamaste, tuve que morderme la lengua para no decirte nada. —Laura volvió a reír—. Aunque sabía que como se me escapara algo, Sean me mataría... Queríamos darte la sorpresa.

Laura me llevó de la mano al sofá y me senté entre mis dos hijos.

—Vaya... Así que tu misterioso recado de hoy era ir al aeropuerto de Memphis. —Sonreí a Sean, que me devolvió la sonrisa, antes de volverme hacia Laura—. ¿Cuánto tiempo te quedas? Dime que por lo menos una semana.

Laura lanzó una mirada cómplice a su hermano.

—En realidad, si me aguantas, puedo quedarme más tiempo.

—¡Naturalmente! —contesté entusiasmado.

—Pues me quedo hasta Navidad. —Soltó una risita ante mi expresión de asombro.

—Estupendo —respondí, algo desconcertado—. Pero... ¿puedes permitirte pasar una temporada tan larga fuera de Los Ángeles? Por tu carrera y eso...

Laura se encogió de hombros.

—Supongo que lo averiguaré, pero mientras tanto, aquí tengo un buen trabajo.

—¿Qué trabajo tienes en Athena?

No se me ocurría qué ocupación a medio plazo podía encontrar una actriz en Athena, pero antes de que Laura respondiera, mi gato de dieciséis kilos saltó a su regazo provocando el estupor general.

—Hola, bribón. —Laura abrazó al gato mientras este le gorjeaba. Se adoraban mutuamente. Las Navidades pasadas, Laura había amenazado con secuestrar a Diesel y llevárselo a California. Tras colmar de atenciones al gato durante unos instantes, Laura volvió a centrarse en su hermano y en mí—. Voy a cubrir la baja por maternidad de una profesora de la universidad durante este semestre. Habían contratado a otra persona, pero le salió un trabajo a tiempo completo y se echó atrás, y yo soy la sustituta de última hora.

—¡Qué bien! ¿Vas a dar clases de interpretación?

Laura asintió.

—Un par de asignaturas básicas. Y voy a ayudar con el montaje teatral de este semestre del departamento de Arte Dramático. Creo que no me voy a aburrir.

Una sintonía interrumpió la conversación. Laura refunfuñó mientras se sacaba el teléfono del bolsillo de la camisa.

—Lo siento. —Tras echar un vistazo a la pantalla, volvió a guardarse el móvil—. Ahora no estoy de humor para él —murmuró airada.

—¿Para quién? —Tuve que preguntar. ¿Algún tipo la estaba incordiando?

Una sombra de culpabilidad nubló su rostro.

—Nada, mi ex... Siempre le da alguna ventolera. En fin... ¿Qué se puede esperar de un dramaturgo?

Arrugó la nariz y frunció el entrecejo.

«¿Dramaturgo?» Me quedé a cuadros. «No, seguro que no... No puede ser él».

CAPÍTULO DOS

—Creía que habías roto con él —dijo Sean—. ¿Por cuántas ibas ya...? ¿Por la tercera ruptura? —Enarcó una ceja mirando a su hermana, que le devolvió una mueca burlona.

—Por la segunda. Pero voy a tener que aguantarlo este semestre... Al fin y al cabo, he conseguido el curro gracias a él.

—¿Estáis hablando de Connor Lawton? —Traté de evitar que mi antipatía por él se filtrara en mi voz.

Laura asintió.

—¿Lo conoces?

—Hemos coincidido varias veces. Este mes, ha venido a la biblioteca todos los viernes que he trabajado. —Tras una pausa, añadí—: No me habías hablado nunca de él, aunque parece que algo le has contado a Sean... ¿Hace mucho que lo conoces?

—Unos ocho meses, o así. —Laura miró a Diesel, que seguía tumbado en su regazo, y le acarició la cabeza. El gato ronroneó y meneó la cola, rozándome las piernas—. Nos conocimos justo después de Navidad, cuando pasé las pruebas para un papel en una obra suya. Ya te lo conté. ¿Te acuerdas? Esa en la que interpretaba a una camarera que creía que Elvis había poseído el cuerpo de su marido.

Sean soltó una carcajada y yo tuve que sonreír. Laura era una gran admiradora de Elvis y se lo tenía que haber pasado en grande con el papel.

—Sí, de eso me acuerdo, pero lo que no me contaste era que salías con el dramaturgo. —«Ni absolutamente nada de él», añadí para mis adentros.

—Lo siento, papá. —Laura se encogió de hombros—. Pero Sean está al corriente porque vino un fin de semana a Los Ángeles en febrero y vio la obra. De aquellas, no estaba saliendo con él, aunque ya me lo había pedido varias veces.

—El tipo vino al camerino de Laura después de la obra —explicó Sean, sosteniéndome la mirada—. Me causó buena impresión, aunque está claro que no tiene problemas de ego... Se pasó un buen rato citando críticas de sus obras...

Sean sacudió la cabeza con evidente diversión y Laura dejó escapar una risita cómplice.

—Connor en estado puro... Ombliguista debería ser su segundo nombre. Una vez se lo dije y se lo tomó como un cumplido.

—¿Y por qué has estado saliendo con una persona así? —pregunté, perplejo por lo que descubría sobre mi hija—. No veo qué tiene de atractivo.

«No para alguien tan independiente y determinada como tú», apostillé para mis adentros.

—Puede ser un amor si se lo propone. Y es un escritor increíble, sus obras son una pasada. —Laura se pasó una mano por los rizos. Diesel gorjeó y ella volvió a frotarle la cabeza—. Pero también puede ser un verdadero dolor de muelas... Agonías podría ser otro segundo nombre que le iría que ni pintado.

—¿Y ahora estáis juntos? —quiso saber Sean.

—No, hemos quedado como amigos —contestó Laura—. Y no pasaremos de ahí, ya te lo digo.

—Eso espero —dije. No me hacía ninguna gracia la perspectiva de tener a Connor Lawton como yerno—. Puedes aspirar a algo mejor, da lo mismo el talento que tenga.

—Nadie te parece lo bastante bueno para mí —dijo Laura pinchándome el brazo con el dedo—. Reconócelo.

—Es verdad —dije con afectada seriedad antes de sonreír—. Probablemente nadie lo será nunca, aunque estoy dispuesto a cambiar de parecer llegado el caso.

—Quizá en algún lugar remoto haya un príncipe dispuesto a casarse con una vulgar plebeya —bromeó Sean—. Papá te lo conseguirá, hermanita.

—Y quizá tenga una hermana para mi hermano mayor —repuso ella, meliflua—. Siempre que esté dispuesta a besar a una rana.

Le sacó la lengua a Sean y me reí, pero decidí volver a llevar la conversación a Connor Lawton.

—¿Estarás cómoda pasando todo el semestre con él?

Laura se encogió de hombros.

—Voy a estar demasiado ocupada para pensar en él. Además, nos llevamos bien como amigos.

—Cuanto menos trato tengas con él, mejor —insistí.

Laura negó con la cabeza.

—Tranquilo, papá. Te aseguro que he bregado con pesados peores que Connor.

Tras aquella afirmación, concluí que probablemente era mejor dejar el tema, pues bastante tenía ya con imaginarme a Laura sola en Hollywood.

—Lo intentaré. ¿Qué os parece si vamos a la cocina y preparamos algo de cenar?

—Estupendo —dijo Laura—. Me muero de hambre. Hoy solo he comido las galletitas saladas que me han dado en el avión.

Diesel saltó de su regazo al suelo y restregó la cabeza contra su pierna. Le sonreí.

—Está esperando a que le des algún bocadito, como la última vez que viniste. Con moderación, por favor.

Laura y Diesel me acompañaron a la cocina y Sean desapareció escaleras arriba diciendo que bajaría más tarde.

En la cocina encontré una nota pegada a la puerta de la nevera con un imán de un gato. Reconocí la caligrafía de Stewart Delacorte, un profesor de química de la universidad de Athena que llevaba cinco meses viviendo en casa. Se había mudado tras el asesinato de su tío abuelo en la mansión de los Delacorte, en teoría como paso intermedio hasta encontrar un sitio donde vivir, pero no parecía encontrar nada de su gusto y seguía ocupando un gran dormitorio del tercer piso.

En la nota, Stewart me informaba de que había preparado un *risotto* de pollo y champiñones que estaba en la nevera, me incluía instrucciones para recalentarlo y me avisaba de que probablemente llegaría tarde para que no lo esperáramos para la cena.

—Bueno, pues resulta que al final no tengo que cocinar —dije pasándole la nota a Laura, que me la devolvió tras darle un vistazo.

—Suena de rechupete. Me dijiste que cocina como los ángeles.

—Ya lo creo... Entre Azalea y él, Sean y yo llevamos una temporada comiendo mejor que nunca. —Me palmeé la cintura con pesar—. Debería ponerme a hacer más deporte, echo de menos verme los pies.

Laura se rio.

—No exageres... —Me miró ladeando la cabeza—. Pero si mañana quieres levantarte y salir a correr conmigo, yo encantada.

—Gracias, cariño, pero lo mío es caminar. Además, a Diesel le gusta acompañarme y no se motiva para correr a no ser que haya una ardilla de por medio.

Al oír su nombre, Diesel gorjeó varias veces y Laura se acercó a rascarle la cabeza.

—Grandullón, ¿a que saldrás a correr conmigo mañana? Seguro que nos lo pasamos bomba. —Observé divertido la expresión del gato. Habría jurado que la entendía y que la idea de correr le entusiasmaba lo mismo que a mí. Se apartó de mi hija y se cobijó a mi vera—. Bueno, ya veo que no... —añadió decepcionada.

—Voy a preparar una ensalada para acompañar el *risotto* —anuncié abriendo la puerta de la nevera para sacar los ingredientes.

Laura dejó una gran ensaladera en la encimera junto al fregadero y sacó un cuchillo del cajón.

—Papá, ¿tienes planes mañana por la noche?

Dejé una lechuga, una cebolla y un pimiento rojo en el fregadero.

—Había quedado para cenar con Helen Louise. —Helen Louise Brady, la dueña de una panadería de estilo parisino, era una buena amiga con la que últimamente pasaba más tiempo. Nos conocíamos desde niños y había sido también amiga de mi difunta esposa—. ¿Tenías algo en mente?

—No quiero interferir en tus planes. —Laura empezó a deshojar la lechuga y ponerla en la ensaladera—. Hay un cóctel mañana por la noche, una especie de recepción para profesores y alumnos de Arte Dramático. Había pensado que podíamos ir juntos.

—No creo que a Helen Louise le importe que dejemos la cena para otro día si se lo explico. Pasaré la invitación al domingo, seguro que le hace ilusión volver a verte.

—Gracias, papá. Es un detalle. —Laura sacó la tabla y empezó a cortar el pimiento—. ¿Conoces a alguien del departamento?

—No mucho —dije tratando de hacer memoria.

—La fiesta la organiza el director del departamento. Un tal Montana Johnston.

Me reí entre dientes.

—En realidad se llama Ralph. Ya lo creo que lo conozco... Hace unos años, cuando empezó a escribir, le dio con que su nombre no era suficientemente artístico y se puso Montana.

—Ya me sonaba un poco raro... —comentó Laura, añadiendo las rodajas de pimiento a la ensaladera.

—Pretencioso es la palabra —puntualicé. Me vinieron a la memoria recuerdos desagradables de la función—. Fui a ver su obra, un auténtico tostón. Ese hombre no sabe escribir, aunque está convencido de lo contrario...

—Pues será mejor que no le pida a Connor que lea sus textos... —dijo Laura—. Connor es durísimo con los escritores mediocres.

—Bah, a Montana le entrará por un oído y le saldrá por el otro —dije mientras deshojaba el troncho de la lechuga. Empecé a pelar la cebolla—. Ni se inmutará. Está tan convencido de su talento como tu amigo Connor del suyo. Será divertido verlos juntos, dos gallos en un mismo corral...

—No cuentes conmigo —dijo Laura fingiendo un escalofrío—. Es precisamente el drama que ahora mismo no me hace ninguna falta, muchas gracias.

—Papá, ¿puedes venir un momento? —dijo Sean desde el pasillo.

—Cuando acabe con la cebolla.

—¿Puedes venir ahora? —repitió más apremiante.

—Vale, ya voy.

Le pasé la cebolla a Laura y me limpié las manos en un paño de cocina antes de salir al pasillo, donde me encontré a Sean mirando petrificado una hoja de papel que sostenía con cuidado por dos esquinas.

—Estaba en el suelo al lado de la puerta. Lo habrán metido por la ranura. Te aviso, va con ánimo de ofender... —dijo cuando me acerqué.

Volvió el papel para que lo viera con claridad. Era un retrato, una foto de Laura de un anuncio publicitario. Yo tenía una igual enmarcada en la mesilla de noche, pero la mía no tenía una letra «A» escarlata pintada en la frente de Laura.

CAPÍTULO TRES

Sean cambió de posición para que pudiéramos examinar la fotografía juntos.

—¿Crees que Lawton tiene algo que ver?

—¿Por qué haría algo así?

Me hervía la sangre de ver semejante insulto a mi hija. De pronto, me asaltó una idea escalofriante. ¿Y si era una amenaza? Diesel, que siempre leía mis emociones y no le gustaba verme preocupado o enfadado, se restregó contra mis piernas y ronroneó. Le froté la cabeza para tranquilizarlo.

—Aparte de ti y de mí, ¿quién más la conoce por aquí? ¿O quién sabe que está en Athena? —preguntó Sean sin apartar la vista de la fotografía.

—Buena pregunta... Aunque no sé por qué nadie haría algo así.

—Mirando a los ojos a Sean, añadí—: No quiero que Laura la vea.

—¿Que vea el qué?

Estaba tan concentrado en la foto que no oí a Laura acercarse por el pasillo. Le di un codazo a Sean, esperando que escondiera el papel, pero no se movió.

—Yo creo que debería verla —dijo Sean—. Solo quería enseñártela a ti primero, papá.

—¿Qué me estáis ocultando? —Laura se me encaró, con la mano derecha en la cadera y la cabeza ladeada en la misma dirección. Arrugó la nariz y frunció el ceño, signos inequívocos de irritación en ella.

—Esto.

Cuando Sean le mostró la fotografía, Laura abrió unos ojos como platos y rompió a reír.

—Vaya, vaya. Así que Damitra anda por aquí... Ya me imaginaba que no tardaría en venir cuando se enterara que iba a pasar varios meses en Athena.

—¿Se puede saber quién es Damitra? ¿Y por qué crees que está detrás de esto? —Me sorprendía la despreocupación aparente de Laura.

—Damitra Vane... —Laura alzó los ojos al cielo—. Es una chiflada con la que Connor salía antes de mí. Es inofensiva, aunque le pierden los celos... Se las da de actriz, pero es nefasta. Si la contratan es por su política de piernas abiertas con los directores de *casting*. —Y con una sonrisa maliciosa añadió—: Bueno, y por su generosa delantera.

Sean soltó una carcajada. Noté que mis labios se preparaban para sonreír, pero no quería que el incidente se diluyera. La fotografía pintada me daba un mal presentimiento y temía que Laura estuviera desestimando aquel insulto con demasiada ligereza.

—¿Y cómo sabe ella que estás aquí? —preguntó Sean.

—Tenemos amigos en común en Los Ángeles, alguien se lo habrá contado —contestó Laura sin darle importancia—. Me habrá oído hablar de papá y recordaba su nombre y no habrá tenido más que buscar la dirección en el listín telefónico.

—Pues a mí me parece un comportamiento digno de una acosadora —apunté. Mi hija me rodeó la cintura con el brazo.

—Venga, papá, no le des más vueltas. Damitra es inofensiva, te lo prometo, por lo menos en lo que a mí respecta. Connor es quien debería andarse con ojo, al pobre no lo deja ni a sol ni a sombra.

—¿Alguna vez te ha agredido físicamente? —No estaba dispuesto a dar el tema por zanjado.

—No, nunca. Solo hace bobadas de este estilo. —Laura retrocedió un paso y se cruzó de brazos, a la defensiva—. No hace falta que os pongáis en plan protector. —Y, mirando a su hermano, añadió—: Y va por los dos. Puedo manejar esto yo solita.

Diesel se restregó contra Laura, visiblemente alterado por su crispación.

—¿Lo veis? Estáis poniéndolo nervioso y eso no está bien.

Se agachó junto al gato y le murmuró mientras le rascaba la cabeza.

Aunque seguía preocupado, veía que no tenía sentido discutir más. Ya le pediría a Sean más adelante que averiguara si la tal Damitra Vane estaba en Athena y, entre tanto, me propuse vigilar a Laura en la medida de lo posible, lo justo para no sacarla de quicio.

—Venga, vamos a seguir con la cena —propuse—. ¿Tú acabas con la ensalada y yo recaliento el *risotto*? Sean, pon la mesa.

Mis hijos y mi gato me siguieron hasta la cocina. Laura se aplicó a la ensalada y, en cuanto nos dio la espalda, Sean y yo intercambiamos una mirada. Él asintió rápidamente y supe que había entendido lo que quería.

—¿Justin viene a cenar? —preguntó Sean despreocupado mientras sacaba los platos del aparador.

—No, está con su padre este fin de semana. Vuelve el domingo por la tarde.

Justin Wardlaw, un alumno de segundo curso en la universidad de Athena, era mi otro inquilino además de Stewart. Cuando heredé la casa tras la muerte de mi tía Dottie, mantuve su tradición y seguí alquilando habitaciones a estudiantes. Justin se había alojado conmigo el año anterior y ya era casi de la familia.

—¿Qué tal está? —preguntó Laura—. Cuando lo conocí en vacaciones, me pareció encantador. Me supo fatal todo lo que tuvo que pasar.

—Está bien. —Metí la fuente de *risotto* en el horno y puse la temperatura y el tiempo—. De vez en cuando tiene alguna recaída, pero lo lleva bastante bien.

En otoño del año anterior, Justin había sido sospechoso en un caso de asesinato y había sufrido pérdidas a nivel personal. Entre su padre y yo tenía un buen apoyo, y Diesel, que lo adoraba, también fue de gran ayuda.

—El *risotto* estará caliente dentro de un rato. Mientras tanto, ¿qué os parece si empezamos con la ensalada?

—*Voilà!* —Laura presentó la ensaladera con hojas de lechuga, pimientos y cebolla con una reverencia y la dejó sobre la mesa.

Tras elegir las bebidas para acompañar la comida, nos sentamos y Laura sirvió la ensalada, que comimos amenizados con algunas anécdotas de sus últimas audiciones hasta que sonó el temporizador del horno. A continuación, degustamos el *risotto* escuchando a Sean hablarnos de un par de casos en los que había trabajado durante el verano. Además de preparar el examen de acceso a la abogacía del estado de Misisipi, Sean trabajaba para el abogado más conocido de Athena, Q. C. Pendergrast, y su socia, su hija Alexandra, a los que habíamos conocido unos meses atrás a raíz de que me contrataron para inventariar la colección de libros raros de James Delacorte, difunto cliente del letrado. Aunque al principio Sean y Alexandra no habían congeniado, ahora trabajaban bien juntos, y yo empezaba a sospechar que la joven podría acabar siendo mi nuera.

Al terminar de cenar, Sean insistió en recoger la cocina y Laura y yo nos retiramos al salón. Nos acomodamos en el sofá y el gato se tendió entre nosotros, con la cabeza y el torso sobre el regazo de Laura y las patas traseras y el rabo contra mi pierna. No cabía en sí de gozo y nos lo expresó con el ronroneo al que debía su nombre.

Laura había mostrado interés por el asesinato de Delacorte y la complací con un relato pormenorizado del caso. A mi hija le gustaba la novela policiaca tanto como a mí y enseguida la conversación viró hacia los libros. Sean se unió a nosotros cuando acabó de recoger la cocina y estuvimos hablando durante casi tres horas, durante las cuales Diesel, en una nube de felicidad, no se separó de Laura ni de mí.

A eso de las diez, tras el primer bostezo, anuncié mi retirada.

—Vosotros quedaros lo que queráis. —A diferencia de mí, mis dos hijos eran noctámbulos—. ¿Nos vamos a la cama, Diesel?

El gato apartó la cabeza del regazo de Laura y bostezó. Se dio la vuelta y se desperezó cuando me levanté del sofá, y maulló tres veces mirando a Laura.

—Venga, gatete, a dormir. Hasta mañana. —Laura le besó el hocico y le rascó detrás de las orejas, y Diesel bajó al suelo saltando por encima de la mesa de café. Con aquella envergadura, no le costaba mucho pegar esos brincos.

Me agaché para darle un beso en la frente a Laura y ella me devolvió uno en la mejilla.

—Buenas noches, tesoro. Hasta mañana.

Apreté el hombro de Sean y le di las buenas noches.

Mientras Diesel y yo subíamos las escaleras, oí que Sean y Laura mencionaban un café y supe que no iba a ser descafeinado.

Me estremecí. ¿Cómo podían tomar café a esas horas y luego esperar pegar ojo? Ay, los jóvenes...

Al poco rato, ya estábamos en la cama. Diesel tenía la cabeza sobre la almohada y estaba tumbado de costado hacia mí. Le acaricié la cabeza y el lomo y gorjeó de satisfacción. Se durmió enseguida y yo caí rendido poco después.

En algún momento de la noche, me despertaron unos ladridos y me incorporé. Venían de la escalera, eso significaba que Stewart estaba en casa y también Dante, su caniche. En realidad, el perro había llegado a casa con mi hijo, pero en cuanto Stewart se mudó y se encaprichó de él, se convirtió en el perrito de sus ojos. Sean parecía contento con el cambio, porque, si bien había terminado por tomarle cariño, no estaba muy por la labor de tener mascota, en realidad se lo había quedado para evitar que lo mandaran a una perrera y se lo había traído con él cuando regresó a Athena en primavera.

Por lo general, Diesel y Dante se entendían bastante bien. De vez en cuando, Dante se alborotaba y Diesel tenía que bajarle los humos, pero como era unas cinco veces más grande que él, siempre llevaba la voz o, mejor dicho, el aullido cantante.

El despertador sonó a las siete. Me incorporé aturdido y alargué la mano para apagarlo. Diesel no estaba. No acostumbraba a levantarse hasta que yo lo hacía, pero cuando había invitados en casa, a veces se salía de visita por la mañana. Suponía que estaría en la habitación de Laura, plácidamente acurrucado a su lado.

Desayuné solo y no apareció nadie por el piso de abajo hasta las diez. Después, el día pasó en un suspiro. Tal y como esperaba, Stewart y Laura hicieron buenas migas y mi hija lo tuvo entretenido con chismorreos de Hollywood. Stewart insistió en preparar la comida y a Sean y Laura les tocó recoger la cocina.

Después de comer, Sean me llevó aparte para una breve charla. Tras hacer algunas llamadas esa misma mañana, había comprobado que Damitra Vane estaba en Athena y se alojaba en el Farrington House, el mejor hotel del pueblo. También la había buscado por internet, y me enseñó su foto en el portátil. Era guapa, para los cánones del plasticoso estilo hollywoodiense. Tenía una expresión superficial y no parecía precisamente una lumbrera.

—Ahora que se confirma su presencia, Laura podría tener razón sobre el origen de la fotografía —dijo Sean apagando el portátil y dejándolo a un lado.

—Supongo, pero todo esto sigue dándome mala espina. Me entran ganas de plantarme allí ahora mismo y hablar con ella.

—¿Por qué no me lo dejas a mí? Como abogado de Laura. Tal vez así se acoquina y la deje en paz de una vez.

—Buena idea. Gracias, hijo. —Hice una pausa para reflexionar un momento—. ¿Por qué no esperas a que Laura y yo nos vayamos al cóctel? Así no tendrás que inventarte ninguna excusa.

—Bien visto. ¿A qué hora os marcháis?

—A eso de las cinco.

Una vez ese asunto quedó resuelto, pasé un buen rato charlando con mi hija y su nuevo mejor amigo, Stewart. Su conversación, un intercambio de chismes sobre glorias del cine pasadas y presentes, no tenía desperdicio.

A las cuatro, Laura se fue a su cuarto para arreglarse, y poco después yo subí también a vestirme. Diesel se quedó abajo con Sean, Stewart y Dante. Se iba a poner de morros cuando Laura y yo nos marcháramos, porque no iba a llevármelo conmigo como acostumbraba a hacer, pero Stewart lo solucionó sacándolo al jardín trasero a jugar con Dante. Minutos antes de las cinco, yo estaba listo cuando Laura bajó las escaleras. Estaba espectacular. Se había puesto un vestido de seda turquesa que le moldeaba la figura y resaltaba su bronceado, unos pendientes largos de plata y turquesas que habían sido de su madre y le acentuaban la larga línea del cuello y, por una vez, se había recogido elegantemente los rizos en un moño. Un pequeño bolso de mano a juego con el vestido y unos zapatos de tacón de un tono más oscuro completaban el conjunto. No recordaba lo preciosa y elegante que podía llegar a ser mi hija.

—Voy a tener que llevarme un palo. —Le sonreí cuando llegó al pie de la escalera—. Se te van a echar encima.

Laura se rio.

—Hay que ver, cuánto me subes la moral.

Mientras daba marcha atrás para sacar el coche del garaje, Laura se sacó una invitación del bolso.

—Es en el número 1744 de la calle Rosemary. ¿Sabes dónde está?

—Aquí al lado —dije—. Está en un barrio como el nuestro, pero queda al otro lado de la plaza del pueblo.

A las cinco y cuarto doblaba por la calle Rosemary y no tardé en divisar la casa. Tuve que aparcar a media manzana; mientras caminábamos por la acera, aprovechamos para admirar los hermosos edificios. Era un barrio, como el mío, de finales del siglo xix, cuando se llevaban las mansiones de varios pisos y las parcelas generosas con muchos árboles que ofrecían sombra a las viviendas. El cálido sol del verano teñía de rosa el desvaído ladrillo rojo de las fachadas, que desprendía el calor veraniego acumulado.

Al llegar a la puerta yo ya estaba sudando a mares y me moría de ganas de deshacerme de la chaqueta y la corbata, mientras que a Laura no parecía afectarle el calor. Llamé al timbre y aguardamos.

Seguimos esperando sin que nos viniesen a abrir y volví a llamar. Dentro se oía el jolgorio y sospeché que nadie oía el timbre.

—Vamos a entrar —dijo mi hija con decisión.

Laura agarró el pomo y abrió la puerta. Sentí una ráfaga de aire frío y la seguí al interior. El barullo era ensordecedor y me dije que, además del palo, debería haberme llevado tapones para los oídos. No tardaría en dolerme la cabeza. Saqué el pañuelo, me sequé la cara y la nuca, y me lo volví a guardar empapado en el bolsillo de la chaqueta.

Avanzamos hacia una puerta cercana y observamos. Era una sala imponente, de unos cien metros cuadrados, con muebles y suelo de madera desgastada pero limpia. Conté dieciséis personas repartidas por la estancia y todas parecían hablar y gesticular a la vez, entre las que reconocí al anfitrión, Ralph Johnston, o Montana, como se empeñaba en hacerse llamar.

Más allá de otras caras que me resultaban vagamente familiares, solo podía poner nombre a Ralph.

Odiaba el parloteo intrascendente de las fiestas, pero haría el esfuerzo por Laura.

Aun así, las próximas dos horas podían ser eternas.

CAPÍTULO CUATRO

Ralph, al que seguía costándome llamar Montana, nos miró desconcertado hasta que, al fin, nos reconoció. Dejó a su acompañante, una mujer fornida vestida con un caftán rosa y naranja, y se nos acercó. Los ojos saltones de Ralph parpadeaban sin cesar. Entre su cabeza amarillenta con forma de huevo, los cuatro pelos rubios que le quedaban en el flequillo y su brillante calva, no podía evitar pensar en Piolín, el pájaro de los dibujos animados. Al detenerse frente a Laura, incluso agitó ligeramente las manos y se balanceó sobre la punta de los pies.

—Usted es Laura Harris —dijo en tono ronco y grave. Dejó de aletear y de contonearse el tiempo suficiente para tenderle la mano, que Laura aceptó con una sonrisa amistosa.

—Y usted es el profesor Johnston —dijo—. Un placer conocerlo al fin. Gracias por contratarme para este semestre. Va a estar genial.

—Oh, querida, no tengo la menor duda.

Johnston no le quitaba el ojo de encima a mi hija, y lamenté profundamente no haberme llevado el dichoso palo. Carraspeé y extendí la mano.

—Buenas noches, señor Johnston. Me alegro de verlo. Espero que no le importe que haya venido como acompañante de Laura.

El otrora dramaturgo apartó los ojos de Laura y me miró desorientado, hasta que pareció aterrizar y me estrechó la mano.

—Claro... Señor Harris, el bibliotecario. —Desvió la mirada hacia Laura y volvió a centrarse en mí—. Cuesta creer que tan hermosa criatura surgiera de las entrañas de un viejo bibliotecario. Aunque ha heredado su tono de piel. Interesante.

Guardó silencio y miró fijamente a Laura.

Ahora recordaba por qué lo evitaba cada vez que coincidíamos en alguna función en la universidad. Aquel hombre desconocía lo que eran los modales.

—¿Podemos tomar algo? —pregunté alzando la voz para penetrar en la aparente niebla de nuestro anfitrión—. Tengo sed.

—Sí, a mí también me gustaría —dijo Laura con una sonrisa.

Johnston salió de su ensoñación.

—Tomar algo... Eh... Sí.

Antes de que dijera nada más, una pelirroja bajita y desaliñada con un mono amarillo desgastado se le acercó y lo agarró del brazo. Por los efluvios que emanaba, supuse que ya estaba achispada, y su habla arrastrada lo corroboró.

—Eh, Rowf... Mmm... Una cosa... —dijo tambaleándose. Johnston puso cara de fastidio—. ¿Cuándo llega Connor? Dijo que vendría... pero no está.

—¿Y yo qué demonios sé, Magda? Ya sabes cómo es. Sube a echarte un rato, anda, te vendrá bien descansar... —Intentó, en vano, zafarse de sus dedos y añadió resignado—: Muy bien. Las bebidas están en la cocina, al fondo del pasillo a la derecha. Sírvanse.

Agitó el brazo que le quedaba libre mientras Magda le arrastraba, volviendo a preguntar por Connor.

—¿Quién es? —quiso saber Laura mientras nos dirigíamos a la puerta.

—Creo que es su mujer, o su ex. Hace poco me llegaron rumores sobre ellos en el campus, aunque no recuerdo bien los detalles.

En mi fuero interno, me intrigaba el obsesivo interés de la mujer por Connor, pero aparté el pensamiento mientras enfilábamos el pasillo.

Una vez en la cocina, tres personas estaban enfrascadas en una animada charla sobre el teatro musical moderno, por lo que pude discernir.

—Lloyd Webber es un ejemplo clarísimo de entretenimiento para las masas. —El orador, un joven cadavérico y espigado, le dio un codazo en el pecho a un hombre más bajo, corpulento y barbudo que estaba a un palmo de él. Una mujer sonriente de melena castaña los miraba divertida—. ¿Cómo puedes elevarlo a la categoría de compositor dotado y quedarte tan ancho? Venga ya... Lloyd Webber, ¿en serio?

—Venga ya, Nathan... Elton John, ¿en serio? —replicó su interlocutor, un joven de buena estatura que rondaba la edad de Laura, imitando el tono de su rival—. A ver, estamos hablando de un puñetero musical, idiota. ¿Quién demonios espera a un Strindberg o a un Ibsen cuando va a un musical?

En ese punto, se dio la vuelta y, al ver a Laura, abrió unos ojos como platos y una sonrisa se dibujó en su rostro. El tal Nathan, no obstante, no había dado la charla por concluida:

—Sir Elton es un genio —afirmó dándole un toque en el hombro. Pero su contrario obvió el comentario y se encaminó a nuestro encuentro.

—Déjalo, Nathan. Frank ha perdido el interés —dijo la joven con una nota de hastío en la voz—. Vamos a picar algo.

Los dos amigos se dirigieron hacia la puerta que daba al vestíbulo.

—Jade tiene razón. Venga, aire —dijo Frank, sin apartar los ojos de Laura y tendiéndole la mano—. Tú debes de ser Laura Harris. Mucho gusto. Frank Salisbury, profesor de escenografía.

Su agradable voz de barítono tenía un acento del sur, Alabama o quizás Georgia, pensé. Laura le estrechó la mano y le sonrió con picardía.

—Hola, Frank. Encantada de conocerte. —Me señaló con la cabeza y añadió—: Este es mi padre, Charlie Harris.

—¿Cómo está usted, señor Harris? —Estreché la mano que Frank me ofreció y me gustó la firmeza del apretón—. ¿Es posible que lo haya visto por el campus?

—Sí, me encargo del archivo y de la colección de libros raros —contesté—. A mí también me sonaba su cara.

Frank tuvo el decoro de mantenerme la mirada mientras hablaba, pero sus ojos volvieron a Laura en cuanto callé. Reprimí una sonrisa.

—¿Quieres tomar algo? —preguntó Frank—. Vino, cerveza, refresco, agua...

—Una copa de vino blanco —dijo Laura, con ojos chispeantes.

Reconocí las señales. Frank era como la mayoría de los chicos con los que Laura había salido en el instituto y la universidad. Un poquito más alto que ella, corpulento, de pelo y ojos oscuros y barba poblada. Sus dientes blancos resplandecían cuando sonreía a Laura.

—Marchando. —De repente, Frank debió de recordar sus modales y se volvió hacia mí—: ¿Y usted, señor Harris?

—Llámeme Charlie, por favor. Yo una copa de tinto.

—Charlie, entonces.

Frank se acercó a la encimera, sacó una botella de vino blanco de una cubitera, llenó una copa y se la entregó a Laura con una elegante floritura. Acto seguido, buscó el tinto y me lo tendió junto a un vaso de plástico, sin floritura alguna. Recuperó su botellín de cerveza mientras le dábamos las gracias.

—Espero que te gusten los niños —le dijo a Laura—, deberíamos tener tres. —Bebió de su cerveza, con los ojos centellantes.

Laura rompió a reír y me sorprendió que no pareciera inmutarse ante una insinuación tan directa.

—Uy, no, por lo menos siete —contestó ella, con un mohín.

—Por mí bien. —Frank soltó una carcajada—. ¿Por qué no vamos al salón y te presento a la gente del departamento? Pero recuerda que yo te he visto el primero.

Laura me miró y yo asentí:

—Adelante, Macduff.

Citar a Shakespeare en aquel ambiente no parecía fuera de lugar y, además, era un viejo juego entre nosotros desde que Laura se había convertido en una enamorada de Shakespeare después de leer *Romeo y Julieta* en noveno curso. Mi hija se colgó del brazo de Frank y me dedicó una sonrisa mientras salía con su nuevo novio de la cocina.

Frank parecía un joven bastante agradable, sin duda más atractivo que Connor Lawton. Esperaba que Laura hablara en serio cuando decía que el dramaturgo y ella eran solo amigos.

Como no me apetecía demasiado volver a la fiesta del salón, fui a sentarme a un rincón junto a la puerta trasera donde había una mesa con cuatro sillas. Me aflojé la corbata y di otro sorbo de vino. Era una buena cosecha, mucho mejor de lo que me esperaba. En la mayoría de los actos de la facultad, el vino solía ser barato, pero este era bueno.

Mi soledad no duró más de unos minutos. Oí un sonoro improperio y al levantar la mirada vi a Connor Lawton, vestido con su sempiterna camisa sin mangas y sus vaqueros desgastados, entrando en la cocina. Sin percatarse de mi presencia, rebuscó en la nevera, se abrió una cerveza y bebió un largo trago, antes de dejar el botellín en la encimera y sacar un paquete de tabaco y un mechero del bolsillo de los pantalones. Se encendió un cigarrillo y expulsó el humo con un bufido.

Seguía sin haber reparado en mí, y decidí observar cuánto tardaba en darse cuenta de que no estaba solo. Volvió a coger la cerveza y se apoyó en la encimera mientras fumaba y bebía, ligeramente de espaldas a mí. Vació el botellín con ansia, lo dejó en la barra y sacó otro de la nevera.

Desde mi puesto de observación, veía que el dramaturgo recorría la estancia con la mirada hasta que, de pronto, su cuerpo se tensó. Miraba hacia la otra punta de la cocina, pero no sabría decir qué le había llamado la atención exactamente. En la pared había algunas fotografías, pero la mayor parte del espacio estaba ocupado por armarios y aparadores. Mientras lo observaba, Connor dejó la botella, se acercó a uno de los armarios y se arrodilló. Pasó las manos por la superficie de la puerta, agarró el tirador y la abrió.

Se balanceó sobre los talones.

—No puede ser... —musitó conforme empezaba a asentir—. Al final va a resultar que no estoy tan mal de la chaveta.

Tras cerrar la puerta del aparador, volvió a la encimera, apuró el cigarrillo, tiró la colilla al fregadero, cogió la cerveza y salió dando zancadas, hasta donde sé, sin percatarse de mi presencia.

Me terminé el vino y me acerqué a la encimera para rellenar el vaso. Al mirar hacia el aparador que había abierto Connor Lawton, me picó la curiosidad. Tenía que ver qué había dentro. ¿Qué le fascinaba de ese mueble en particular?

Me acuclillé frente a la puerta, que medía un metro de alto y casi otro tanto de ancho, y la abrí con decisión. El interior tenía más de medio metro de profundidad y era ligeramente más ancho y alto que la puerta. Dentro solo había productos de limpieza y me embargó una mezcla de olores a friegasuelos de pino y abrillantador de muebles.

Hasta donde alcanzaba a ver, aquel aparador no tenía nada de especial, había uno parecido en la mayoría de las cocinas. Lo cerré y me incorporé, preguntándome qué significaría ese mueble para Connor Lawton.

Entonces sacudí la cabeza. ¿Quién sabía qué inspiraba la imaginación de un escritor?

Cogí el vaso con intención de unirme a la fiesta en el salón principal y, al llegar a la puerta, me detuve para escudriñar buscando a Laura y a Frank. Estaban en el sofá de la derecha, acompañados de un joven apoyado en el brazo junto a Laura y de un hombre maduro que estaba sentado en el respaldo detrás de Frank y observaba a mi hija con una media sonrisa. Aunque me resultaba familiar, no lo ubicaba y deduje que probablemente lo habría visto por el campus. Había algunos chavales más pululando por allí.

Connor Lawton, a su vez, acaparaba la atención en el extremo opuesto de la sala. Estaba sentado en otro sofá con dos mujeres y rodeado de otras cinco, que se apiñaban tan cerca como podían, sentadas en el suelo, en el respaldo y los brazos. Mientras observaba, me fijé en que los ojos de Connor se desviaban varias veces en dirección a Laura, aunque aquella dispersión no interfirió con su discurso.

Me acerqué un poco más para escuchar lo que decía:

—... va a cambiar el enfoque de la obra, así que voy a tener que empezar de cero.

—¿De dónde ha surgido esta inspiración repentina? —se aventuró a preguntar la mujer a la que había visto antes con nuestro anfitrión, la del caftán rosa y naranja. Parecía especialmente interesada en el dramaturgo. Por alguna razón me vino a la mente la imagen de un perro perdiguero al acecho.

Connor la miró con cara de hastío:

—Del subconsciente, el hogar de toda inspiración. Las cosas del pasado se alojan allí, personas, lugares, acontecimientos... Y resurgen cuando menos te lo esperas. Todo artista aprende a confiar en esos mensajes y a indagar en ellos, a buscar la raíz y la verdad que revelan.

La sala se sumió en el silencio mientras hablaba y, cuando Connor terminó su perorata, apenas se oía el vuelo de una mosca.

Alguien susurró algo en voz baja y, al volverme, vi a Frank Salisbury con la cabeza cerca de la de Laura. Mi hija soltó una carcajada y las conversaciones se reanudaron.

Connor Lawton soltó un sonoro improperio, se levantó del sofá de un salto mirando fijamente a Laura y Frank, que no se dieron cuenta, y avanzó rubicundo hacia el grupo de mi hija.

Parecía furioso y pensé que me vería en la obligación de intervenir antes de que la situación subiera de tono, pero el dramaturgo giró sobre sus talones y desapareció por el vestíbulo rozándome a su paso antes de abandonar la casa dando un portazo.

Por mí, mejor que no volviera. Ya había sufrido bastante a Connor Lawton por una noche. La fiesta sería mucho menos tensa sin su turbulenta presencia.

CAPÍTULO CINCO

Todas las integrantes del círculo abandonado por Connor se alejaron del sofá salvo la corpulenta mujer del caftán, que permaneció sentada observando a su alrededor. Algo en su rostro me resultaba familiar. Me buscó con la mirada y, con una sonrisa y unas palmaditas en el sofá, me invitó a tomar asiento a su lado.

—Venga, siéntese. —Esperó a que me sentara para continuar—. Lo he reconocido, aunque probablemente usted no se acuerde de mí.

Me miró expectante. Lucía una melena cana cortada a lo paje justo por debajo de las orejas y sus ojos color avellana me miraban fijamente. No iba maquillada, unas profundas arrugas le surcaban la frente y tenía un lunar en la mejilla derecha. De cerca, constaté que su caftán estaba decorado con intrincados diseños, cientos de abalorios y lentejuelas que centelleaban bajo el reflejo de una lámpara cercana. Unos largos pendientes en forma de cola de pavo real con incrustaciones de piedras iridiscentes le colgaban de los lóbulos y le rozaban los hombros al mover la cabeza. Detecté un sutil toque de lavanda y otra fragancia y el olor desencadenó un recuerdo evasivo.

—Lo siento, su cara me suena, pero no recuerdo su nombre. ¿Qué relación tiene con el departamento de Arte Dramático?

Quizás la había visto por el campus, pensé.

Soltó una carcajada.

—Usted es Charlie Harris y yo era su niñera cuando era un niño de cinco o seis años. —Volvió la cabeza como un papagayo inquisitivo—. Ya me había enterado de que había vuelto a Athena.

Me devané los sesos escudriñando su rostro, hasta que un nombre me vino a la cabeza:

—Sarabeth. Ahora me acuerdo. Usted me cantaba, ¿verdad?

—Efectivamente, soy Sarabeth Conley. Sarabeth Norris, por aquel entonces —puntualizó con una risita—. Sus dos canciones favoritas eran *My Favorite Things* y *Bibidi babidi bu*, si no me falla la memoria.

Me sonrojé. Cuando Sarabeth era mi niñera, era una preciosa quinceañera y me encantaba sentarme a su lado en el viejo sillón de mi padre mientras me cantaba. Ahora, era una mujer que rondaba los sesenta años, con un rostro relleno más atractivo que bello y un olor a lavanda más intenso de lo que recordaba. Me volví a ver acurrucado a su lado mientras me leía, con el efluvio ligero pero agradable de su perfume flotando en el aire.

—Soy la secretaria del departamento, desde hace veinticinco años. Usted trabaja en la biblioteca, ¿verdad?

Asentí con la cabeza.

—Trabajo a tiempo parcial como archivista y catalogador. También colaboro como voluntario en la biblioteca municipal varios días al mes.

Mientras conversaba con Sarabeth, no le quitaba el ojo a la puerta, con la esperanza de que Connor Lawton no volviera.

—De niña me pasaba el día en la biblioteca municipal —dijo melancólica—. Hoy ya no tengo tiempo para leer como entonces.

—Es una pena. Supongo que soy afortunado de disponer de tiempo para leer. Tengo predilección por el suspense. —Hice una pausa—. Y a usted, cuando tiene tiempo, ¿qué le gusta leer?

Un leve rubor se encendió en sus mejillas.

—Romances, de la Regencia británica concretamente. Casi siempre acabo volviendo a las novelas de Georgette Heyer.

Sus dedos jugueteaban nerviosos en su regazo.

—Heyer es fantástica, ¿verdad? —asentí con una risa cómplice—. He de confesar que, de vez en cuando, a mí también me gusta leer un buen romance histórico, y para eso no hay nadie mejor que Heyer. A mí también me gusta releerla.

Sarabeth pareció sorprendida por mi respuesta y supuse que, como a muchos lectores, le daba vergüenza reconocer que leía novela romántica. Siempre he pensado que un buen libro es un buen libro, sea del género que sea, y nunca he soportado el esnobismo en lo que a libros respecta.

Volví a inspeccionar la sala y empecé a respirar más aliviado. Connor Lawton seguía sin dar señales de vida.

Sarabeth y yo conversamos un rato más sobre algunas de nuestras escritoras favoritas: Barbara Metzger, Mary Jo Putney, Meredith Duran y Roberta Gellis, entre otras, y después la conversación cambió completamente de tercio.

—Su hija está causando sensación. —Sarabeth se rio señalando el otro sofá—. Los tiene a todos locos. Y no solo a los heteros. Es una preciosidad.

—Gracias —le dije—. Es una actriz consumada. Estoy orgulloso de ella.

—He visto su currículum —asintió Sarabeth—. Todo lo que ha hecho en teatro encaja estupendamente con nuestro programa, y su experiencia en televisión también nos interesa. Estamos encantados de tenerla un semestre entre nosotros.

—Yo también. —Me reí—. Aunque ha sido toda una sorpresa, ¡me enteré ayer!

—No me cabe ninguna duda de lo mucho que se alegrará de tenerla en casa unos meses. —Sarabeth apartó la mirada—. Es duro no ver a los hijos cuando uno quiere.

Detecté un deje de pesadumbre en su voz y, con un tono que intentaba ser amable, pregunté:

—¿Tiene usted hijos?

—No exactamente... —Sarabeth clavó la mirada en un punto indeterminado lejos de mí—. Un hermano mucho más joven que yo, que es lo más parecido a un hijo que podría tener, pero hijos biológicos no.

Un dolor íntimo pareció apoderarse de ella y, al no saber muy bien cómo responder a eso, retomé el hilo de un comentario anterior.

—A veces se me hace duro que Laura viva en California —confesé—. Seguro que se lo pasa bien este semestre aquí, pero luego se marchará a Hollywood otra vez.

Adonde Connor Lawton también acabaría volviendo, me dije, y la mera idea me incomodó.

Sarabeth volvió a mirarme:

—¿Su hija conoce bien a Connor Lawton?

Me sorprendió la pregunta; por un momento creí que me había leído el pensamiento.

—Son amigos —respondí cauteloso. No pensaba contarle las intimidades de mi hija a una desconocida—. Han trabajado juntos en Los Ángeles.

Sarabeth enarcó una ceja.

—Pues a juzgar por su comportamiento, a Connor le gustaría que fueran algo más que amigos. Eso ha sido un ataque de celos en toda regla.

Me removí incómodo en el sofá. Yo había pensado casi lo mismo.

—Pues tendrá que conformarse, Laura no está interesada.

Me pareció que con aquella respuesta saciaba su curiosidad descarada sin faltar a la verdad.

—Es un intenso... —afirmó Sarabeth—. Se nota en sus obras. Sarabeth acumulaba una larga trayectoria en el departamento y probablemente sabía mucho más sobre dramaturgos modernos, entre los que se encontraba Connor, que yo.

—No conozco mucho su trabajo.

—Tiene mucho talento —dijo y, en un tono cargado de acritud, añadió—: Pero tiene el tacto y el carácter de un serrucho y eso puede volvérsele en contra. En algún momento conocerá a alguien más fuerte que él. —Miró el reloj—. Bueno, Charlie, va a tener que disculparme. Ha sido un placer charlar con usted, pero tengo un asunto que resolver.

Se levantó con dificultad del sofá. Me incorporé y me gané una sonrisa por mi cortesía chapada a la antigua.

—Espero que nos volvamos a ver.

Me despidió con un gesto de cabeza y se fue.

Observé la sala. Distinguí un par de caras conocidas, pero no vi a nadie a quien tuviera el ardiente deseo de acorralar para entablar conversación. En lugar de eso, me acerqué a curiosear por la mesa de la comida, que ofrecía el menú de cóctel por antonomasia: gambas, queso con galletitas saladas, fruta y bastoncitos de *crudités* con untable de espinacas. Cogí un plato, me serví y volví al sofá para comer y terminarme el vino.

Di cuenta del tentempié en un abrir y cerrar de ojos y me planteé volver a por más. No me hubiera importado repetir de queso y galletitas (debí de ser ratón en otra vida), pero supuse que Stewart prepararía cena, como acostumbraba a hacer. Independientemente de lo que cocinara, quería asegurarme de que me quedara hueco en el estómago.

Dejé el plato y la copa vacíos en una bandeja cerca de la mesa. Cuando me volví, Laura se acercaba con su nueva conquista.

—Papá, ¿te importa que cene con Frank?

Sonrió y detecté un deje de culpa en su tono. Aunque me llevé un chasco, pues esperaba haber pasado más tiempo con ella esa noche, por otro lado me costaba negarle a mi hija la oportunidad de divertirse con alguien de su edad. En lo más profundo de mi corazón, agradecí que Connor Lawton no estuviera colgado de su brazo. Pese a lo poco que lo conocía, Frank Salisbury me parecía mucho mejor perspectiva.

—En absoluto, cielo, ve y pásatelo bien. ¿Tienes llave?

Siempre podía quedarme despierto hasta que llegara a casa, pero sabía lo que opinaría mi hija de aquella alternativa.

—Sí, la tengo en el bolso. —Se inclinó hacia mí, me dio un beso en la mejilla y me susurró al oído—: Gracias. Eres el mejor. Y no te preocupes.

—Gracias, señor Harris. —Frank Salisbury me miró con seriedad—. Prometo devolverla sana y salva.

Por un momento sentí que habíamos retrocedido en el tiempo hasta los años cincuenta. Frank tenía un aplomo que pocas veces había visto en los pretendientes de Laura y me merecía respeto por ello.

—Se lo agradezco —contesté con una sonrisa severa.

Laura me guiñó un ojo antes de dar media vuelta y desaparecer por la puerta.

Escudriñé la habitación en busca del anfitrión, pues sin Laura no tenía mucho sentido quedarme. Al no ver a Ralph por ninguna parte, pensé que podría estar en el piso de arriba atendiendo a su esposa. Fui a probar suerte en la cocina, pero tampoco lo encontré. Había intentado ser buen invitado, pero sin anfitrión a la vista, ¿qué otra cosa podía hacer?

Fuera, recibí la bofetada del calor húmedo de la noche de agosto y me desprendí de la americana. Apenas había recorrido unos pasos cuando me detuve al ver a un hombre en la acera frente a la casa de al lado.

¿Por qué Connor Lawton seguía merodeando por allí? Se balanceaba un poco, aparentemente hipnotizado por la casa de al lado. ¿Estaba viendo algo invisible a mis ojos?

Mi curiosidad no era tan grande como para abordarlo y pedirle respuestas, así que continué mi camino y me alejé en dirección al coche.

—¡Eh! ¡Espere!

Maldije mi suerte para mis adentros y me giré para ver a Lawton haciéndome un gesto imperioso.

—Quiero hablar un momento —me dijo.

Sentí la tentación de hacer como que no había oído nada, pero demasiadas generaciones de antepasados sureños me lo impidieron. Eché a andar en su dirección y me detuve a unos pasos de él.

—¿Qué desea? —Mi tono podría congelar el agua.

Lawton parecía impasible. Señaló la casa que había estado mirando y preguntó:

—¿Quién vive ahí?

De su mano izquierda colgaba una botella de Jack Daniel's prácticamente vacía.

—No lo sé. Pero si va mañana a la biblioteca, alguien le ayudará a averiguarlo.

—Claro... —Connor asintió—. Cómo no se me ha ocurrido... —Volvió a mirar la casa—. Y probablemente sepan quién vivía antes también... —Bebió un trago de *bourbon*.

—Sí, o puede ir al juzgado del condado y consultar los registros. Está aquí al lado.

A aquellas alturas me corroía la curiosidad. ¿Estaba interesado en comprar la casa? Aguardé un instante, pero Lawton seguía concentrado en la casa.

—Bueno, si eso es todo... —dije dándome la vuelta.

Lawton salió de su ensoñación.

—No, espere. —Su mirada se clavó en la mía—. Es el padre de Laura, ¿verdad?

—Sí.

Lawton asintió.

—Me lo imaginaba. No había caído hasta ahora, pero al verlos en la fiesta el parecido era evidente. Además de lo de la biblioteca... Me contó que su padre era bibliotecario.

—Sí, efectivamente —dije—. Bueno, si eso es todo, yo ya me iba.

Lawton me agarró del brazo antes de que pudiera alejarme.

—Eso no es todo. —Me soltó cuando me zafé mirándolo con cara de pocos amigos—. Dígale a Laura de mi parte que puede andar por ahí con ese escenógrafo de tres al cuarto, pero que acabará volviendo conmigo. Cuente con ello.

Me esforcé por mantener un tono frío.

—Eso será asunto de Laura. Me ha dicho que ya no está interesada en usted y, por su bien, más le vale creérselo. Búsquese a otra.

La cara de Lawton enrojeció y sentí la ira bullendo en su interior.

—Y una mierda. —Echó un escupitajo al suelo—. Laura es mía y como alguien intente alejarme de ella, lo reviento.

CAPÍTULO SEIS

De haber tenido un objeto contundente en las manos, lo habría estampado contra la cabeza de Connor Lawton, y eso que no soy violento por naturaleza, pero aquel dramaturgo beligerante sacaba lo peor de mí. Estaba tan enfadado que no podía ni hablar, las palabras se me enredaban en el cerebro. Respiré hondo un par de veces antes de responder:

—Ni se le ocurra acercase a ella, malnacido. Deje en paz a mi hija. Y lo mismo vale para todos los tíos con los que salga. Si se pasa de la raya, lo meteré en la cárcel en menos que canta un gallo.

Me acerqué y mi cara debió de impresionarle lo suficiente como para recular.

—No me da miedo, carcamal. —Pese a su tono jocoso, percibía que no estaba tan seguro de sí mismo como pretendía transmitir con sus palabras—. Es usted quien debería echarse atrás.

Saqué el móvil y marqué un número que me sabía de memoria. Cuando contestó la operadora, dije:

—Con la inspectora Berry, por favor. De parte de Charlie Harris. —Me aparté el teléfono de la boca y precisé—: Es una buena amiga que me debe unos cuantos favores, como por ejemplo meterlo entre rejas unos días por miserable.

En el altavoz, la voz de la operadora me contestó:

—Lo siento, caballero, pero la inspectora no está disponible en estos momentos. ¿Puede ayudarle otra persona?

Vaya. Eso no estaba en el plan. ¿Qué podía hacer?

En ese momento vi que no iba a ser necesario hacer nada. Connor Lawton se marchaba con el rabo entre las piernas.

Di las gracias rebosante de satisfacción y colgué, mientras Lawton se subía a un coche aparcado a media manzana de allí y arrancaba. Guardé el teléfono en el bolsillo y me encaminé a mi coche.

Un rato después, ya en casa, entré en la cocina anunciando mi llegada, pero nadie respondió. Por lo general, Diesel solía esperarme, pero no aquella noche. Colgué la americana y la corbata en la barandilla del vestíbulo y me arremangué mientras salía al porche trasero. En cuanto abrí la puerta, detecté el olor del puro de Sean y, antes de dar dos pasos, Diesel me saludó con un ronroneo quejumbroso. Le rasqué la cabeza.

—Lo siento, amigo, pero no podía llevarte. Te lo habrías pasado en grande, eso seguro.

A diferencia de otros gatos, le gustaba conocer personas y sitios nuevos.

Diesel seguía enfurruñado, iba a tardar un rato en volver a estar de buen humor. Me miró fijamente y yo le sonreí. Sobre nuestras cabezas, el zumbido de un ventilador de techo agitaba el aire caliente y hacía soportable estar lejos del aire acondicionado.

—Este gato es lo más. Nunca había visto un animal tan elocuente —comentó Sean entre risas—. ¿Qué tal la fiesta?

Estaba sentado en una vieja butaca en la esquina derecha, su lugar favorito para fumar y relajarse. Aunque hubiera preferido que no tuviera el vicio, el aroma me recordaba a mi querido abuelo Harris, que llegó a los noventa y pico saboreando sus habanos con unos tragos de *bourbon*. Desde que murió, hace más de veinte años, el olor de un buen puro, obviando los riesgos para la salud, me traía buenos recuerdos.

—Ha estado bien, normalita. —Me senté en el ajado sofá de piel y Diesel se encaramó a mi lado. Se dignó a apoyarme una pata en la pierna, le rasqué el lomo y la cabeza y ronroneó satisfecho—. Laura ha sido la reina del baile, si se le puede llamar así. Se ha ido a cenar con uno del departamento de Arte Dramático. Se llama Frank Salisbury, parece buen tipo.

Sean meneó la cabeza mientras exhalaba una vaharada de humo y contemplamos cómo se arremolinaba hacia el techo, aspirada por el ventilador que tenía justo encima.

—Está claro que no pierde el tiempo.

—Tampoco él. —Ante mi sequedad, Sean esbozó una sonrisa irónica—. Connor Lawton se ha puesto como un energúmeno al ver a Laura con otro. —Le describí la escena de la fiesta—. Y después, al marcharme, me lo he vuelto a encontrar fuera mirando la casa de al lado. —Aunque me volvió a picar la curiosidad, no era el momento de entrar en especulaciones—. Me ha abordado y ha amenazado con ponerse violento con quien ose interponerse entre Laura y él.

—¿Cómo? —Sean se incorporó de golpe—. Dime exactamente lo que te ha dicho.

Reproduje la conversación lo mejor que pude, ante el gesto ceñudo de Sean.

—Alguien debería darle una lección a ese cretino.

—Estoy de acuerdo, pero no quiero que te pelees con él. Voy a contárselo a Kanesha Berry, a ver si puede ir a decirle cuatro cosas.

Sean se rio.

—Si no lo asusta ella, no lo asustará nadie. Qué mujer tan intimidante... —Dio una calada—. Dudo que una amenaza verbal baste para solicitar una orden de alejamiento, pero ella nos lo confirmará.

—Espero que no haga falta llegar a eso. Tal vez Kanesha pueda bajarle los humos. Laura está entusiasmada con lo de dar clases aquí, no quiero que nada se lo estropee.

—No lo permitiremos. —Sean dejó caer la ceniza en el cenicero y dio otra calada antes de continuar—. De todas maneras, puede que Lawton no dé abasto, me da que Damitra Vane va a causarle suficientes dolores de cabeza como para que le quede tiempo de pensar en Laura o en otra. Tienes que conocerla, papá. Creía que Laura exageraba con lo de su inteligencia, pero en comparación con la señorita Vane, Diesel es un catedrático. —Hizo un gesto de desesperación—. Hablar con ella me ha dejado agotado. Tiene la capacidad de atención de un pez payaso. O ni eso.

—Vaya... ¿Y está detrás de la foto?

No tenía el menor interés por conocerla, solo quería que dejara en paz a Laura.

—Sí. Y aunque sea más tonta que un zapato, tiene cierta astucia. Me ha costado unos minutos, pero al final he conseguido que admitiera que había metido la fotografía por la ranura del correo.

Sean dio otra calada.

—¿Qué más le has dicho?

—Que era el abogado de Laura y que como siguiera acosándola, la iba a demandar. He tenido que explicarle el concepto de «acoso» y, después, parecía asustada. Ha jurado dejar de molestar a Laura.

—¿Le has dicho también que a Laura no le interesa salir con Connor? ¿Que son solo amigos, según Laura? —Quería hasta el último detalle de esa conversación.

—Eh, papá, que no soy un pardillo recién salido de la facultad... Sabía lo que tenía que decirle y eso he hecho.

Percibí cierta hosquedad en su tono de voz y me di cuenta de que lo había ofendido. Diesel maulló, alerta como siempre a los cambios de temperatura emocional. Le acaricié la cabeza y volvió a calmarse.

—Perdona, hijo, no pretendía cuestionar tus mañas. —Incluso después de cinco meses esforzándome por fortalecer nuestra relación, todavía me las arreglaba para sacarlo de quicio de vez en cuando—. Digamos que es culpa de la sobreprotección.

—Tranquilo, papá. Me he pasado.

Sean tuvo la delicadeza de mostrarse avergonzado y yo sonreí para hacerle ver que lo entendía.

—¿La señorita Vane ha dicho algo amenazante contra Lawton?

Sean se rio.

—No exactamente. Ha dicho que se cuidaría de que ninguna otra mujer le echara las zarpas. Connor es suyo y solo suyo, y ninguna otra mujer, salvo que aquí ha utilizado un término mucho más colorido y vulgar, tiene la menor oportunidad con él. La pobre espera que Connor recupere el sentido común y se dé cuenta de que es la mujer de su vida.

—Pues supongo que habrá que desearle buena suerte... —dije encogiéndome de hombros—. Mientras deje en paz a tu hermana, lo demás me trae sin cuidado. Y lo mismo va para Lawton.

—Aun así —dijo Sean, con un tono más serio—, Laura debería mantenerse al margen de esos dos.

—Hablaré con ella. Y con Kanesha Berry. Ahora, cambiemos de tema. ¿Cenamos algo?

Sean expulsó el humo y se sacó el puro de la boca.

—No tengo hambre. Me he comido un par de bocadillos antes de venir. —Dio unos toquecitos con el puro en el cenicero—. He dado por hecho que comerías en la fiesta.

—Algo he comido... —Suspiré—. No mucho, pero probablemente suficiente. En realidad no me hace falta más. —Me levanté del sofá—. Pero me vendría bien algo de beber. ¿Quieres algo?

—No, gracias. —Sean señaló un botellín de cerveza que había en la mesa que estaba justo a su butacón—. Todavía tengo para rato.

—Bueno, pues te dejo. Voy a llamar a Kanesha y luego probablemente me iré arriba.

—Buenas noches, papá.

—Buenas noches, hijo.

Me encaminé hacia la puerta acompañado de Diesel. Llamé a la comisaría del condado desde el teléfono de la cocina y dejé un recado para Kanesha. Aquella noche no supe nada de ella. Pensaba darle de plazo hasta la noche siguiente para que se pusiera en contacto conmigo; si no recibía noticias, empezaría a llamar hasta que consiguiera dar con ella.

Tras un domingo tranquilo, el lunes por la mañana fui a trabajar a la biblioteca de la universidad a las nueve menos cuarto. Diesel llevaba su arnés y recorrimos las pocas manzanas que nos separaban del campus bajo el aire caliente y denso de la mañana. Nos cruzamos con varias personas por el camino y tuvimos que detenernos para que Diesel saludara a sus admiradores. Incluso después de tres años, un gato gigante con correa seguía causando sensación.

Nuestro paseo era tan rutinario que me permitía pensar en otras cosas. El día anterior, Kanesha no me había devuelto la llamada y aquella misma mañana le había dejado otro mensaje. ¿Dónde diablos se había metido? Debería habérselo preguntado a Azalea cuando había llegado a casa, pero no quería meterme entre madre e hija. Si Azalea se enteraba de que Kanesha me estaba dando largas, a buen seguro reprendería a su hija por maleducada. Lo intentaría más tarde.

En cuanto entramos en la mansión colonial que albergaba las oficinas administrativas, los archivos y la sala de libros raros de la biblioteca, le quité la correa a Diesel y este subió las escaleras a la carrera. Yo lo seguí más despacio, y cuando alcancé la puerta de mi despacho, me recibió con un par de gorjeos.

Diesel entró primero, esperó a que le quitara el arnés, fue a la ventana detrás de mi escritorio y se acomodó en el gran cojín del alféizar de la ventana. Era su atalaya especial y le encantaba. Desde allí podía observar a los pájaros atraídos por el roble centenario que había al otro lado del cristal y dejarse acariciar por el sol de la mañana. Bostezó y se estiró mientras yo arrancaba el ordenador.

Conseguí leer tres correos antes de que Melba Gilley, la secretaria del director de la biblioteca, Peter Vanderkeller, apareciera para su visita matutina. Melba y yo nos conocíamos desde la escuela y siempre habíamos sido amigos. En el instituto era una belleza y, a sus cincuenta y un años, aún conservaba el tipo y el estilo.

—Buenos días, Diesel. —Melba tenía devoción por mi gato y Diesel le correspondía. Se incorporó, le canturreó y le sopló un beso mientras se deslizaba en su silla junto a mi escritorio—.

Y buenos días a ti también, Charlie. ¿Qué es eso de que tu hija ha venido a trabajar al departamento de Arte Dramático?

Reprimí una sonrisa. Si la radio macuto del campus pudiera compararse con una red informática, Melba sería el concentrador. Abrí los ojos como platos con aire inocente:

—Melba, aquí me has fallado. ¿Cómo es que no te enteraste la semana pasada?

Melba me miró con cara de fastidio.

—Porque mi fuente no me lo contó hasta ayer, después de misa, mal rayo la parta. —Se retiró una pelusa invisible de la manga—. Y antes de que preguntes, te lo diré: ha sido Sarabeth Conley. —Sonrió—. Me contó que era tu niñera cuando eras un pipiolo. Y también que eras un poco trasto. La única manera de tenerte quieto era cantando. —Me ruboricé y Melba soltó una risita—. También eras un poco trasto en primaria, por lo que recuerdo. Siempre metido en líos por hablar en clase. Hasta que la señora Tenney te quitó el hábito.

—Y que yo recuerde —repuse socarrón—, no era el único al que regañaban por hablar en clase. Recuerdo a un terrorífico angelito con coletas que tampoco se quedaba corto...

Ambos sonreímos.

—Imagino que estarás encantado de tener a Laura por casa este semestre.

Asentí con la cabeza.

—Ya lo creo... Con lo poco que la veo. Estoy muy orgulloso de ella y de su carrera, pero se me hace cuesta arriba tenerla tan lejos.

Melba se inclinó hacia mí y me dio unas palmaditas en el brazo.

—Eso es lo duro de ser padre, supongo.

Su rostro se ensombreció. Melba no tenía hijos y yo sabía que lo lamentaba.

Decidí cambiar de tema.

—¿Qué has oído sobre el genio del departamento de Arte Dramático, Connor Lawton?

—Que tendrá suerte si pasa el año sin que le partan la cara. —Melba hizo un gesto de desaprobación—. Va soltando agravios a diestro y siniestro. Ser una eminencia no le llevará muy lejos.

—Hay quien opina que a los artistas se les puede permitir la mala educación, que forma parte de su personalidad creativa.

Melba resopló.

—No veo por qué. Nadie tiene excusa para ser tan grosero. Además, habiendo nacido en el sur, debería saberlo.

—¿En el sur? —Primera noticia.

—Aquí mismito, en Athena, para más señas. —Melba se regodeaba de mi sorpresa—. Vivió aquí hasta los cuatro o cinco años, por lo que he oído. Entonces su padre consiguió trabajo en el este. Connecticut, o Vermont, no sé. —Frunció el ceño—. Bueno, creo que eso es lo que dijo Sarabeth.

Me daba que Sarabeth era otro foco de la red de cotilleos, debería aconsejar a Laura andarse con ojo con lo que decía y hacía cerca de la secretaria del departamento de Arte Dramático.

Como en el campus las noticias corrían como la pólvora, pensé que sería mejor contarle a Melba lo de Connor y Laura. Iba a enterarse de todos modos, así que prefería que lo supiera de mi boca y no que le llegara alguna historia de pasión no correspondida.

—Laura salió con él un tiempo. Según ella, tiene un lado tierno, aunque debo decir que yo no se lo he visto. —Obvié mencionarle las amenazas de Lawton.

No era habitual sorprender a Melba con cotilleos tan jugosos y tuve que esforzarme para no reírme de su expresión de asombro.

—Al menos tiene buen gusto con las mujeres. Aunque, por lo que he oído, tu hija se ha quitado un peso de encima. —Melba se puso de pie—. Bueno, tengo que volver abajo antes de que Su Majestad se me enfade por algo.

Peter Vanderkeller era un hombre brillante, un buen director de biblioteca, pero no tenía los pies en la Tierra; sin Melba para organizarle las cosas, no se las arreglaría.

Melba se despidió y le lanzó otro beso a Diesel, que le devolvió un maullido.

Agradecido por el silencio, volví a concentrarme en la bandeja de entrada.

Cuando terminé, pasé a otras tareas, como catalogar más libros de la colección Delacorte. Lamentaba el infausto motivo por el que aquel legado había acabado en la universidad de Athena (a raíz de una muerte violenta), pero tenía que reconocer que me había emocionado tener entre mis manos primeras ediciones de clásicos como *Orgullo y prejuicio*, *Middlemarch* y *La feria de las vanidades* mientras los catalogaba.

Un toque en la puerta interrumpió mi profunda concentración. Al levantar la vista, vi a Laura entrando en el despacho. Sonrió al detenerse frente a mi escritorio:

—Vaya, sí que te aplicas a fondo en el trabajo, papá. He tenido que llamar un par de veces antes de que me oyeras.

Me reí y aparté el libro que estaba catalogando.

—*Mea culpa*. Me olvido del mundo cuando trabajo. —Al mirar el reloj me llevé una sorpresa—. Pero ¡si son las once y media!

Laura se sonrojó.

—Quedaste en llevarme a almorzar, ¿te acuerdas?

—Es verdad...

La miré un instante, recordando nuestra conversación de la víspera, cuando le informé de las amenazas de Connor Lawton.

Increíble como era, mi hija me leyó la mente:

—Deja de preocuparte, papá. Ya te lo he dicho, Connor es un bocazas, pero no hará nada. No le haría daño a una mosca. Como dicen en Texas: mucho sombrero, pero nada de ganado.

—Espero que tengas razón.

Seguía pensando en pedirle a Kanesha que hablara con él, independientemente de lo que dijera Laura.

Diesel bajó del alféizar de la ventana de un salto y atravesó el escritorio en dirección a Laura. Tras saludarla con un maullido, ella le complació con una caricia en la cabeza. El rumor de su ronroneo indicaba lo mucho que apreciaba el gesto.

—Eres un gatete precioso —le dijo Laura.

Diesel volvió a maullar, como diciendo: «Pues claro», y Laura y yo nos reímos.

Con el gato de nuevo atado con arnés y correa salimos de la biblioteca y echamos a andar hacia la pequeña cafetería del edificio del sindicato de estudiantes. En términos generales, la comida dejaba bastante que desear, pero la ensalada de pollo, uno de nuestros platos favoritos, estaba riquísima.

De las treinta mesas que había en el patio sombreado, aquel día solo tres estaban ocupadas. Laura y Diesel eligieron una en un rincón apartado donde podríamos comer a nuestro aire mientras yo entraba a buscar la comida. Al cabo de un rato, cuando salí por la puerta principal vi a Laura con cara de pocos amigos frente a una rubia voluptuosa y bronceadísima que vociferaba y hacía aspavientos. Diesel gruñía y había echado las orejas hacia atrás.

Crucé el patio a toda prisa, cargado con la bandeja, esperando ser capaz de evitar que mi gato la atacara.

CAPÍTULO SIETE

Diesel acostumbraba a ser un gato manso y nunca lo había visto comportarse así.

—Tranquilo, Diesel, tranquilo... —repetí mientras me acercaba.

Al oírme, Laura agachó la mirada. Se acercó al gato para calmarlo con su contacto y, suavizando la voz, le dijo a la rubia:

—Para, Damitra. Estás poniendo nervioso al gato.

Con manos temblorosas, dejé la bandeja en la mesa.

—Sí, por favor, baje la voz. No hay necesidad de armar este alboroto.

Miré fijamente a Damitra Vane. La combinación de dos humanos y un felino de tamaño considerable pareció silenciarla. Observó al gato recelosa, luego a mí y, por último, a Laura.

—¿Qué está pasando aquí? —le pregunté a mi hija.

Laura le lanzó una mirada asesina a Damitra Vane.

—Diesel y yo estábamos aquí sentados, sin molestar, cuando ha aparecido Damitra y ha empezado a hostigarme. —Levantó una mano cuando Damitra empezó a hablar—. Déjame hablar o Diesel te muerde una pierna.

Damitra Vane miró aterrorizada a Diesel y retrocedió una distancia prudencial, pero en el momento en que me disponía a protestar y decir que Diesel nunca haría algo así, ya había huido.

Diesel se acurrucó contra mí y gorjeó, y yo me agaché, lo tomé entre mis brazos y le murmuré unas palabras para tranquilizarlo.

—Mi pobre gatete, siento haberte difamado —dijo Laura entre risas—, pero suponía que así me libraría de Damitra. De todas maneras, Diesel la ha asustado. Le he dicho que era de una raza de felino de caza del Tíbet y se lo ha tragado.

—Si es tan boba como para creérselo, por mí bien. No debería haberte molestado. —Repartí platos y bebidas y dejé la bandeja a un lado—. ¿Qué quería?

Laura desdobló la servilleta y la extendió sobre su regazo.

—Al parecer, el sábado por la tarde recibió una visita de mi *abogado* —dijo recalcando con sorna las palabras—, que le advirtió que me dejara en paz. ¿Hablaste con mi *abogado* a pesar de que te dije que podía manejarlo yo solita?

Hundió el tenedor en la ensalada de pollo con un brillo acerado en la mirada.

—Fue un esfuerzo colectivo. —Agarré el tenedor—. A Sean y a mí nos pareció buena idea. No nos hace mucha gracia que una chiflada, la palabra que usaste tú, te lo recuerdo, te acose por un tipo con el que ahora solo tienes una relación de amistad.

Laura bajó el tenedor y me fulminó con la mirada.

—Ya no soy una niña y más vale que a Sean y a ti os vaya entrando en vuestras cabezas de machitos. Me las he arreglado bastante bien en Hollywood durante cuatro años.

Alcé las manos en señal de rendición.

—Te lo concedo. Sean y yo no deberíamos haber hecho nada sin consultártelo antes. —Ahora me tocaba a mí fulminar un poco con la mirada—. Pero recuerda, jovencita, que da igual la edad que tengas y lo capaz que seas, siempre serás mi hija. Me reservo el derecho de preocuparme por tu bienestar.

Laura me miró divertida.

—No tienes remedio. —Comió otro bocado de ensalada de pollo—. Esto está de muerte.

—Lo mejor de la carta con diferencia.

Saboreé un bocado antes de dar un sorbo de té. Puede que Laura pensara que había conseguido evitar la conversación sobre Damitra Vane, pero debería haberme conocido mejor.

—Sobre Damitra Vane... —me aventuré a decir con delicadeza—. No pienso organizarte la vida, pero si esta chica tiene intención de quedarse en Athena mientras tú estés por aquí, quiero saber cuándo te molesta.

Laura me miró un momento y, por su expresión, me di cuenta de que estaba exasperada. Diesel eligió la ocasión para gorjearle, sin duda insinuando que la ensalada de pollo sería muy bienvenida, y la repentina tensión se relajó. Sonrió.

—Pff... Hombres. ¿Qué voy a hacer con vosotros?

—Responder a mi pregunta, por ejemplo. ¿Qué te ha dicho?

Laura se rindió.

—Mira, papá, más de lo mismo, la verdad. Evidentemente, Sean no le metió mucho miedo, porque ha venido a darme la matraca con Connor. He intentado decirle que ya no estamos juntos, pero no escucha.

—Como te vuelva a molestar, me planto en la comisaría del condado. Conozco a una persona que probablemente sabrá dejárselo bien claro.

—¿La hija de Azalea? —Laura se limpió la boca con delicados toques de servilleta antes de volver a pinchar un bocado.

—Efectivamente. —Seguía sin noticias de Kanesha y ahora tenía otra razón para hablar con ella—. Kanesha impone incluso sin querer. Me juego un brazo a que consigue achantar a la señorita Vane.

Le di a Diesel un trocito de pollo que desapareció en un abrir y cerrar de ojos, y noté una pata grande que me daba un toque en la pierna. Un bocado nunca era suficiente.

—No habrá que llegar a eso. —Laura vio algo a mi espalda y su repentino cambio de expresión me sobresaltó—. Mierda, lo que me faltaba... —Hizo una mueca—. Papá, no te metas y no pierdas los estribos. Es cosa mía.

—¿El qué?

Empecé a girarme, pero cuando oí la voz de la persona que se acercaba por detrás, me quedé petrificado.

—Laura, ¿por qué no me devuelves las llamadas? ¿Sabes lo cabreado que estoy contigo ahora mismo?

Laura le sugirió a Connor lo que podía hacer con el teléfono y, si bien no era anatómicamente imposible, sería doloroso. Me horrorizó su crudeza, pero en el fondo no podía culparla. Lawton causaba ese efecto en la gente. Me puse de pie y lo encaré.

—Ya se lo dije anoche, deje en paz a Laura. No está interesada. Si sigue molestándola, acabará entre rejas.

Diesel bajó las orejas y volvió a sisear. Se agachó como si estuviera a punto de abalanzarse sobre el dramaturgo, pero se relajó cuando Laura le acarició la cabeza.

Lawton se limitó a encogerse de hombros, sacó una silla y se sentó.

—Tranqui, papaíto, que no voy a pegar a nadie. Ayer llevaba unas copas de más... Relájese y olvídelo. —Hizo un gesto con la mano en mi dirección y luego miró a Laura—. ¿Qué pasa, muñeca?

—No te haces idea de cuánto odio que me llames así. Ese apodo tiene la gracia del culo de un babuino... La misma que tú, de hecho.

Laura agarró el té helado y alternó la mirada entre Lawton y el vaso. No me habría sorprendido que el dramaturgo acabara con la cara empapada.

Para mi sorpresa, Connor se rio.

—No me lo irás a tirar, ¿verdad? Ojo, que papaíto está mirando.

Laura dejó el vaso.

—Connor, eres un zoquete. Con razón mi padre quiere avisar a la policía para que te metan en la cárcel.

—Oye, que me estoy portando bien —dijo con una sonrisa beatífica—. Me merezco una recompensa por niño bueno, ¿no?

—Escúchame. —Laura se cruzó de brazos y fulminó con la mirada a su exnovio—. Si no puedes ser medianamente civilizado, vete y déjanos terminar de comer.

—¿Solo medianamente? —Lawton se sacó una cajetilla arrugada y un mechero del bolsillo de la camisa. Extrajo un cigarrillo, lo encendió y soltó el humo hacia mí.

—He conocido cerdos con mejores modales que usted, señor Lawton. No quiero tener su asqueroso humo en mi cara. —Agité el aire para disiparlo.

—Lo siento —se disculpó alzando las manos en señal de rendición. Dio otra calada y se giró para exhalar el humo, que volvió flotando hacia mí. Lawton se encogió de hombros, apagó el cigarrillo contra la suela de su bota gastada y lanzó la colilla a la hierba, a varios metros de distancia—. ¿Así mejor?

Asentí a regañadientes, absteniéndome de hacer ningún comentario sobre los residuos, y volví a levantar el cubierto. No me había cortado el apetito, aunque la comida con mi hija había perdido toda la gracia. Por el bien de Laura, no quería discutir con él. Recordé ese viejo dicho que recomienda tener cerca a los amigos y más cerca a los enemigos y pensé que, al menos por el momento, algo de razón tenía.

—No te vendría mal tener la boca cerrada y los oídos abiertos durante un par de semanas. —Laura apuñaló tan fuerte la comida que pensé que el tenedor atravesaría la bandeja de plástico y se hundiría en la madera de la mesa—. Aprenderías mucho de las personas de por aquí sobre cómo se comporta la gente normal.

Diesel soltó un maullido al tiempo que iba a sentarse con Laura, que miraba exasperada al dramaturgo. Le rascó para hacerle saber que estaba bien.

—Ya conoces mi trabajo. —El dramaturgo se cruzó de brazos y sostuvo la mirada fiera de Laura—. Yo no escribo sobre gente normal. Lo normal es un aburrimiento. Nadie va al teatro a ver cosas normales.

—No —tercié yo—, pero eso no impide que, fuera del teatro, se espere que un artista se comporte como un ser humano decente y trate a los demás con respeto.

—¿Le importa si le cito? —repuso burlón y, volviéndose hacia Laura, añadió—: ¿Qué te ha parecido la nueva versión del primer acto?

Las fosas nasales de Laura se dilataron.

—Me lo has enviado esta mañana, aún no me ha dado tiempo ni a abrir el archivo. Tengo otras cosas que hacer, como preparar las clases que empiezo a dar dentro de menos de una semana.

Lawton torció el gesto.

—Tienes que leértelo pronto, voy a dárselo al grupo del taller dentro de un par de días. —Se le iluminó el rostro—. Ya sé: vente a cenar esta noche y lo leemos juntos. Cocino yo.

—No cocinas tan bien. —Me entraron ganas de reír ante la socarronería de mi hija—. Y tengo otros planes para esta noche.

—No estarás saliendo con esa mariposita que da clases de escenografía, ¿verdad? —preguntó pensativo.

—Y a ti qué te importa con quién me junto, sea hetero o no. Además, ¿cómo vas a tener tiempo para mí cuando el amor de tu vida está por aquí? —Laura le obsequió con una sonrisa dulce.

Lawton abrió los ojos de par en par y se quedó boquiabierto.

—Mierda. No me digas que la chalada de Damitra anda por aquí.

El torrente de palabrotas que salió de su boca habría enorgullecido hasta al más malhablado de los marineros.

Consideré que carecía de sentido protestar por su vulgaridad. Aquel tipo tenía la cara más dura que el cemento. O, mejor dicho, que el hormigón armado. Laura se rio de él.

—Estarás demasiado ocupado escondiéndote de ella para andar incordiándome, bueno, a mí y a cualquiera. Sois tal para cual.

Lawton se levantó de repente, tirando la silla hacia atrás.

—No me vaciles, Laura. No te olvides de quién te consiguió este trabajo. —Se quedó mirando a mi hija un momento—. Ni de quién tiene contactos en Hollywood que pueden impulsar tu carrera o hundirla.

Dicho aquello, se alejó dando grandes zancadas.

Laura estaba tan furiosa que no podía hablar. La vi esforzarse por encontrar las palabras para replicar, pero Lawton ya estaba demasiado lejos.

—No le hagas caso, cariño. Es un impertinente, un arrogante y un bocazas.

—Desgraciadamente no. Tiene muchos contactos en Los Ángeles. Una palabra suya en ciertos oídos y estoy fuera del mercado. —Aporreó la mesa con los dos puños—. Lo empujaría delante de un camión, te lo juro.

CAPÍTULO OCHO

La semana pasó volando. Laura, cada vez más nerviosa con la preparación de sus clases, se pasaba la mayor parte del tiempo encerrada en su habitación o en el despacho del campus. Cuando conseguía hablar con ella, su estado de ánimo oscilaba entre la ilusión y el miedo. En realidad, bastante parecido a la víspera del estreno de sus funciones en el instituto y la universidad.

Durante aquellas breves charlas, no mencionó ni a Connor Lawton ni a Damitra Vane, no sé si porque me ocultaba cosas o porque mi solicitud de que Kanesha Berry interviniese semioficialmente había dado sus frutos.

La escurridiza inspectora se había dignado a contactarme a mediados de semana sin darme ninguna razón para haber tardado tanto en devolverme las llamadas, aunque yo tampoco se la pedí, pues ya había aprendido a tratar con ella. Me limité a exponerle la situación y le pedí que hiciera lo que estuviera en su mano para desescalar el conflicto. Me dijo que hablaría con Connor y Damitra, y con eso tuve que contentarme.

Aquella mañana, el segundo lunes del semestre, Laura, Diesel y yo desayunamos juntos. El resto de los habitantes de la casa, Sean, Stewart, Dante y Justin, aún no había hecho acto de presencia.

Mi asistenta, Azalea Berry, estaba frente a los fogones, y el olor a tortitas y beicon perfumaba el aire. Diesel se sentó junto a mi silla, con el hocico tembloroso, esperando algún manjar. Las tortitas y el beicon lo volvían tan loco como a mí. Yo intentaba reducir al mínimo la comida para humanos que le daba, pero era difícil resistirse a esa carita adorable de ojos implorantes. Solo Azalea era inmune a esos llamamientos.

Laura dio un sorbo de café.

—¿Te gustaría venir a ver cómo trabajamos la obra, papá?

—Me encantaría. —Me serví un chorrito de leche y añadí un par de sobres de edulcorante artificial—. Nunca he visto la preparación de una obra. ¿Crees que es buena idea?

No quería líos con el dramaturgo. Cuanto menos tratara con él directamente, mejor.

—Todo irá bien. —Laura sonrió—. Connor ni se percatará de tu presencia, estará metido en el escenario y el elenco.

—De acuerdo, iré. —Me recliné en el respaldo mientras Azalea nos servía los platos y le di las gracias.

Azalea asintió y se apartó para ver cómo Laura y yo nos comíamos las tortitas.

—Mmm... —Laura masticó extasiada—. Azalea, estas tortitas son un bocado de cielo.

Azalea le regaló una sonrisa. Le tenía mucho cariño.

—Gracias, señorita Laura. Y ahora a comer. Trabaja usted demasiado y se ha quedado en los huesos, por más que intento alimentarla como es debido.

Laura soltó una carcajada.

—Eh, me esfuerzo mucho por mantener la línea. Tu comida ha estropeado mi dieta habitual de palitos de zanahoria y apio. Si dejara de salir a correr, me pondría como esta casa.

—Venga ya. —Azalea soltó una carcajada, un sonido que rara vez oía—. Un pajarito como usted... No hay manera de que engorde tanto, ni siquiera con mi comida.

—No, aquí el que está engordando soy yo —protesté contemplando mi pila de tortitas a medio terminar.

Azalea me miró sin ningún asomo de compasión.

—Levántese y mueva el trasero como la señorita Laura y dejará de lamentarse por engordar. Su problema es que se sienta a leer libros y a acariciar a ese gato holgazán en lugar de moverse —sentenció antes de volverse hacia los fogones.

Fingí indignarme:

—Os recuerdo que subo y bajo las escaleras de esta casa varias veces al día y que además voy andando a la universidad.

Diesel expresó su apoyo con un maullido, Laura soltó una risita y habría jurado que vi temblar ligeramente los hombros de Azalea. Recompensé a mi gato con un trozo de tortita. En aquel momento, aparecieron Stewart y su revoltoso caniche Dante.

—Buenos días, buenos días —entonó al son de la célebre melodía de *Cantando bajo la lluvia*. Laura se le unió con un par de versos más, Diesel decidió sumar sus gorjeos y Dante añadió algunos aullidos al conjunto.

Yo observaba con una sonrisa de perplejidad. Azalea negaba con la cabeza mientras servía un plato de tortitas y beicon en la mesa para Stewart. Cuando el cuarteto vocal terminó, Stewart hizo una reverencia y yo aplaudí.

—Venga, a desayunar se ha dicho. —Azalea señaló el plato de Stewart—. Nadie me cree cuando les cuento cómo se las gasta la gente en esta casa.

Sus labios se fruncieron.

—Sus deseos son órdenes para mí, oh, diosa de la Espátula.

—Stewart le lanzó un beso a Azalea antes de sentarse—. Estoy muerto de hambre, podría comerme una torre de estas fabulosas tortitas y otra de ese beicon exquisitamente crujiente. —Regó su plato con una generosa cantidad de sirope y agarró cuchillo y tenedor. Tras el primer bocado proclamó—: Oh, dicha, oh, gozo.

Dante gimoteó y se alzó sobre las patas traseras para mendigar. Azalea sacudió la cabeza.

—Usted y sus historias, nunca he visto a nadie hacer semejantes sandeces. Debe ser el blanco más chiflado que he visto en la vida —soltó con un bufido—. Y, para colmo, con esa ratilla a la que tiene por perro. Vamos, dele ya un poco de tortita para que deje de lloriquear. Sé que lo hará en cuanto me dé la vuelta.

—Ay, Azalea. Pero me adora y a mi perrito también, reconózcalo —dijo Stewart con un cómico aire angelical.

Azalea resopló resignada y batió el aire con un gesto de la mano.

—Sabe Dios que no tiene sentido que intente oponerme...

Advertí que una sonrisa afloraba de sus labios antes de volverse a la cocina. Se hacía la indignada por las payasadas de Stewart, pero veía que le hacían gracia y también soportaba a Dante mucho mejor que a Diesel.

Stewart era un entretenimiento para todos, había que reconocerlo. Cuando se instaló en casa tuve mis dudas, pero pese a sus excentricidades (era una reinona arquetípica, según él), tenía muy buen fondo y se podía confiar en él.

—Qué buena voz tienes —le dijo Stewart a Laura—. No me puedo creer que no hayas hecho musicales.

—Gracias. Hice mis pinitos en la universidad, pero desde entonces no he vuelto a intentarlo. —Laura mordisqueó una tira de beicon—. No he tenido oportunidad, pero me gusta cantar. Sobre todo en la ducha.

—Afortunada ella... —dejó caer Stewart sonriente—. Bueno, pimpollo, cuéntame novedades de don Tatuajes Enfurruñado. ¿A cuánta gente ha increpado últimamente?

—¿Cuánto tiempo tienes? —ironizó poniendo los ojos en blanco—. Todo el departamento de Bellas Artes quiere retorcerle el pescuezo, pero tenemos que tragárnoslo. Después de todo, es un genio.

Se rio entre dientes.

—¿Qué te parece su obra? ¿Es buena?

Hice un amago de levantarme para rellenarme la taza, pero antes de que pudiera moverme, Azalea estaba a mi lado con la cafetera.

Laura meditó su respuesta.

—Creo que sí. He leído el primer acto un par de veces este fin de semana. Hay algunas partes flojas, pero creo que con el trabajo del taller mejorarán.

—¿Qué quieres decir? —preguntó Stewart.

—Escribir diálogos es complicado. Oírlos en tu cabeza es una cosa, pero oírlos interpretados es otra. —Pinchó un trozo de tortita—. Connor es brillante con los diálogos, pero de vez en cuando mete la pata. Escucharlos en boca de los actores será esclarecedor, y Connor es bueno detectando los puntos flacos.

—¿Y puede ir cualquiera a verlo?

Stewart le pasó otro trocito a Dante a hurtadillas.

—Cualquiera no —dijo Laura con una sonrisa—, pero creo que podría colarte. Con mi padre.

—Y Diesel. Recuerda que viene conmigo —puntualicé.

Al oír su nombre, Diesel maulló y Stewart se rio entre dientes.

—Diesel nos hará la crítica, es un gato con criterio. ¿A qué hora es?

—A las dos.

—No es justo. Tengo clase de Química Orgánica y justo después laboratorio. —Stewart soltó un suspiro teatral—. Supongo que tendré que privarme del placer de decirle al genio residente lo que pienso de su obra. Al menos de momento.

—Me aseguraré de hacérselo saber. —Laura sonrió.

Me aparté de la mesa. Era hora de que Diesel y yo nos preparáramos para ir a trabajar.

—Te veo luego, Laura. Que tengas un buen día, Stewart. Y, Azalea, gracias una vez más por un desayuno para chuparse los dedos. —Mi asistenta recibió el cumplido con un gesto de cabeza mientras Laura y Stewart se sumaban a mis comentarios—. Diesel, voy a lavarme los dientes y vuelvo.

Estaba tan acostumbrado a hablar con mi gato que ya no me preocupaba que a otra gente pudiera extrañarle. De todas maneras, Stewart y Laura estaban tan enfrascados en su conversación que probablemente no me oyeron y Azalea se limitó a negar con la cabeza.

Diesel me miró y no tuve ninguna duda de que me había entendido. Me respondió con un par de maullidos y fue a sentarse con Laura cuando me marché, aunque, bien pensado, tal vez ese cambio de posición obedecía al bocado de tortita que asomaba de sus dedos.

La mañana se me pasó sin darme cuenta. Almorcé en mi escritorio. Diesel dormitó la mayor parte del tiempo, aunque de vez en cuando se desperezaba para gorjear a los pájaros del árbol que había junto a la ventana. Golpeaba el cristal con la pata, que hacía un ruido sordo al chocar con el cristal.

A las dos menos cuarto eché la persiana, le puse a Diesel el arnés y salimos hacia el auditorio, que estaba un par de edificios más lejos. Agradecí el cobijo de los árboles centenarios, cuya sombra nos protegía del sol de plomo de la tarde. El terreno del campus antaño había sido un denso bosque, y cuando nació la universidad, antes de la Guerra de Secesión, los fundadores se aseguraron de conservar una vegetación abundante. Desde entonces, la dirección no había fallado a esa política.

El auditorio era un edificio de finales del siglo XIX que exhibía la elegancia de la arquitectura de la edad dorada, como una especie de mansión Biltmore en miniatura. Aunque estaba más ornamentado que el resto de las construcciones coloniales de estilo neogriego, el Centro de Artes Escénicas Maria Hogan Butler se integraba bien entre sus vecinos.

Diesel y yo subimos la ancha escalinata y, tras hacer un alto en la puerta para dejar salir a un par de estudiantes, penetramos en la fresca penumbra del vestíbulo. Siempre que entraba en el Centro Butler, me parecía oír el eco de producciones pasadas. Hoy, en cambio, oía el zumbido del aire acondicionado y unas voces procedentes del auditorio. Nos encaminamos hacia las puertas dobles abiertas a mano derecha. Me detuve nada más entrar al auditorio, y Diesel se quedó junto a mí. Olisqueé la mezcla de aromas a maquillaje y a polvo de épocas pasadas, o eso creía yo, mientras contemplaba con afecto el ornamentado mobiliario y la moqueta ligeramente raída. La tapicería de las butacas, antaño de un lujoso terciopelo burdeos, estaba desvaída y se había descolorido hasta un suave tono rosado. Recordé algunas obras que había visto aquí de estudiante, unos treinta años atrás: mi primera experiencia con Shakespeare y otros colosos.

De repente, se oyó un ruido en el escenario y Diesel se apretujó contra mi pierna. Aparqué los recuerdos a un lado y observé horrorizado cómo Connor Lawton se tambaleaba agarrándose la garganta. Ninguno de los presentes parecía prestarle demasiada atención, excepto Laura, que observaba sus bandazos malhumorada. No parecía especialmente preocupada, más bien molesta. ¿Qué estaba pasando? ¿Formaba parte de la obra?

Se empezó a atragantar, los brazos le cayeron inertes a los costados y se desplomó sobre el escenario. Tras un par de convulsiones, se quedó quieto.

Alarmantemente quieto.

CAPÍTULO NUEVE

S e hizo el silencio y todo el mundo se volvió para contemplar el cuerpo inerte del dramaturgo. Mientras seguía observando cada vez más preocupado, notaba que tenía los pies anclados a la moqueta. Tal vez era grave después de todo. Lawton yacía inmóvil. Diesel, consciente de mi malestar, ronroneó y se frotó contra mi pierna derecha.

En ese instante, para mi gran alivio, Lawton se puso en pie de un salto y miró desdeñoso al elenco:

—Bueno, como leáis así, el público saldrá de aquí por los suelos y la palmará como acabo de hacerlo yo. Si esto es lo mejor que podéis hacer y lo mejor que vuestra profesora de interpretación puede enseñaros —añadió mirando a Laura—, más me vale ir cancelando la obra.

Ante la consternación general, me entraron ganas de subir al escenario y cantarle las verdades a Lawton. Incluso si habían leído tan mal como él afirmaba, no había sido lo suficientemente desastroso como para justificar tal virulencia.

Al parecer, mi hija estaba de acuerdo conmigo. Con el rostro encendido, se adelantó hasta quedar casi cara a cara con el iracundo dramaturgo:

—Estás siendo un capullo integral, Connor, y lo sabes. Los alumnos no tienen la culpa de que estés enfadado conmigo. —Exhaló un profundo suspiro—. Además, si te empeñas en reescribir las escenas cada noche y luego darles tres minutos para revisar el texto, es lo que hay. Tus expectativas no tienen sentido.

Lawton, aparentemente ajeno al contraataque de Laura, replicó:

—Mira, lo que espero de tus supuestos actores —pronunció la palabra con un tono cargado de desprecio— es que actúen, no que lean como si el texto estuviera escrito en una lengua incomprensible. Perdóname si eso es pedir demasiado.

Enfilé el pasillo en dirección al escenario y Diesel, asustado, me siguió. Por mucho que Laura pensara que Lawton no osaría ponerle la mano encima, no iba a darle la oportunidad de demostrarle que estaba equivocada. Como Lawton la tocara, le retorcería ese pescuezo enclenque que tenía. Sin embargo, a mitad de camino una voz me hizo detenerme:

—Basta, esto ya ha pasado de castaño oscuro. —Ralph Johnston, el director del departamento, salió de entre bastidores avanzando hacia la pareja—. Parad este numerito ahora mismo, ¿me oís? Es bochornoso.

Las palabras de Johnston habrían surtido más efecto si las hubiera pronunciado con convicción, en lugar de con aquella trémula voz aflautada. Sus manos aleteaban como metrónomos descontrolados, y se paró tan en seco que pensé que empujaría a Lawton y a mi hija. Para estabilizarse, Johnston apoyó la mano derecha en Lawton, que se encogió de hombros y se apartó de Laura.

—Esto me pasa por trabajar con aficionados. Muñeca, tú sabes por qué estoy reescribiendo esas páginas. Si hay alguien en este nido de palurdos que debería entenderlo, esa eres tú.

Ni él ni mi hija parecían prestar atención a Johnston, a pesar de su proximidad. Laura profirió un aullido que denotaba una mezcla de irritación e impaciencia:

—Connor, ya no puedes escribir y dirigir. Deberías dejar la dirección en manos de otra persona. Cada cinco minutos entras en erupción como el mismísimo Vesubio y encima pretendes que avancemos.

—¡Eso! Una idea excelente —aprovechó Johnston, balanceándose sobre la punta de los pies, colorado por la emoción—. Siempre me ha parecido un error que un dramaturgo dirija su propia obra. Yo me encargaré de la dirección. Te dejas llevar demasiado por tus emociones para hacerlo bien, Lawton.

Lawton profirió una sarta de improperios tan audible como fluida y Johnston se tensó como quien se prepara para una colisión. Laura se apartó de ellos y yo reanudé la marcha hacia el escenario, por si tenía que intervenir. Diesel me acompañaba, aunque notaba su reticencia en la correa, pues era tan amigo de los enfrentamientos como yo.

—¿Qué sabrás tú de dirigir? —Lawton fulminó con la mirada a su rival. Aunque era ligeramente más bajo que Johnston, ganaba en músculo al escuálido jefe de departamento—. Lo que está claro es que no tienes ni pajolera idea de escribir. Tuve la desgracia de ser miembro del tribunal del premio de la Academia de Arte Dramático y verme obligado a perder el tiempo leyéndome el tostón infumable con el que te presentaste. Si piensas que voy a dejar que te metas en mi trabajo, vas listo.

Johnston se puso blanco como una pared. Empezó a balbucear sin lograr emitir sonidos inteligibles y entre los estudiantes se oyeron risitas rápidamente acalladas. En ese instante alcancé el escenario y me precipité por las escaleras de la izquierda. Al verme llegar, Laura se acercó al extremo y le entregué la correa de Diesel.

—Ten cuidado —susurró.

Johnston, incapaz de articular palabra, echó hacia atrás el brazo derecho y lanzó el puño cerrado hacia la cabeza de Lawton, pero resultó que el dramaturgo tenía buenos reflejos y esquivó el gancho. Johnston se tambaleó hacia atrás y perdió el equilibrio por el impulso, pero antes de que Lawton pudiera reaccionar, hice una seña a un joven de buena envergadura que estaba unos metros detrás de los luchadores, que captó mi mensaje en el acto, se adelantó para agarrar a Ralph Johnston y se lo llevó. Al llegar a la altura de Lawton, le lancé una mirada furibunda:

—Ya basta —ordené.

Estaba tan enfadado que, si el dramaturgo intentaba pegarme, lo derribaría tan rápido que ni sabría de dónde le había venido el golpe. Aunque él era mucho más joven, yo le sacaba unos cuantos kilos y varios centímetros.

Lawton me miró a la cara y debió de leerme las intenciones. Reculó y alzó las manos en señal de rendición.

—Debería darte vergüenza.

Una voz nueva, pero familiar, nos sobresaltó tanto al dramaturgo como a mí. Sarabeth Conley, la secretaria de Johnston, se acercaba con una sombría determinación en el rostro.

Lawton la miró, palideció y retrocedió un par de pasos, hasta quedarse casi al borde del escenario. Sarabeth, alta y fornida, tenía una presencia imponente, cual Boudica desafiando a los romanos. Se detuvo a cierta distancia de los implicados y lanzó a Lawton una mirada desdeñosa:

—Este comportamiento no es digno de la educación que recibiste. ¿Cuánto tiempo crees que podrás ir por ahí ninguneando a la gente antes de que te den una lección de la que no te recuperarás? —bramó antes de darse la vuelta para atender a Ralph Johnston.

Llevaba el mismo caftán que el día de la fiesta y la luz centelleaba en la miríada de abalorios y lentejuelas. El estudiante musculoso ya había soltado a Johnston, que resollaba tratando de recuperar la compostura. Cuando Sarabeth le pasó un brazo por los hombros, habló:

—Ahora mismo voy a ver al rector para informarle de este incidente, Lawton. Voy a mover cielo y tierra para que rescindan tu contrato inmediatamente.

Lawton hizo un aspaviento bronco, pero antes de que la cosa se pusiera fea, Laura se adelantó, acompañada de Diesel:

—No hará falta, profesor —dijo en su mejor tono apaciguador—. Se nos ha ido de las manos, pero seguro que cuando Connor haya tenido tiempo de reflexionar, se disculpará con usted y con todos los demás. —Clavó la mirada en Lawton, como si quisiera intimidarlo para que claudicara.

¿Por qué demonios mi hija daba la cara por ese cretino? ¿Seguía sintiendo algo por él? ¿O simplemente intentaba ayudar a un amigo que se había pasado de frenada?

—Ay de mí, yo que pensaba que ya no te importaba después de todo, muñeca —se mofó Connor.

—No te hagas ilusiones —advirtió Laura con fuego en la mirada. Si Lawton sabía lo que le convenía, retrocedería. Laura era como yo, de mecha lenta, pero una vez prendía, no se andaba con contemplaciones—. Me preocupan los alumnos, no tú.

—Supongo que esto me pone en mi sitio —concedió Lawton burlón—. Vale, lo siento, Johnston. Me he dejado llevar por el calor del momento y eso. Prometo calmarme. —Y, endureciendo el tono, añadió—: Pero esta obra la dirijo yo. No hay más que hablar.

Observé a Johnston para ver su reacción. Su pugnacidad parecía haber desaparecido para dejar sitio al agotamiento. El brazo de Sarabeth seguía sobre su espalda y él parecía necesitar ese apoyo. Johnston hizo un gesto con la mano en dirección a Lawton.

—Mientras no te ensañes más con los alumnos, podemos seguir adelante.

—Bueno —dijo Laura avanzando hacia el centro del escenario—. Hacemos un descanso de diez minutos y retomamos desde el principio de la escena dos.

Dio una palmada y todo el mundo se puso en marcha. Sarabeth condujo a Johnston a los bastidores y los alumnos desaparecieron rápidamente.

—¿Así que ahora también eres directora escénica? —ironizó Lawton malicioso.

—Vete a fumar un cigarro. A lo mejor con un poco de nicotina en el cuerpo te calmas.

—Como usted mande, señora.

Tras inclinarse en una cómica reverencia, Lawton se dio la vuelta, bajó del escenario de un salto y enfiló el pasillo hacia la salida.

Laura se volvió hacia mí y observé la tensión en su rostro. Diesel se frotó contra sus piernas y gorjeó, y, acto seguido, mi hija sonrió, se acuclilló junto a él y lo abrazó, mientras él seguía reconfortándola.

—Eres el mejor reconstituyente del mundo, grandullón.

Me acerqué y le tendí una mano para que se levantara.

—Gracias, papá. Me alegro de que Diesel y tú estuvierais aquí, pero siento que hayáis tenido que presenciar eso.

—Y yo siento que tengas que tratar con ese bufón. —Fruncí el ceño—. Johnston lleva razón. Debería ver qué se puede hacer para rescindir su contrato, por muy genio que sea, todos estos disgustos no valen la pena.

Laura suspiró.

—Sé que tiene un carácter de perros... Créame, lo he visto en acción más de una vez, pero normalmente después de explotar se calma.

—Espero que tengas razón.

Le pasé el brazo por encima y Laura apoyó un instante la cabeza en mi hombro. Diesel, tan largo como era, se restregó contra nuestras piernas, abarcando las cuatro al mismo tiempo.

De pronto, un movimiento entre bastidores del lado derecho del escenario captó mi atención. Distinguí a un hombre en la penumbra, no llegué a verle la cara, pero se asomó un instante a la zona iluminada. Rondaría los cuarenta años, corpulento, de pelo alborotado y barba de tres días. Vestía una ropa arrugada, parecida a la del personal de mantenimiento de la universidad, que le daba un aire zarrapastroso. Avanzó hacia nosotros tras vacilar un instante. Me resultaba vagamente familiar.

Aparté el brazo de la cabeza de Laura y mi hija se enderezó cuando el desconocido se detuvo frente a nosotros:

—Disculpen —dijo con una voz grave—. Busco a Sarabeth Conley. Me dijeron que andaría por aquí. ¿La han visto?

—Se acaba de marchar —dije, señalando hacia la izquierda del escenario—. Se ha ido por ahí, pero no sé a dónde.

—Gracias.

El hombre saludó con la cabeza y desapareció instantes después entre las sombras por el lado izquierdo del escenario.

—¿Sabes quién es? —le pregunté.

—Lo he visto un par de veces merodeando por el teatro. —Laura frunció el ceño.

—Me parece haberlo visto por el campus. Hace relativamente poco.

—Ah, ya caigo —dijo Laura—. Estaba en la fiesta del otro día. Me lo presentaron, pero no recuerdo cómo se llama.

—Es verdad. Yo tampoco sé quién es. —Mi mente volvió al tema de conversación previo a la aparición del desconocido—. Bueno, volviendo a Lawton, ¿por qué intercedes en su favor? Te facilitarías la vida si Johnston consiguiera ponerlo de patitas en la calle.

—Probablemente. —Laura esbozó una sonrisa—. Pero me consiguió el trabajo y le debo una. Además, me encanta su obra. Si nos olvidamos del personaje, como escritor es fantástico. —Tras una pausa, puntualizó—: Cuando termina una obra, claro.

—¿Le está costando escribir?

La pregunta me pareció estúpida, con el incidente que acababa de producirse en el escenario, pero cuando intenté explicarme, Laura se me adelantó:

—Me parece que sí. Es la primera vez que estoy cerca de él durante el proceso de escritura... —Laura se masajeó las sienes y miró a Diesel, que estaba sentado mirándola. Le sonrió mientras continuaba—: No para de revisar y hacer cambios. Quizá es su manera de trabajar, pero me da la sensación de que la trama está virando al misterio. Y él nunca ha escrito en este género. Además, ha metido un grupo de personajes nuevos, así que no sé muy bien dónde quiere ir a parar.

El parloteo de los estudiantes nos interrumpió antes de que pudiera seguir indagando. Miré la platea y vi a Connor Lawton deambulando detrás de ellos.

Laura suspiró y relajó los hombros. También lo había visto. Mientras se alejaba, la oí recitar en voz baja:

—Volvamos al tajo, amigos míos, volvamos al tajo.

CAPÍTULO DIEZ

—Venga, muchacho. Vamos a quitarnos de en medio. Le di una palmadita en la cabeza a Diesel y lo conduje a través del escenario, pasando el arco del proscenio, hasta las escaleras. Mientras me acomodaba en una butaca al extremo de una fila algo reculada y Diesel se quedaba en el pasillo a mi lado, intenté identificar la fuente de la cita de Laura. Ya la había oído o leído antes y, al cabo de un minuto más o menos, me vino a la cabeza.

—*Enrique V.* Shakespeare, cómo no —murmuré.

Diesel me respondió con un maullido, como dándome la razón. Mientras tanto, los actores habían vuelto a reunirse en el centro del escenario, totalmente desprovisto de decorado, ni siquiera una silla. La escena parecía casi desértica, no me imaginaba una obra sin utilería. Sería una experiencia interesante, no me cabía duda.

Connor Lawton estaba en la platea. Desde mi posición, alcanzaba a ver que tenía una expresión serena y una postura relajada y esperaba que pudiera mantener ese estado de ánimo.

Oí voces a mi espalda y me volví para ver a Sarabeth Conley y Ralph Johnston tomando asiento en las filas centrales junto al pasillo al otro lado de la platea.

Laura pidió silencio con una palmada y yo me volví para mirar. Cuando se apagó el último fragmento de conversación, dijo:

—Volvemos a intentarlo. Recordad lo que hemos explicado en clase sobre la repentización. No nos ha dado tiempo a trabajarlo, pero intentad hacerlo lo mejor que podáis. —Volviéndose hacia Lawton, preguntó—: ¿Por dónde quieres empezar?

—Principio de la escena tercera. —Lawton se cruzó de brazos. Se oyó el susurro de las páginas hasta que los actores encontraron el punto—. Empezaremos con Ferris.

Se hizo un silencio sepulcral. Una de las alumnas, una castaña muy guapa, le dio un codazo al joven alto y regordete de su lado:

—Eres tú, Toby —dijo entre dientes.

—Ay, claro, el viejo Ferris, ese soy yo.

Toby estaba hecho un flan y miraba a Lawton como un pececillo atolondrado.

—Respira hondo, Toby —dijo Laura con una voz firme, pero amable—. Concéntrate. Cuando quieras.

Toby asintió. Vi que Lawton negaba con la cabeza, pero no dijo nada. Observé el cambio en la cara y en el lenguaje corporal del alumno mientras seguía las instrucciones de Laura.

Cuando empezó a hablar, me quedé perplejo. De su boca salía la voz temblorosa de un anciano enfermo:

—Te lo repito, Henrietta, no pienso soltar ni un dólar más para esa impresentable que tienes por hija. Son los ahorros de toda una vida y me ha costado mucho ganarlos.

La chica de pelo castaño respondió con una voz sorprendentemente madura:

—También es tu hija, Herb. Aunque no lo quieras reconocer.

Toby resopló.

—No veo por qué tendría que confesar que engendré a esa haragana.

Se detuvo, jadeante.

—¿Ves lo que te pasa cuando te enfadas? —«Henrietta» sacudió la cabeza con tristeza—. Te dan espasmos. No te sienta bien.

Toby volvió a tragar aire antes de hablar.

—Esa mocosa es capaz de provocarle espasmos hasta al hombre más sano. Te digo que no pienso daros más dinero. Ni a ella ni a ti.

Otra joven, una rubia rellenita, intervino en la conversación:

—Pero, papá, no podemos dejar que vaya a la cárcel. Paga por lo que ha robado, no querrás ver a tu hija entre rejas... —Soltó un sollozo ahogado—. No puedes hacerle eso a mi hermanita...

—No me vengas con lloriqueos, Lisbeth —ordenó Toby con brusquedad—. Si tanto te preocupa Sadie, pon tú misma el dinero y asunto arreglado.

«Lisbeth» volvió a sollozar.

—No lo tengo... Todavía debemos el alquiler de este mes y parece que van a despedir a Johnny. Papá, por favor te lo pido...

—Supongo que lo próximo que te tocará será sacar la gorra y ponerte a mendigar, porque ese desgraciado con el que te casaste es incapaz de conservar un trabajo.

Toby sufrió un acceso de tos tan intenso que se puso colorado.

—Herb, cálmate. —El pánico en la voz de «Henrietta» me pareció real.

Basándome en lo que estaba escuchando, me parecía que los alumnos estaban leyendo bien, aunque no estaba en absoluto impresionado por el genio de Lawton. ¿Era esta lectura significativamente mejor que la que Lawton había oído antes? Si ese era el caso, tal vez su pataleta les había espoleado de alguna manera. Se lo preguntaría a Laura.

Con todo, me parecía una lástima que estuvieran leyendo un texto tan prosaico.

De malas maneras, «Herb» mandó callar a su mujer y «Henrietta» pronunció su nombre en protesta escandalizada.

—Voy a echarme un rato —zanjó Toby. Parecía exhausto, su paciencia se había agotado—. No quiero oír nada más sobre los problemas de Sadie. Me tiene hasta el gorro.

Se alejó como si fuera un anciano arrastrando los pies, apoyado en un bastón.

«Lisbeth» y «Henrietta» intercambiaron miradas, esperando a que el anciano saliera de la habitación. Toby dio un paso atrás y las dos jóvenes se acercaron mientras continuaban la escena.

—Mamá, ¿qué vamos a hacer? —sollozó—. Sadie no puede ir a la cárcel...

Me pareció que la joven se estaba pasando con el nivel de dramatismo y por lo visto Connor Lawton estaba de acuerdo conmigo. Levantó una mano.

—Parad un momento. —Señaló a «Lisbeth»—. ¿Cómo te llamas, muñeca?

La joven, ruborizada, tragó saliva.

—Eh... Elaine.

El dramaturgo se acercó a la actriz y se colocó de tal forma que su rostro me quedaba a la vista. Capté un amago de mueca, pero enseguida suavizó el gesto. Rodeó a Elaine con el brazo:

—Elaine, me estás dando demasiado. Afloja un poco, ¿vale? Si sueltas todo ese llanto, lamento y crujir de dientes tan pronto, luego no te quedará nada. —Hizo una pausa suficiente para que Elaine asintiera dos veces antes de continuar—. Recapitulemos: Lisbeth, treinta y dos años, casada, sin hijos. Sadie es como una hija para ella porque sus padres son muy mayores, ¿verdad? Lisbeth es muy sensible y pierde un poco los papeles cuando Sadie está de por medio, pero no puede salir todo en esta escena. Hay que aflojar un poco, ¿vale? ¿Te puedo pedir este favor?

He de decir que me sorprendieron tanto el tono paciente como la actitud de Lawton. Habría dicho que había vuelto del descanso convertido en un hombre distinto.

Elaine miró al dramaturgo como Diesel hipnotizado por un pájaro fuera de la ventana del despacho. Tras un largo silencio, tragó saliva y dijo:

—Sí, señor Lawton.

Lawton le dio una palmadita en el hombro.

—Genial, muñeca. —Volvió al proscenio y se colocó mirando a los actores—. Venga, retomamos desde donde lo deja el viejo Ferris. Por cierto, Toby, excelente trabajo. Un poco más y lo bordas.

Toby se sonrojó y sonrió mientras «Lisbeth» y «Henrietta» se preparaban para volver a empezar la escena. Si Lawton seguía «babaseando azúcar», como habría dicho mi tía Dottie, se los iba a meter a todos en el bolsillo y pronto se olvidarían del arrebato anterior.

«Lisbeth» repitió el texto con un tono más comedido y Lawton asintió. «Henrietta» retomó las líneas sobre su hija.

—No hay nada que hacer. Tu padre ha tomado una decisión. Ya sabes cómo es cuando se pone así. ¿Te acuerdas en tu boda? —Suspiró apesadumbrada—. Después de que se enfadara con Johnny no hubo manera de convencerlo para pagarte una boda decente.

¿Acaso podía ser peor? Probablemente el guion de un culebrón cualquiera estuviera mejor escrito que eso. No obstante, enseguida descubrí que efectivamente podía ser peor.

—Cuánto odio a ese viejo desgraciado... —dijo Elaine resentida—. Ojalá se muera. Que se vaya a reunirse con los demonios en el infierno, allí es donde debe estar.

«Henrietta» echó la mano atrás y la estampó contra la cara de su hija. El supuesto tortazo se convirtió en un ligero golpecito en la mejilla, pero Elaine reculó aullando como si la hubieran golpeado con fuerza.

—Niña, no quiero oírte hablar así de tu padre. Ha sufrido mucho en la vida y no se merece que le faltes al respeto.

Antes de que Elaine pudiera responder, Lawton sorprendió a todo el mundo agitando las manos y pidiendo parar.

—Basta, basta.

Nadie se movió. Todos miraban boquiabiertos al dramaturgo, que se tiraba de las orejas y balanceaba la cabeza de lado a lado.

—Dios, es horrible. Repugnante, atroz, lamentable. Parece un Erskine Caldwell de tercera.

No podía estar más de acuerdo con su analogía y busqué la cara de Laura para ver su reacción. ¿Se refería Lawton a la lectura o al texto? La mirada de lástima de Laura respondió a mi pregunta.

—Tranquilos, no va con vosotros... —dijo Laura en voz baja, pero gracias a la acústica del teatro, no tuve problemas para oírla—. Connor no se refiere a la lectura.

Las palabras de Laura surtieron efecto y los actores se relajaron. Mientras tanto, Lawton seguía farfullando cosas incomprensibles. Si eso era un ejemplo del método de un dramaturgo para crear una obra, me alegraba de no tener temperamento artístico.

—Paramos diez minutos —ordenó Laura gesticulando con las manos para que los actores salieran del escenario.

Un par de estudiantes miraron desconcertados a Lawton, absorto en su frenesí fustigador, y Laura se acercó y le dio un cachete en la cabeza.

—Au, me ha dolido.

Lawton se soltó las orejas para frotarse la cabeza y la miró con odio.

—Era mi intención. —La voz y la expresión de Laura rezumaban crispación—. Ahora no toca autoflagelarse. Los estás asustando y, si te digo la verdad, yo también empiezo a estar harta.

«Bien dicho, Laura», pensé. Nunca había visto semejante torbellino emocional.

—¿A quién diablos le importa si no están acostumbrados? —Lawton levantó las manos—. Si no pueden con esto, no durarán en el teatro. No les haces ningún favor mimándolos... A lo mejor no estás hecha para dar clases —añadió con un gesto de desaprobación.

—Buen intento, pero esto no va conmigo, Connor. Ese bodrio lo has escrito tú. Y sí, he dicho bodrio.

Conocía a Laura cuando se ponía así. No iba a echarse atrás. ¿Cómo reaccionaría Lawton? ¿Se enfadaría aún más consigo mismo o se pondría violento?

Diesel, incómodo entre el griterío y la tensión, se arrastró bajo mis piernas e intentó esconderse debajo de mi butaca, aunque, por supuesto, era demasiado grande para cobijarse y la cola le asomaba entre mis rodillas. Le rasqué el lomo para tranquilizarlo, aunque empezaba a estar cada vez más preocupado por mi hija. ¿Debía subir al escenario e intervenir antes de que la cosa se pusiera aún más fea?

—Sí, y todo gracias a ti, muñeca. Eres mi musa, lo sabes. ¿Cómo puedo escribir nada decente si tú me destrozas el corazón?

La beligerancia parecía haber abandonado al dramaturgo.

—No me vengas con dramas... Estás montando un numerito y ambos lo sabemos. El *bourbon* es tu musa. Vete a beber un par de botellas y vuelve a escribir la escena. A mí no me metas.

Lawton abría y cerraba los puños con una mirada torva. Cuando Laura terminó de hablar, yo ya estaba a medio camino del escenario. Lawton le gritó una obscenidad a mi hija. Me había indignado tanto que estaba dispuesto a enseñarle modales con un bate de béisbol si hacía falta, pero no se quedó a juzgar las reacciones a su vulgaridad. Cruzó el escenario como un rayo y desapareció entre bastidores.

CAPÍTULO ONCE

Instantes después, cuando llegué junto a Laura, seguía temblando de rabia con los ojos clavados en el lugar por donde había desaparecido Lawton. Diesel me siguió hasta el escenario y soltó un sonoro maullido mientras me daba cabezazos contra la pierna derecha. Le tendí una mano para frotarle mientras observaba a mi hija con preocupación.

—Estoy bien, papá. —Laura esbozó una media sonrisa, pero la angustia en su rostro era visible.

Le di un ligero apretón en el hombro.

—Ha sido un mal trago. ¿Seguro que estás bien?

Laura asintió. Sus ojos se encontraron con los míos por un momento antes de apartarse.

—Es lo que hay cuando Connor está creando. Ya había pasado por esto —añadió con una risa nerviosa—. Debería haberlo visto venir...

—No veo cómo la gente puede trabajar con él si es así en cada proyecto.

No dejé de tocar a Diesel porque aún parecía estar alterado. Cuando miré hacia abajo, apoyó la cabeza contra el muslo de Laura y maulló. Mi hija se acuclilló, lo abrazó, acercó la cabeza a la suya y le pasó la mano por el lomo.

—Eres un verdadero encanto, ¿lo sabías? —Diesel gorjeó para asentir y Laura se echó a reír, lo acarició un poco más y lo soltó para ponerse de pie—. Es increíble, este gato es un bálsamo.

—Lo sé. —Sonreí con cariño a mi gato y comprobé aliviado que su expresión se había relajado—. ¿Vas a seguir con el ensayo?

Los estudiantes de interpretación estaban a la izquierda del escenario y Laura les indicó con un gesto que se acercaran.

—Qué remedio.

Los estudiantes avanzaron, pero se detuvieron un poco más allá.

—Laura, querida, tengo que hablar contigo. —Ralph Johnston se acercó por la derecha del escenario y Laura y yo nos volvimos hacia él. Me miró brevemente antes de dirigirse a mi hija—. Después de la bronca que acabamos de presenciar, mis dudas sobre esta producción son aún más serias. Lawton me parece una persona muy voluble y me da miedo que se vuelva violento. Parece estar especialmente obsesionado contigo.

Yo estaba de acuerdo con el director del departamento y tenía ganas de oír la respuesta de Laura. No me apetecía que siguiera tratando con Lawton, pero sabía lo cabezota que podía llegar a ser mi hija.

Con voz cansada, Laura contestó:

—Entiendo su preocupación, pero creo que lo mejor será que yo no esté directamente involucrada en esta producción. Connor es voluble, pero si yo no estoy presente durante los ensayos, quizá esté menos nervioso. —Se oyeron murmullos de protesta entre los alumnos y Laura les agradeció el apoyo con una sonrisa—. Seguiré enseñando a mis alumnos, por supuesto, pero fuera del teatro.

Tras sopesar la propuesta un instante, Johnston asintió.

—Muy bien. Me parece una solución sensata. Pero como Lawton no empiece a demostrar signos de madurez y profesionalidad, tomaré medidas drásticas.

—De acuerdo, señor Johnston. —Laura asintió e hizo un gesto con la mano a los actores—. Sigamos con la lectura. Dudo que Connor vuelva esta tarde.

—Muy bien. —Johnston movió la cabeza satisfecho—. Una solución muy sensata. Si me necesitas, llama a Sarabeth, ella me localizará.

Bajó los escalones dando largas zancadas y remontó el pasillo. Toby, el alumno que leía el papel del viejo señor Ferris, dio un paso al frente:

—Laura, nosotros preferimos trabajar contigo. ¿Por qué no diriges tú la obra?

Laura le dedicó una sonrisa a aquel serio muchachote. Aunque solo le sacaba cinco años, su aplomo y seguridad la hacían parecer mayor:

—Gracias, Toby. Te agradezco la confianza, pero no tengo experiencia dirigiendo. —Hizo una pausa para sonreír al grupo de alumnos—. Me limitaré a prepararos y lo haréis estupendamente. Cuando a Connor se le vaya la cabeza, como hoy, intentad apartaros de su camino y dejad que se desahogue. Mejorará a medida que avance la obra, os lo prometo.

Toby cruzó miradas con otros miembros del reparto. Me daba cuenta de que no estaban del todo convencidos, pese a la determinación del tono de Laura. No los culpaba.

—¿Estás segura? —le pregunté a Laura en voz baja.

—Del todo. —Laura me miró fijamente a los ojos—. Agradezco tu preocupación, pero puedo con esto. Me quitaré del medio y fin de la historia.

—Pues él parece bastante empeñado en tenerte en el medio. ¿Y eso que ha dicho de que eres su musa?

Laura no me convencía con sus aires ni con sus palabras de dureza. Mi hija frunció el ceño.

—Papá, hazme caso. Cuando he dicho que el *bourbon* es su musa iba en serio. Estará tan enfrascado en la obra que no tendrá tiempo para mí. Estará ocupado bebiendo como un cosaco, fumando y escribiendo.

No parecía sensato seguir discutiendo. Aunque tenía mis reservas, de momento me las guardaría para mí.

—Bueno, pues Diesel y yo nos volvemos al archivo. ¿Nos vemos esta noche para cenar?

—Probablemente. —Laura me dio un beso en la mejilla antes de inclinarse para darle a Diesel uno en el hocico—. Hasta luego, chicos.

Se volvió hacia sus alumnos y Diesel y yo bajamos del escenario y enfilamos el pasillo para abandonar el auditorio.

En el vestíbulo, Sarabeth Conley conversaba con el hombre que acababa de preguntarnos por ella.

—... nada de que preocuparse. No sabe nada.

Sarabeth, al verme, calló y el hombre se dio la vuelta para mirarnos.

Les hice un gesto con la mano y ambos me devolvieron el saludo con una leve inclinación de cabeza. El hombre volvió a darme la espalda y Sarabeth no dijo nada. Ahora que los veía el uno al lado del otro, me pareció que guardaban cierto parecido. ¿Serían hermanos? De niño, solo traté con Sarabeth y no sabía nada de su familia. El hombre rondaba la cuarentena, tenía edad como para ser su hijo, aunque Sarabeth me había dicho en la fiesta que no tenía hijos. Entonces recordé que había mencionado tener un hermano mucho más joven. La próxima vez que coincidiera con ella, se lo preguntaría, pensé, empujando la puerta antes de salir al calor de la tarde.

Al cabo de un rato, tanto Diesel como yo nos alegramos de penetrar en el interior tenue y fresco del archivo. Una vez en mi despacho, llené el bebedero de Diesel y este lo vació con avidez. Luego saltó al alféizar de la ventana y se echó una siesta.

Mientras revisaba la bandeja de entrada, hice un repaso mental de los acontecimientos: Lawton no me caía bien y me preocupaba que su obsesión por Laura acarreara problemas graves antes de que terminara el semestre. A pesar de la insistencia con la que mi hija me había asegurado que podía mantener al dramaturgo a raya, yo sentía, como todo padre preocupado por el bienestar de su prole, que podía hacer algo más para velar por su seguridad.

¿Pero qué? Aparte de atizar a Lawton con un bate de béisbol (no casaba con mi estilo habitual), no se me ocurría qué otra cosa hacer. Si me ponía en el papel de padre pesado y entrometido, corría el riesgo de enfadar a mi hija, y eso era lo último que quería. Después de haber estropeado la relación con mi hijo (que, afortunadamente, ya estaba en cauces de recuperación), quería mantener un vínculo sano con Laura.

Tras barruntarlo durante un par de horas, renuncié a seguir dándole vueltas, consciente de que así no arreglaba nada. Mi concentración en el trabajo era, en el mejor de los casos, esporádica y mis cavilaciones sobre Laura me dejaban el cerebro frito.

—Venga, muchacho, vámonos.

Apagué el ordenador y cogí las correas de Diesel, que se estiró con un gorjeo de satisfacción y saltó al suelo para dejarse poner el arnés.

Instantes después, recorríamos el camino de vuelta a casa. Aunque eran poco más de las seis de la tarde, el sol seguía abrasando sin piedad y agradecí que gran parte del trayecto transcurriera bajo la sombra de los árboles. En verano siempre me preocupaba que a Diesel le salieran ampollas en las almohadillas por el calor concentrado en el pavimento, aunque hasta ahora mis temores no se habían cumplido.

En la cocina encontramos a Justin Wardlaw, mi joven inquilino, con la mirada clavada en la nevera. Cuando Diesel se le acercó y lo saludó con un gorjeo, Justin cerró la puerta y se arrodilló para abrazarlo.

—Hola, señor Charlie, ¿qué tal?

—Bien —respondí quitándole la correa al gato ante la atenta mirada de Justin—. ¿Qué tal las clases?

Tras un primer semestre duro, había sentado la cabeza y conseguido sacar buenas notas. La exigencia le había hecho madurar y, además, también había cambiado físicamente: había empezado a hacer deporte y había ganado algo de peso, se había cortado el pelo y se había dejado crecer la barba. Poco quedaba de aquel muchacho torpe y desgarbado, que ahora asumía el aire y la actitud del hombre que sería el día de mañana.

—Muy bien, gracias —respondió colgando el arnés en su perchero junto a la puerta trasera.

Diesel lo persiguió hasta que consiguió que le rascara detrás de las orejas. Cuando cumplió su objetivo, Diesel desapareció con un chirrido de agradecimiento en el cuarto de servicio, donde estaba su caja de arena.

—¿Y qué tal el trabajo en la universidad?

Fui a la nevera a por la jarra de agua fría.

—Bastante bien de momento. —Justin estaba contratado diez horas a la semana en el departamento de Historia—.

La profesora Biles me ha pedido que le pasara a ordenador sus apuntes de Civilización Occidental. —Se rio—. Las páginas están hechas jirones y el texto casi ni se ve, yo creo que tendrán casi treinta años... Pero al menos me refresco la memoria. Si me dejan, quiero matricularme en su asignatura de Historia Medieval del nivel superior.

Me llené un vaso de agua y cuando Justin sacó un vaso del armario, le serví otro.

—Has sacado muy buenas notas en las asignaturas de historia. Seguro que consideran que tienes nivel para matricularte de una más avanzada.

—Gracias. —Justin sonrió tímidamente—. Me estoy planteando hacer un posgrado en historia.

—¡Bravo! —Antes de que pudiera continuar, mi móvil me interrumpió—. Disculpa.

Dejé el vaso en la encimera, saqué el teléfono del bolsillo y miré la pantalla. Era Laura.

—Hola, cariño. ¿Qué tal?

Di otro sorbo de agua.

—Papá... Es Connor... —El pánico en la voz de Laura me alertó—. Está muerto.

CAPÍTULO DOCE

L a noticia de Laura me sobresaltó tanto que escupí el agua en el vaso y lo dejé sobre la encimera con una mano temblorosa.

—Laura, ¿dónde estás? ¿Estás bien?

Tenía que ir a buscarla cuanto antes. ¿Dónde había puesto las llaves? Estaban en su sitio, colgadas junto a la puerta.

Laura rompió a llorar y tuve que volver a preguntarle dónde estaba.

Consiguió articular unas palabras:

—En su casa.

—Voy enseguida, cariño. Por favor, intenta calmarte y darme la dirección.

Agité las llaves, ansioso por reunirme con ella.

Laura respiró hondo. Consiguió darme la dirección y reconocí la calle, que estaba a unos cinco minutos.

—Ahora mismo voy. ¿Has avisado ya a emergencias?

—No, ahora llamo.

Me pareció detectar un poco más de fortaleza en su tono de voz. Colgó y me volví hacia Justin:

—Tengo que irme, ya te explicaré luego. Diesel, tú te quedas.

Diesel protestó y Justin le puso una mano en la cabeza:

—No se preocupe, señor Charlie, yo me quedo con él.

—Gracias.

Acto seguido, salía por la puerta trasera y entraba en el coche a toda velocidad.

La dirección que me había dado Laura era de una urbanización de apartamentos situada al noreste del campus que no quedaba muy lejos de mi casa.

Aparqué en el primer sitio libre que encontré. Mientras corría hacia los bloques, oí una sirena a lo lejos que parecía acercarse. Entré por un arco abierto a un patio interior.

El corazón me aporreaba el pecho mientras trataba de orientarme, cegado por el sol vespertino. Distinguí un letrero con números de apartamentos y seguí la flecha en la dirección indicada, comprobando los números de las puertas mientras pasaba a toda velocidad, ansioso por encontrarme con mi hija.

El apartamento 117 hacía esquina al fondo. Mientras me aproximaba, la puerta se abrió de golpe. Laura salió con el móvil en la mano y se tropezó conmigo, y yo la abracé fuerte contra mi pecho.

—Ya está, cariño, estoy aquí —repetí varias veces hasta que Laura se tranquilizó.

Cuando se apartó y vi su rostro lacrimoso se me encogió el corazón. Volvía a ser una niña y yo quería consolarla, pero tenía que hacerle la pregunta que aún no le había formulado.

—Cariño, ¿lo has examinado? Para asegurarte...

—Cuando la operadora del servicio de emergencias me lo ha pedido me ha dado miedo. —Laura tenía una mirada de culpabilidad—. Es que no podía tocarlo...

—Voy yo. —Me aproximé a la puerta abierta—. ¿Dónde está?

—Ahí, en el salón.

Laura cerró los ojos y empezó a hacer respiraciones profundas. Nada más entrar, me recibió un nauseabundo olor a tabaco, a cerrado y un par de efluvios más que insinuaban la muerte. Llegaba demasiado tarde, pensé, pero debía comprobarlo de todos modos. La puerta daba directamente al salón. Connor estaba tirado en un sofá un poco más allá. Se había hecho sus necesidades al morir, tenía la cabeza apoyada en un brazo del sofá y la boca tensada en un rictus inquietante que sugería una muerte dolorosa. Tenía los ojos inyectados en sangre y manchas rojas en la cara y el cuello. ¿Lo habrían envenenado? ¿Se habría suicidado? No, pensé, demasiado egocéntrico. Era más plausible que lo hubieran asesinado o que hubiese muerto en circunstancias extrañas.

De golpe, reparé en otro detalle. Esas manchas rojas... ¿Acaso no eran señales de asfixia?

Me acerqué a tomarle el pulso en el brazo izquierdo, que colgaba del borde del sofá. Sus dedos rozaban el suelo. Me armé de valor antes de tocar la cara interna de la muñeca.

No había pulso, la piel estaba fría al tacto. Lo había visto en el auditorio de la universidad hacía apenas unas horas. ¿Cuánto tiempo llevaba muerto? Retrocedí y, mientras volvía a la puerta, examiné algunos detalles de la estancia.

En el suelo, junto al sofá, había una botella de *bourbon* vacía. En la mesita auxiliar, un cenicero rebosante de ceniza y colillas. En un rincón, un escritorio abarrotado de bolígrafos y papeles. La silla tenía el respaldo apoyado contra la pared.

Tan pronto oí voces fuera, me apresuré a salir.

Los dos agentes de la policía municipal que estaban con Laura torcieron el gesto al verme. El mayor de los dos hizo amago de decir algo, pero se detuvo y me miró fijamente.

Lo reconocí más o menos cuando él cayó en la cuenta de quién era yo.

—Buenas tardes, agente Williams.

Era uno de los policías que acudieron a mi llamada unos meses atrás, cuando encontré otro cadáver. El más joven pasó de largo y entró en el apartamento. También me resultaba familiar y creía recordar que su apellido era Grimes.

—Señor Harris, ¿me equivoco? —Williams no parecía alegrarse de verme—. ¿Qué hace usted aquí?

—Esta es mi hija, Laura. Me ha llamado después de encontrar el cuerpo y, por supuesto, he venido —dije rodeando con el brazo a mi hija, que aún tiritaba ligeramente a pesar del calor.

—Señorita Harris, ¿ha llamado antes a su padre que al servicio de emergencias médicas? —preguntó Williams ceñudo.

—Sí, agente. —Laura carraspeó antes de continuar—: Lo siento, estaba tan impactada que se me ha nublado el pensamiento.

—¿Desde cuándo está usted aquí, señor Harris? —Williams me perforó con su mirada láser.

—Desde hace nada. Habré llegado dos minutos antes que ustedes.

En ese instante, Grimes salió del apartamento. Intercambió una mirada con Williams y se retiraron para cuchichear.

Mi hija había recuperado el color y respiraba mejor, buenas señales, sin duda, pero quería sacarla de allí cuanto antes. No obstante, sabía por experiencia que nos quedaríamos un rato.

De pronto, vi que las lágrimas empezaban a brotar de sus ojos. Saqué mi pañuelo, se lo tendí y ella se enjugó los ojos. Cuando abrí los brazos, aceptó mi abrazo apoyando la cabeza en mi hombro.

—Cielo, lo siento mucho —murmuré.

Respondió con un sollozo ahogado.

—Señor Harris, tengo que hacerle unas preguntas a su hija, ya que ha sido la primera en llegar.

El tono de Williams era cortés, pero firme. Levanté una mano para indicar una pausa y asintió.

—Laura, ¿crees que puedes hablar con el agente? —pregunté con un suave murmullo. Sentí que Laura asentía contra mi hombro. Se soltó de mi abrazo y se pasó el pañuelo por la cara.

—Lo siento, agente, era un amigo. Encontrármelo así ha sido horrible.

Laura empezó con voz trémula, pero ganó fortaleza conforme hablaba.

—¿Puede decirnos quién es, señorita Harris? —Williams miró a mi hija con expresión neutra.

—Connor Lawton —dijo Laura—. Es dramaturgo. Está... Bueno, estaba aquí este curso como escritor residente en la Universidad de Athena.

—¿De qué conocía al fallecido?

Mientras Williams hacía las preguntas, Grimes garabateaba en un pequeño cuaderno.

—Éramos amigos. Nos conocimos hará unos nueve meses... En Hollywood. Soy actriz y a principios de año actué en una obra suya.

Laura retorcía mi pañuelo entre las manos mientras hablaba.

—¿Conque está usted visitando a la familia?

—No, he venido este semestre a trabajar en la universidad. Dando clases de interpretación. —Laura dudó antes de continuar—: Connor me consiguió el trabajo.

Williams asintió.

—¿Había pasado por aquí para hacerle una visita?

Laura respiró hondo antes de responder.

—Hará un par de horas me ha llamado para que viniera porque quería contarme una cosa. Le he dicho que no estaba segura de si podría, pero al final he decidido pasarme de camino a casa.

—¿Tiene usted llave de su apartamento?

—No. No estaba cerrado con vuelta cuando he llegado... —Hizo una pausa y cerró los ojos—. De hecho, la puerta estaba entreabierta, porque, al llamar, se ha movido. Así que la he empujado y he entrado. —Palideció—. Y en ese momento lo he visto... Y también ese horrible olor.

—¿Qué ha sucedido después? —inquirió Williams con la misma frialdad.

—Me he quedado bloqueada, me han entrado ganas de vomitar... —Laura adoptó una expresión pensativa—. La verdad es que no sé cuánto tiempo. Al principio, he pensado que estaba borracho y había perdido el conocimiento. Pero había algo en la forma en que estaba tumbado... —Se estremeció—. No me he atrevido a tocarlo, aunque sabía que estaba muerto. Y he llamado a mi padre, es lo primero que se me ha pasado por la cabeza.

Tomé la palabra:

—Cuando me ha llamado, le he preguntado si había avisado al servicio de emergencias médicas y le he dicho que lo hiciera inmediatamente.

Me tocó el turno del interrogatorio de Williams:

—Señor Harris, ¿qué ha hecho al llegar?

—Primero he comprobado que mi hija estuviera bien y después me ha parecido conveniente examinar a Lawton por si seguía respirando. Laura estaba demasiado nerviosa para hacerlo. Pero en cuanto he entrado, he comprendido que ya no tenía remedio.

—¿Por qué? —Los ojos de Williams se clavaron en los míos.

No me apetecía mucho prodigarme en detalles delante de Laura, pero no tenía otra opción. Con una mirada de disculpa a mi hija, contesté:

—Por el olor. He estado cerca de la muerte lo suficiente como para conocer los olores y las señales.

Williams asintió.

—Sí. A estas alturas ya debería sabérselo.

Un ruido de pasos acercándose por el patio enladrillado nos alertó de la presencia de recién llegados. Me encontré con la mirada de uno de ellos y se me hizo un nudo en el estómago.

Kanesha Berry venía en nuestra dirección acompañada de dos agentes. Su expresión adusta no auguraba nada bueno ni para mí ni para mi hija.

Justo detrás de Kanesha y los suyos venían los médicos de emergencias. Los agentes se hicieron a un lado para dejar pasar al otro grupo. Mantuve los ojos fijos en Kanesha y su mirada no se apartó de la mía.

Me preparé para la tormenta que estaba a punto de desencadenarse, rezando para poder librar a mi hija de la peor parte.

CAPÍTULO TRECE

Tras señalar la puerta abierta mirando a los paramédicos, el agente Williams se acercó a saludar a Kanesha Berry y a los agentes de la policía del condado, que aguardaban a varios metros de distancia. Hablaron en voz baja mientras la mirada impertérrita de Grimes seguía clavada en nosotros. Me devoraban la impaciencia y las ganas de sacar a Laura de allí. Encontrar un cadáver es una experiencia horrible y, si bien mi hija no parecía estar en estado de *shock,* sí debía estar hecha polvo.

En esas, mientras escudriñaba, inquieto, a mi hija, me dijo en voz baja:

—Estoy bien, papá. Todo esto es un infierno, pero lo superaré.

—Está bien, cielo —le dije—. Pero si quieres que nos marchemos, dímelo.

Mientras hablaba con Laura, por el rabillo del ojo vi que Kanesha Berry se encaminaba a nuestro encuentro. Se detuvo a un par de pasos de mí:

—Vaya, señor Harris, no puedo decir que me alegre de verlo.

—Aunque su expresión era neutra, su voz estaba cargada de

acritud—. ¿Le importaría explicarme qué hace usted aquí? —Y, mirando a Laura, añadió—: Y supongo que esta es su hija, ¿verdad?

—Sí, es mi hija Laura. Ha venido a dar clase a la Universidad de Athena este semestre. —Oficié las presentaciones antes de seguir con las explicaciones—. Estoy aquí porque Laura me lo ha pedido. Ha sido un batacazo y, como es natural, he acudido a su llamada.

Kanesha asintió y recorrió el patio con la mirada.

—Ahí hay un banco a la sombra. —Señaló con la mano derecha—. ¿Por qué no me esperan allí? Denme unos minutos y estaré con ustedes.

—Por supuesto.

De repente, volví a ser consciente del calor, el cobijo de la sombra era una excelente idea. Cuando Laura y yo nos sentamos, no me sorprendió percatarme de que el agente Grimes nos había seguido. Se colocó a unos metros de nosotros, pero dentro de la zona sombreada.

Permanecimos en silencio con la mirada fija en la puerta del apartamento. Kanesha había entrado con sus hombres mientras que Williams se quedó fuera. Los paramédicos salieron y se instalaron en otro lugar a la sombra para aguardar hasta que pudieran retirar el cadáver.

Los «minutos» de Kanesha iban pasando y la inspectora seguía en el apartamento. La paciencia nunca ha sido una de mis virtudes y me estaba poniendo cada vez más nervioso. En cambio, Laura, sentada a mi lado con las manos relajadas sobre el regazo, los ojos cerrados y la respiración sosegada, era el epítome de la tranquilidad. Deduje que estaba meditando, una técnica que nunca he practicado y que probablemente debería aprender.

Consciente de que mirar la puerta del apartamento no servía más que para crispar mis nervios, opté por concentrarme en los arbustos bajo las ventanas de los apartamentos del final del paseo y obviar la presencia de Grimes.

Desconozco cuánto tiempo transcurrió, pero me dio la sensación de que mi tensión desaparecía mientras contemplaba los arbustos. No obstante, en cuanto oí a Kanesha Berry pronunciar mi nombre, la rigidez volvió a apoderarse de mi cuello y mis hombros.

Me levanté y apoyé suavemente la mano en el hombro de Laura, que abrió los ojos y me miró un instante antes de volverse hacia la inspectora. Noté un ligero temblor en sus hombros antes de retirar la mano.

Kanesha pasó un poco de largo el banco y nos vimos obligados a volver la cabeza para hablar con ella, un detalle que me extrañó de entrada hasta que me di cuenta de que estaba desviando deliberadamente nuestra mirada del apartamento de Lawton. Probablemente estaban a punto de sacar el cuerpo. Agradecí la sensibilidad, Laura ya había visto suficiente horror por un día.

—Señorita Harris, ¿conocía mucho al señor Lawton?

El tono de Kanesha era cortante.

—Sí, bastante. —Laura hizo una pausa—. Estuvimos saliendo unos meses a principios de año, pero lo dejamos en mayo. —Volvió a hacer una pausa y añadió apresuradamente—: Aunque seguimos siendo amigos.

Kanesha asintió.

—Está usted dando clases en la universidad este otoño, ¿verdad?

Laura relató cómo había conseguido el trabajo y la relación de Lawton con el proceso mientras yo me exasperaba, pues todo eso ya se lo había explicado a Kanesha hacía más de una semana cuando la llamé para hablar de Damitra Vane. Kanesha era una investigadora muy metódica y repasaba cada punto tantas veces como hiciera falta para encontrar una solución.

—¿Qué hacía en el apartamento del señor Lawton esta tarde?

Yo mismo ardía en deseos de oír la respuesta a esa pregunta.

—Me ha llamado para pedirme que viniera. Quería hablar de la obra que está... que estaba escribiendo.

Laura frunció el ceño.

—¿A qué hora recibió la llamada? —preguntó Kanesha.

—Me parece que sobre las cuatro y media —contestó Laura—. Espere, puedo decírselo exactamente. —Se sacó el teléfono del bolsillo de la falda y tocó varias veces la pantalla—. A las cuatro y treinta y tres.

Le tendió el móvil a Kanesha, que examinó la pantalla un momento antes de dar su conformidad.

—¿A qué hora ha llegado usted aquí? —Kanesha sacó una libreta y empezó a anotar.

—Después de las seis... —respondió pensativa. Entonces sacudió la cabeza—. No lo recuerdo con exactitud... Solo sé que han pasado unos cinco minutos antes de que llamara a mi padre. —Volvió a consultar el móvil y se lo tendió de nuevo a la inspectora—. La llamada ha sido a las seis y catorce minutos, así que debí de llegar aquí sobre y diez.

Kanesha siguió tomando notas antes de formular la siguiente pregunta:

—¿Cómo ha entrado usted en el apartamento? ¿Estaba la puerta cerrada o tiene llave?

—No tengo llave. —La negación de Laura fue tajante. Se ruborizó ligeramente—. La puerta estaba entreabierta al llegar, así que he entrado. Y me lo he encontrado.

Desvió la mirada. Kanesha esperó un momento antes de continuar:

—Cuénteme exactamente qué ha hecho al entrar en el apartamento.

—Creo que, nada más cerrar la puerta, he dicho algo así como «Connor, ya estoy aquí». —Laura cerró los ojos y supuse que estaba visualizando la escena. Tenía una memoria prodigiosa, perfeccionada por sus tablas, pero esperaba que no tardara en borrar aquel recuerdo de su memoria—. No he obtenido respuesta, claro. —Laura abrió los ojos—. Así que he pasado y lo he visto tumbado en el sofá. Al principio he pensado que estaba durmiendo la mona y me he enfadado. Connor bebía mucho, sobre todo cuando estaba escribiendo una obra. —Hizo una pausa, cerró los ojos brevemente y volvió a abrirlos—. En ese momento me he dado cuenta de que algo iba mal... No respiraba, y normalmente, cuando se queda dormido borracho, ronca, pero no hacía ningún ruido. Así que me he acercado un poco para mirarle a la cara. Ha sido horrible... Ahí he sabido que estaba muerto.

La rodeé con el brazo y exhaló un profundo suspiro.

Kanesha le dio un momento para recomponerse antes de pasar a la siguiente pregunta:

—¿Y después?

La mano derecha de Laura se deslizó hacia arriba y se masajeó el lóbulo de la oreja con el pulgar y el índice. Fruncí el ceño. Desde pequeña, hacía eso siempre que iba a mentir o a contar una media verdad.

—Me he quedado ahí plantada... No sé cuánto tiempo. Y luego he llamado a mi padre.

Aunque Laura miraba fijamente a Kanesha al hablar, sus dedos seguían jugueteando con el lóbulo. ¿Qué le estaba ocultando a la inspectora?

—Disculpe la interrupción, jefa.

Para disgusto de Kanesha, un agente al que no reconocí nos interrumpió.

—¿Qué pasa, Townsend?

—Me parece que hay algo que le interesaría ver enseguida.

Townsend, un hombre corpulento que debía de superar el metro ochenta y los noventa kilos, tenía una voz grave y profunda que me recordaba al ronroneo de Diesel.

Kanesha inclinó enérgicamente la cabeza mirando a su subordinado.

—Ahora mismo voy. —Y, volviéndose hacia nosotros, añadió—: Lo siento. Enseguida estoy con ustedes.

Se alejó a grandes zancadas, con Townsend siguiendo su estela cual buque de guerra tras una canoa.

Al volver a sentarnos, reparé en que el agente Grimes seguía con nosotros. Había olvidado su presencia y me alegré de recordarlo antes de decir algo que pudiera perjudicar a Laura.

Miré a mi hija con severidad, pero evitó mi mirada, otro indicio de que había mentido u omitido algo en su última respuesta. Tendría que esperar a estar a solas con ella para intentar sonsacárselo. Solo esperaba que no se estuviera metiendo en líos.

Poco después, cuando Kanesha regresó seguida de Townsend con una bolsita en la mano, Laura y yo volvimos a levantarnos. La inspectora guardaba silencio y escrutaba con atención la cara de Laura, que se mantuvo impasible ante el examen de la inspectora.

—No lleva agujeros en las orejas —dijo al fin.

Vaya comentario, pensé, mirando a mi hija. Laura llevaba una melena corta que le dejaba las orejas al aire. ¿Qué más daba que tuviera agujeros en las orejas o no?

—No. —Laura frunció el ceño—. Odio las agujas y tampoco me gustan especialmente los pendientes.

—¿Reconocen este objeto?

Kanesha blandió ante nosotros la bolsa de plástico y la depositó sobre la palma de su otra mano.

Laura y yo nos inclinamos hacia delante para examinar el contenido. Había un pendiente largo que parecía de oro, con una serie de formas geométricas interconectadas. El gancho de la parte superior significaba que era para orejas perforadas.

—No, nunca —contesté.

Laura guardó silencio un momento, pero luego sacudió la cabeza.

—Me suena de algo, pero no estoy segura.

—Si por algún casual recuerda dónde lo ha visto, quiero saberlo.

Kanesha le entregó la bolsa a Townsend, que se marchó arrastrando los pies.

Una voz chillona interrumpió nuestra conversación:

—¿Qué está pasando aquí? ¿Dónde está Connor?

Kanesha, Laura y yo nos dimos la vuelta y vimos a Damitra Vane apresurándose hacia el apartamento de Lawton, custodiado por tres agentes en la puerta. La joven se detuvo a unos metros de los policías con el pecho agitado y los agentes se quedaron embobados con el espectáculo.

En ese instante, Damitra Vane reparó en Laura y se encaminó en nuestra dirección.

—¿Qué demonios está pasando aquí? ¿Qué le ha pasado a Connor?

Las últimas palabras salieron como un aullido. Apenas la oí, porque mi atención se centró en su oreja izquierda, de donde colgaba un pendiente como el que nos acababa de enseñar Kanesha. En la oreja derecha no llevaba nada.

CAPÍTULO CATORCE

—Soy la inspectora Berry, de la policía del condado de Athena. —Kanesha miró fijamente a la recién llegada—. ¿Quién es usted?

—Damitra Vane, la novia de Connor. —Vane lanzó una mirada mortífera a Laura—. Si le ha pasado algo a Connor, puede estar segura de que esta de aquí tiene algo que ver.

Señaló a Laura con un dedo coronado por una uña de cinco centímetros pintada de rosa chicle. Se balanceó ligeramente sobre sus alpargatas de cuña y temí por un momento que cayera de bruces, descompensada por el peso de su tren superior. Damitra jugaba en la misma liga de pechugonas que la mismísima Dolly Parton.

—Lamento informarle de la defunción del señor Lawton —anunció Kanesha con la mayor delicadeza que le había oído nunca.

Damitra Vane la miró boquiabierta:

—¿De la función? No me diga que ya ha estrenado la obra... —Miró a Laura soliviantada—. Será culpa de esa golfa...

—Hay que ser boba... —Laura sacudió la cabeza asqueada—. La función no, la defunción. Connor ha muerto.

—¿Muerto?

La palabra resonó en el aire como un aullido antes de que Damitra se abalanzara sobre Laura con las garras abiertas. Kanesha dio un paso al frente para interponerse y Damitra no retrocedió lo bastante rápido, así que unas cuantas uñas se le saltaron tras rozar el uniforme de la inspectora.

Townsend se adelantó y, con aquellas manazas del tamaño de un plato, la agarró por los hombros.

—Cálmese, señora. —La condujo con suavidad un par de pasos hacia atrás.

Damitra le apartó las manos.

—Tú, mastodonte, no me toques. Pienso ponerte una demanda por brutalidad policial.

—Señorita Vane, ya basta.

Cuando Kanesha usaba ese tono, hasta los hombretones como Townsend se echaban a temblar. Damitra tragó saliva y la miró sin pestañear, como si fuera una cobra frente a una mangosta.

—Esto está mejor. —Kanesha mantuvo su mirada láser—. Señorita Vane, me gustaría que acompañara al agente Townsend aquí presente a la comisaría del condado, donde me reuniré con usted enseguida. Tengo algunas preguntas que hacerle y preferiría que habláramos allí.

Damitra asintió. Me esperaba más de ella, la verdad, pero supuse que por fin se había dado cuenta de que no le llegaba a la suela de los zapatos a la inspectora. Clavó una última mirada hostil a Laura antes de dejar que Townsend se la llevara.

Kanesha esperó hasta que la voluptuosa rubia se hubiera alejado para retomar nuestra conversación.

—Entonces llamó usted a su padre.

Tardé un momento en entender, hasta que me di cuenta de que Kanesha había vuelto al punto del interrogatorio exacto donde lo habíamos dejado antes de que Townsend la llamara para enseñarle el pendiente, lo que me llevó a preguntarme qué importancia podría tener. ¿Implicaba el pendiente a Damitra Vane en la muerte de Lawton? Obviamente, Damitra había estado en el apartamento de Connor. ¿Quizás esa misma tarde?

Laura carraspeó.

—Sí, he llamado a mi padre... He entrado en pánico y no sabía qué hacer. Mi padre me ha tranquilizado, me ha dicho que venía para aquí y que había que avisar al servicio de emergencias. Y eso he hecho.

—¿Qué ha hecho mientras esperaba a que llegaran su padre y la ambulancia?

Kanesha volvió a sacar la libreta. Laura enmudeció y volvió a llevarse la mano derecha a la oreja.

—Me he quedado al teléfono varios minutos, pero he acabado colgando a la operadora. Estaba empeñada en que tocara a Connor. —Se estremeció—. Ya le he dicho que no pensaba hacerlo. Y luego he salido a esperar fuera, estaba muerta de miedo... Ya me entiende.

Estaba desconcertado y esperé que mi rostro no me delatara. Laura mentía descaradamente, al llegar me la había encontrado dentro del apartamento. ¿Por qué no decía la verdad? Se me hizo un nudo en el estómago. No podía creerme que mi hija estuviera involucrada en la muerte de Connor Lawton, pero su comportamiento me alarmaba sobremanera. Tenía que preguntarle cuando estuviéramos a solas.

Kanesha escrutó a Laura un momento sin decir nada. No alcanzaba a verle la cara. ¿Habría captado ya el lenguaje corporal de Laura?

Podría haberlo hecho, era una profesional perspicaz y experimentada. El año anterior la había visto en acción lo suficiente como para saberlo.

Empecé a temer por mi hija, ojalá pudiera advertirle de que no convenía mentir ni engañar a Kanesha... Entonces me di cuenta de la ironía: yo tampoco había sido siempre completamente sincero con Kanesha, aunque sí había intentado evitar las mentiras descaradas. De tal palo, tal astilla, pensé apesadumbrado.

Kanesha me miró:

—¿Y usted, señor Harris? ¿Qué ha hecho al llegar?

Debía escoger las palabras con sumo cuidado.

—Bueno, evidentemente lo primero que he hecho ha sido asegurarme de que Laura estaba bien y no le habían hecho daño. Después, he entrado para determinar si Lawton seguía con vida. —Describí mis acciones una vez dentro del apartamento—. Y luego, cuando estaba a punto de salir, he oído a los dos policías hablando con Laura.

Kanesha terminó de anotar en la libreta antes de cerrarla y guardarla con su bolígrafo.

—Gracias, señor Harris. En cuanto a usted, señorita Harris, me gustaría que me acompañara a comisaría para un nuevo interrogatorio.

—No creo que sea buena idea —me aventuré a decir antes de pensar en las consecuencias de mis palabras. Para arreglarlo, traté de explicarme—. O sea... Que para Laura ha sido un batacazo... Creo que le vendría bien irse a casa.

—Comprendo su preocupación, señor Harris, pero me temo que he de insistir —repuso Kanesha.

—No te preocupes, papá. —Laura se me acercó y se abalanzó con ímpetu a mis brazos.

Sorprendido por aquella efusividad perdí un poco el equilibrio y tropecé, desviándome ligeramente hacia la izquierda de Kanesha. Cuando recuperé la estabilidad, abracé a mi hija y, para mi sorpresa, noté que su mano derecha se deslizaba en el bolsillo izquierdo de mi pantalón, antes de salir velozmente.

—Estoy lista para ir con usted —dijo Laura sin perder un ápice de compostura.

Esperaba no estar boquiabierto. Tuve que contener las ganas de meter la mano en el bolsillo para recuperar lo que Laura me había dejado. Kanesha me lanzó una mirada suspicaz y pensé que sospechaba de aquel repentino abrazo, pero no lo cuestionó y, en lugar de eso, dijo:

—Usted también puede venir, señor Harris, pero no podrá estar en la sala mientras interrogo a su hija.

—Lo comprendo —dije—. Cielo, te iré a buscar para volver a casa.

Laura asintió y Kanesha se la llevó. Las observé recorrer el patio y salir a la calle y contemplé, con el estómago aún revuelto, cómo Kanesha metía a Laura en un coche patrulla. Una vez se cerró la puerta del coche y el vehículo se alejó, me encaminé a mi coche con la cabeza llena de interrogantes.

Tras poner el aire acondicionado a tope, me palpé el bolsillo dispuesto a averiguar qué me había escondido Laura. La forma me resultaba familiar, pensé al agarrar el objeto. Saqué la mano y la abrí: era una memoria externa normal y corriente.

La miré unos instantes desconcertado. ¿Habría salido del apartamento de Connor Lawton? ¿Tendría algo que ver con las razones de Laura para mentir a Kanesha?

No me quedaba más remedio que esperar a que Laura me diera su versión de los hechos y me explicara por qué creía que esa memoria era tan importante como para permitirse incurrir en un encubrimiento al dármela. ¿Qué información contendría que quería ocultarle a Kanesha?

Tras cavilar un momento, me la volví a guardar en el bolsillo y saqué el móvil. Tenía que poner a Sean al corriente de la situación antes de ir a la comisaría, si Laura necesitaba un representante legal, él también tendría un motivo para estar presente.

Sean descolgó rápidamente.

—Oye, papá, ¿dónde estás? Justin me ha dicho que te has marchado de golpe.

—Lo siento, pero es que no había tiempo de dar explicaciones. ¿Estás en casa? Tengo que hablar contigo y no quiero que estés al volante.

—Sí, estoy en casa —respondió Sean—. Dispara.

Me recosté en el reposacabezas e intenté relajarme. Notaba el cuerpo atenazado por la tensión.

—Connor Lawton está muerto y Laura ha encontrado su cadáver.

Antes de que Sean me acribillara a preguntas, le resumí la situación. Cuando terminé, Sean tardó en responder.

—Maldita sea... —Lo oí exhalar un suspiro crispado—. Voy para allá. —Y colgó antes de darme la oportunidad de responder.

Guardé el móvil y arranqué el coche. Las manos me temblaban tanto que me aferré con fuerza al volante, tratando de no imaginarme a Laura detenida por asesinato mientras conducía hacia la comisaría.

Al cabo de un rato, cuando entraba en el aparcamiento, me asaltó otra duda: ¿por qué creía yo que había sido un asesinato?

Lawton tenía un carácter voluble, incluso violento, pero en mi breve trato con él no me había dado la impresión de ser un maníaco depresivo. No, definitivamente no era el prototipo de suicida. Por muy atascado que estuviera con la obra y decepcionado con su preparación, no iba a quitarse la vida. Era un luchador, de eso no me cabía duda.

Su muerte podría haber sido accidental. Consideré esa posibilidad mientras me encaminaba hacia la entrada de la comisaría. ¿Intoxicación etílica? Había una botella de *bourbon* cerca del cadáver. Pero si no era un suicidio ni un accidente, solo quedaba una opción y tenía el desagradable presentimiento de que la muerte de Lawton había sido un asesinato.

Una vez dentro de comisaría, las luces fluorescentes y el aire frío me sacaron de mi ensoñación. Cuando expliqué en el mostrador de atención al público por qué estaba allí, el agente asintió señalando una salita de espera y me aseguró que se encargaría de que la inspectora supiera que había llegado.

Estaba junto al dispensador bebiendo con avidez mi tercer vaso de agua, cuando oí el tacón de unas botas de vaquero resonando sobre el linóleo desgastado. Sean entró con enérgica determinación y el agente del mostrador levantó la vista y frunció el ceño antes de volver a sus quehaceres.

Sean me apretó el hombro.

—¿Cómo estás, papá?

—He tenido días mejores. —Arrugué el vaso de cartón y lo dejé caer en la papelera que había junto al dispensador—. Estoy muy preocupado por Laura. Ven, siéntate, tenemos que hablar.

Sean me siguió hasta la sala de espera y nos sentamos en el rincón más alejado del mostrador. Con un hilo de voz, le conté a Sean lo único que no había compartido con él durante la llamada telefónica: el extraño comportamiento de Laura con la memoria externa. La expresión de Sean se ensombreció cuando terminé.

—Si al final resulta ser la escena de un crimen y se enteran de que Laura se ha llevado un objeto, podrían incriminarla.

CAPÍTULO QUINCE

Una vez a solas en el coche, Laura estaba tan pálida que no me atreví a interrogarla, su bienestar era lo primero. No entendía qué relación mantenía con Connor Lawton: por un lado, mi hija juraba y perjuraba que ya no había nada entre ellos, e incluso a veces parecía que Connor la desquiciaba, pero por otro, esa tarde había ido a su casa para ayudarlo. Mi difunta esposa y yo habíamos educado a nuestros hijos para que fueran leales con sus amigos y familiares, pero había visto pocas pruebas de que Lawton fuera digno de tal lealtad.

Tras marcharse a vivir a Hollywood para cumplir sus sueños, Laura volvía poco a casa, sobre todo después de la muerte de su madre. Cuando venía a verme, apenas notaba diferencias en ella, si acaso el cambio natural provocado por el poso de sus vivencias en California, pero en el fondo seguía siendo mi Laura. Un versículo de los *Proverbios* me pasó por la cabeza: «Instruye al niño en su camino, y aun cuando fuere viejo no se apartará de él». Mi esposa y yo inculcamos un fuerte sentido de la responsabilidad a nuestros dos hijos y, aunque podían meter la pata, tenía la certeza de que eran buenas personas. Con todo, de niña, Laura tenía un sentido de la responsabilidad demasiado marcado y a veces, por ayudar a otra persona, asumía más de lo que le correspondía. Tal vez era lo que pasaba con Connor Lawton.

Si así era, me parecía que Laura había errado. No debería haber sacado la memoria externa del apartamento de Lawton y sospechaba que era consciente, porque si no, ¿por qué me la había metido furtivamente en el bolsillo?

En cuanto mi hija estuviera en condiciones, nos sentaríamos a hablar seriamente. Tenía la inquietante sensación de que la muerte de Lawton no había sido un suicidio, no era su estilo: tenía un ego sano. Podría haber sido una muerte accidental, pero parecía improbable, a menos que tuviera algún problema de salud del que nadie supiera.

Llegamos a casa poco después de las ocho. Me dolía la cabeza y me rugían las tripas: necesitaba cafeína y comida, y Laura también tenía que comer. Sean metió el coche en el garaje minutos después de que Laura y yo entráramos en la cocina. Cuando se unió a nosotros, yo estaba poniendo a calentar en el horno una cazuela de pollo, arroz y champiñones que el bendito de Stewart nos había dejado en la nevera. Laura daba sorbitos a un refresco bajo en calorías absorta en la superficie de la mesa. Diesel, que nos había recibido en la puerta, gorjeaba y maullaba enroscado entre mis piernas para protestar por haberse quedado en casa.

Tras mirar a su hermana, Sean preguntó:

—¿Qué hago?

—En la nevera hay una cazuela con judías verdes. ¿Puedes calentarlas, por favor? Tengo que atender a Diesel o acabará por tirarme al suelo.

Sean obedeció y yo saqué una silla de la mesa y me senté. Diesel se instaló entre mis piernas, con las patas delanteras apoyadas sobre mi regazo. Le agarré la cabeza con ambas manos y le masajeé la barbilla con los pulgares mientras le murmuraba que lamentaba haberlo dejado en casa, pero que Laura me necesitaba. Me miró a los ojos sin dejar de ronronear.

Entonces, para mi sorpresa, se apartó y se aproximó a la silla donde estaba sentada mi hija, que seguía con la mirada perdida y no se percató de su presencia. Con un cabezazo en el costado, Diesel la sacó de su ensimismamiento y consiguió que dejara el refresco y se volviera hacia él. Le apoyó las patas delanteras en el regazo y alargó la cabeza hacia su cara. Con un sollozo, Laura se agachó, le rodeó la parte superior del cuerpo con los brazos y lo estrechó contra sí. Diesel respondió con un maullido compasivo.

Sean, que se ocupaba de las judías en los fogones, soltó la cuchara y dio un tímido paso hacia su hermana, pero le hice una seña para que se detuviera y negué con la cabeza. Me parecía que, de momento, con su sensibilidad para reconfortar a los humanos, Diesel podría consolarla mejor que su padre o su hermano. Ya nos llegaría el turno.

Sean y yo guardamos silencio varios minutos mientras Laura sollozaba aferrada a Diesel. Cuando sonó el temporizador del horno, levantó la cara bañada en lágrimas y soltó a Diesel, que se sentó sobre las patas traseras y la observó mientras sacaba varios pañuelos de papel de la caja que Sean le tendía. Se limpió la cara, se sonó la nariz y arrugó los pañuelos en una bola.

Me acerqué a mi hija y la estreché entre mis brazos cuando se puso en pie. Apoyó brevemente la cabeza en mi hombro antes de separarse.

—Estoy bien, papá —dijo con voz ronca.

—Cielo, ¿por qué no vas a lavarte la cara y cenamos?

Empezó a protestar diciendo que no tenía hambre, pero cuando le pregunté cuándo había comido por última vez, se rindió.

—A la hora del almuerzo —reconoció con una media sonrisa—. Ya... Tienes razón, me sentará bien comer algo. —Me besó en la mejilla—. Vuelvo enseguida.

—Estoy preocupado por ella, papá —dijo Sean en cuanto Laura salió de la cocina con Diesel pisándole los talones—. Me da que a lo mejor seguía enamorada de ese cretino y, si su muerte resulta ser algo más que un suicidio o un accidente, podría parecer la principal sospechosa.

—Lo sé, hijo. Yo también estoy preocupado.

Los pinchazos en la cabeza me recordaron que aún no había bebido nada con cafeína y abrí la nevera para sacar una lata de refresco bajo en calorías. Tras unos tragos, el dolor empezó a remitir.

—Démosle un poco de tiempo para que se recupere, pero luego pienso tener una larga charla con ella sobre Lawton y lo que ha pasado.

Cuando Laura y Diesel regresaron, Sean y yo habíamos servido el guiso y las judías verdes. Laura se sentó en su sitio y levantó el tenedor. Se quedó mirando el plato un momento, como armándose de valor, y se llevó un trozo de pollo a la boca. Sean y yo la miramos de soslayo mientras empezábamos a comer. La cara de Laura había recuperado algo de color y, a medida que comía, parecía menos agotada.

Diesel vino a sentarse junto a mi silla y me miró fijamente, tratando de adoptar aires de gato que llevaba varios días sin probar bocado. Le di tres judías verdes y cuando maulló pidiendo más negué con la cabeza. Volvió a mirarme sin pestañear y yo volví a concentrarme en mi plato, intentando resistirme a su mudo reclamo.

Comimos en silencio unos minutos, hasta que Laura posó el tenedor y nos miró a su hermano y a mí con una pizca de desafío en los ojos:

—Probablemente pensaréis que estoy mal de la cabeza, pero no me apetece hablar esta noche. —Hizo una pausa—. Os prometo que hablaremos mañana, pero esta noche quiero estar sola. ¿Puede ser?

Sean, ceñudo, parecía a punto de decir algo, pero yo me adelanté:

—Tranquila, cariño. Sé que estás agotada, ha sido un día durísimo y necesitas descansar... Pero tenemos que hablar. Hay asuntos serios que debemos tratar y no podemos postergar la conversación mucho tiempo.

—Señor, sí, señor.

Laura esbozó una sonrisa antes de reanudar la comida. Miré a mi hija adulta, sentada al otro lado de la mesa, y de repente vi a una niña pequeña, vulnerable y confusa, a la que deseaba coger en brazos y decir que su padre lo arreglaría todo. Pero entonces volví a ver a la Laura adulta y adiviné que no le gustarían mis palabras, por lo menos de momento.

La cena prosiguió sin más conversación. Laura picoteaba con la mirada perdida y yo no hacía más que tratar de leerle la mente. Al terminar, Sean se levantó y llevó los platos al fregadero.

Laura dejó el tenedor y me miró:

—Me voy a la cama. Estoy hecha polvo. —Se me acercó con la mano extendida—. ¿Me devuelves la memoria, papá?

Dudé antes de levantarme y sacármela del bolsillo. La apreté entre mis dedos y miré a mi hija. No quería herir sus sentimientos y darle a entender que no confiaba en ella, pero me preocupaba la información que pudiera contener y lo que pensara hacer con ella.

Mi hija me leyó el pensamiento:

—Te prometo que no tocaré nada. No voy a borrar ni a cambiar archivos. Mañana lo vemos juntos y decidimos qué hacemos —dijo mirándome a los ojos con decisión.

Tenía que confiar en mi hija y en sus razones para haberse llevado la memoria externa del apartamento de Lawton, aun sabiendo que Kanesha Berry nos reprendería, pero ya lidiaríamos con eso llegado el momento. Deposité la memoria en la mano de Laura, que la aprisionó entre los dedos y me dio las buenas noches con una sonrisa y un rápido beso en la mejilla.

Diesel gorjeó al verla salir de la cocina y, en cuanto lo animé, se marchó trotando tras ella.

Le di las gracias a Sean, que ya había recogido la mesa y estaba metiendo los platos en el lavavajillas. Parecía consternado.

—No puedo evitar pensar que el hecho de haberse llevado esa memoria le va a traer consecuencias, papá. Por más vueltas que le doy, no entiendo por qué lo ha hecho. Sus razones tendrá, pero...

—Mira, hijo, creo que no nos queda más remedio que confiar en ella. A mí tampoco me gusta la situación, pero seguro que tiene un buen motivo para haberlo hecho.

—Supongo. —Sean negó con la cabeza—. La situación es un infierno, de eso no cabe duda. Me pregunto qué hará ahora el departamento de Arte Dramático sin su dramaturgo estrella.

—Quizá le busquen un sustituto —dije y en ese momento me vino a la cabeza un pensamiento incómodo—. Por cierto, no sé si habrán informado a Ralph Johnston...

—¿Sabe la policía que tendría que hacerlo?

—Puede —dije mientras reflexionaba—. Seguramente durante el interrogatorio Kanesha le haya preguntado a Laura sobre los parientes y allegados de Lawton. Johnston era su jefe, por así decirlo.

—Pues entonces yo no me preocuparía. —Sean me apretó el hombro—. Bastante tienes ya como para encima pasar ese mal trago.

Lo cierto es que esa noche no me veía con fuerzas para hablar con Ralph Johnston. Lo más probable era que le diera un ataque de histeria, y yo no tenía paciencia para lidiar con eso. Seguro que Kanesha, tan diligente como era, ya habría informado a la universidad.

—Bueno, en ese caso, me retiro a mi cuarto.

—Yo voy a relajarme un rato en el porche trasero —dijo Sean.

Eso significaba que iba a fumarse un puro, su manera de relajarse. Tras darle las buenas noches, subí a mi habitación, me puse el pijama y leí un rato. Cuando apagué la luz, Diesel aún no había vuelto, así que dejé la puerta entreabierta por si venía durante la noche.

La zozobra me desveló durante una hora larga, pero acabé por rendirme al sueño. En algún momento, fui vagamente consciente de que Diesel se metía en la cama y después volví a quedarme dormido. La mañana siguiente me costó despertar, pero no podía quedarme remoloneando, había mucho que hacer.

Cuando me disponía a marcharme a trabajar, Laura aún no había bajado a desayunar. Tenía ganas de hablar con ella, pero no quería molestarla. Mi hija necesitaba descansar y mis preguntas bien podían esperar un poco más. Quizá a la hora de comer estaría preparada.

Diesel y yo llegamos al archivo con cierta antelación y la mañana discurrió con tranquilidad. Melba no nos prestó la visita de rigor, pero recordé, aliviado, que se había tomado el día libre. Menos mal, no me apetecía tener que responder a sus preguntas sobre los sucesos de la víspera.

A las nueve y media sonó mi teléfono. El número de Sean apareció en la pantalla y apenas tuve tiempo de saludar antes de que se lanzara a hablar como un loco:

—Papá, Laura se ha marchado, debe de haber salido de casa antes del desayuno. Acabo de llamarla, pero no contesta.

El corazón me dio un vuelco. ¿Dónde estaba mi hija?

Y, más importante, ¿estaba bien?

CAPÍTULO DIECISÉIS

M e quedé helado y tuve que respirar hondo un par de veces.
—Quizá esté por aquí, en el campus, en su despacho...
—Esa posibilidad me reconfortó—. Estará tan concentrada trabajando que no hará caso del móvil.

—A lo mejor... —dijo Sean sin excesiva convicción.

—Voy para allá ahora mismo. Te llamo en cuanto sepa algo. —Hice una pausa para respirar—. Tú sigue llamándola.

—Vale.

Me guardé el móvil a toda prisa en el bolsillo y cogí el arnés y la correa de Diesel.

—En marcha. Vamos a ver a Laura.

Diesel, quizá conectando con mi tono perentorio, bajó de un salto de la ventana y aguardó inmóvil a que le abrochara el arnés en un tiempo récord. En cuanto tuvo la correa enganchada, salió disparado obligándome a emprender la carrera.

Cerré la puerta del despacho y bajé las escaleras hacia la puerta trasera del edificio. Corría con todas mis fuerzas y Diesel me seguía el ritmo. Normalmente, tardaba unos diez minutos escasos en llegar al edificio del departamento de Arte Dramático y esa mañana debí de hacerlo en cuatro.

Intentaba concentrarme en pensamientos positivos, pero la duda seguía consumiéndome. Laura tenía que estar bien. No podía estar en peligro.

Recorrimos el camino hasta la facultad de Bellas Artes. Como muchos edificios del campus, databa de mediados o finales del siglo XIX y su ladrillo, antaño rojo, había envejecido y había adquirido un color rosa palo que resaltaba contra el blanco de ventanas y puertas. De un empujón, abrí una de las puertas dobles, agradecido de no cruzarme con nadie, porque habría arrollado a cualquiera que me hubiera frenado el paso.

Demasiado impaciente para coger el ascensor, corrí escaleras arriba y Diesel me adelantó. El corazón me latía con fuerza en el pecho y el sudor me resbalaba por la cara, pero no me detuve, rezando por no desmayarme antes de encontrar a mi hija sana y salva.

El despacho de Laura estaba al fondo, lejos de las escaleras. Enfilé el pasillo vacío a la carrera detrás de Diesel, que tiraba de la correa intentando soltarse. Aunque no tenía ni idea de cómo sabía adónde íbamos, lo solté y alcanzó la puerta de Laura segundos antes que yo.

Llegué a su despacho incapaz de articular palabra y tuve que detenerme para recuperar el aliento. Diesel, entre tanto, maullaba con fuerza y arañaba la puerta, ligeramente entreabierta, que cedió bajo su peso. Al ver los libros y los papeles tirados por el suelo, se me encogió el corazón. Entré, luchando por respirar con normalidad, y grazné el nombre de mi hija. En ese momento, un teléfono empezó a sonar y reconocí la melodía del móvil de Laura. Me adentré un poco más, a la derecha había una pared cubierta de anaqueles abarrotados de libros y a mi izquierda, un escritorio. Mi corazón por poco se detiene cuando vi a una mujer arrodillada ante un cuerpo tendido en el suelo, entre el escritorio y otra pared de estanterías que quedaba detrás.

Diesel se escabulló detrás del escritorio, pero oía sus gorjeos y sus maullidos de angustia. La imagen del cuerpo de mi hija tirado en el suelo me había aterrorizado hasta tal punto que no era capaz de articular palabra. Cuando Diesel se acercó a lamerle la cara, la mujer se sobresaltó y se incorporó.

—¿Qué está haciendo usted? —logré decir.

Por fin había recuperado el habla y las piernas me respondían. Me acerqué al escritorio y agarré a la desconocida por el hombro, que al volverse me miró con una expresión aterrada equiparable a la mía.

—Intento ayudarla —dijo, apartándome la mano—. ¿Quién demonios es usted?

—Soy su padre —contesté, apartándola con poca delicadeza.

Me arrodillé en la alfombra desgastada junto a Laura. Tenía los ojos cerrados, pero su respiración era constante. Parecía dormida. Le tomé las manos, que estaban frías, y empecé a frotárselas, tratando de calentarlas.

—Laura, tesoro, ¿me oyes?

Mientras le hablaba, Diesel seguía lamiéndole la cara. No intenté detenerlo, toda estimulación sensorial era bienvenida.

El teléfono de Laura empezó a sonar de nuevo y sentía la presencia de la desconocida rondando a mi espalda.

—Hay que pedir una ambulancia.

—Estoy en ello.

Volví la vista atrás. La mujer sostenía el teléfono de la oficina con una mano y marcaba el número con la otra.

No hice caso del móvil de Laura, que seguía sonando, a pesar de que imaginaba que Sean se preocuparía más. Lo llamaría en cuanto pudiera.

Laura emitió un gemido que me desgarró el corazón. Pestañeó varias veces, abrió los ojos y trató de enfocarme. Diesel dejó de lamerle la cara, pero siguió hablándole a su manera.

—Ay... Mi cabeza... —musitó, con un rictus de dolor en el rostro—. Me duele. ¿Qué ha pasado?

—No lo sé, tesoro —dije—. Hemos llamado a la ambulancia, enseguida vendrán. Tú no te muevas.

Laura frunció el ceño.

—¿Dónde estoy?

—En tu despacho.

Le froté las manos tratando de hacerle entrar en calor. Diesel se colocó a mi lado, con los ojos fijos en el rostro de Laura.

Parpadeó y una sonrisa temblorosa afloró en sus labios.

—Mi gatito precioso —dijo con un hilo de voz.

—Ya están de camino —anunció la mujer a mi espalda.

Al volverme para darle las gracias constaté, no sin sorpresa, que la conocía. Era Magda Johnston, la esposa de Ralph. No se parecía en nada a la mujer que había visto en la fiesta unos días antes. Para empezar, parecía estar sobria y vestía de forma más conservadora: falda gris, blusa morada y americana negra. Nada que ver con la mujer estrafalaria que había visto en la fiesta.

—Agua, por favor. Mi botella... escritorio —dijo Laura con un hilo de voz.

La miré y asentí con la cabeza.

—No te muevas —le repetí.

Me desplacé para abrir los cajones del escritorio y encontré la botella a la primera. Me volví hacia Laura pensativo. No debería mover la cabeza hasta que llegara la ambulancia y la examinaran... ¿Cómo iba a darle agua sin ahogarla? Laura se movió y supe que iba a intentar incorporarse.

—No. Quédate quieta. Voy a echarte un poco de agua en la boca desde el lado, ¿vale?

Debería funcionar, siempre y cuando pudiera mantener la mano firme.

—Vale —dijo, abriendo la boca mientras yo giraba el tapón.

Me arrodillé a su lado, le acerqué la botella a la boca y la incliné hasta que salió un hilito de agua. Laura tragó y yo detuve el goteo. Repetimos cuatro veces el procedimiento hasta que Laura se dio por saciada.

Cerré la botella y me acuclillé mirando a mi hija con preocupación. ¿Dónde estaban los paramédicos? Tenían que estar al caer.

—Ya están en el vestíbulo —anunció desde la puerta Magda Johnston, que parecía hacerles señas con los brazos.

—Menos mal —dije.

Miré el escritorio. Seguro que el personal médico necesitaba espacio para trabajar, así que me levanté y lo empujé hacia la pared opuesta. Al ver lo que estaba haciendo, Magda se acercó para ayudar y entre los dos conseguimos apartar la mesa todo lo posible. Estaba separando a Diesel de mi hija cuando el primer paramédico entró por la puerta.

Me retiré a un rincón con mi gato mientras entraba el resto del equipo y se ponían a trabajar diligentemente. Uno de los paramédicos le hizo varias preguntas a Laura, del tipo «¿Qué día es hoy?», «¿Cómo se llama el presidente?», que mi hija respondió satisfactoriamente.

Diesel, nervioso por la presencia de extraños en el pequeño despacho, se cobijó debajo de la mesa y lo observó todo desde allí. Llamé a Sean para ponerle brevemente al corriente de la situación y pedirle que viniera en coche a buscarnos, pues necesitaba que me acercara al hospital y que después se llevase a

Diesel a casa. Urgencias no es lugar para un felino, ni siquiera para uno tan bien educado como el mío.

Una de las paramédicas, una mujer no mucho mayor que Laura, se arrodilló junto a la cabeza de mi hija y se la palpó con sus manos enguantadas. No pude ver qué ocurría a continuación porque los paramédicos iban cambiando de posición. Oí gemir a Laura y luego la mujer dijo:

—Hay un poco de sangre aquí y una herida pequeña.

—¿Se habrá caído y se habrá dado un golpe en la cabeza? —preguntó otro paramédico algo mayor, un hombre de unos treinta o cuarenta años.

—No estoy segura... —El tono de Laura era vacilante—. La verdad es que no me acuerdo muy bien... Recuerdo haber llegado al despacho de buena mañana y haber trabajado, pero después de eso, nada.

El hombre se volvió hacia mí:

—¿Y usted quién es? ¿Es de su familia?

—Sí, soy su padre. —Me presenté—. También trabajo en la universidad. Me he empezado a preocupar porque mi hija no contestaba al móvil y, al llegar, me he encontrado a la señora Johnston con ella.

Magda Johnston revoloteaba en la puerta y, al oír su nombre, se aproximó.

—Yo había pasado para saludar a Laura. Al ver la puerta entornada, he entrado y me la he encontrado tirada en el suelo. Cuando la estaba examinando ha llegado el señor Harris.

En ese momento, apareció un agente de policía del campus que se hizo cargo del interrogatorio y Magda Johnston y yo tuvimos que repetir nuestros relatos. Los paramédicos colocaron a Laura en una camilla para trasladarla al hospital y, cuando la sacaban por la puerta, le grité a mi hija que iría con ella.

Me volví hacia el agente y le dije:

—Alguien le ha dado una paliza a mi hija y la ha dejado inconsciente. No sé por qué, pero sospecho que tiene algo que ver con la muerte de un compañero suyo, Connor Lawton, ocurrida ayer. Quizá quiera notificárselo a la comisaría del condado, por si existiera alguna conexión entre ambos sucesos.

Cuando mencioné el nombre del dramaturgo muerto, Magda Johnston sollozó y, cuando la miré de refilón, volvió el rostro hacia otro lado. ¿Estaba afectada por el incidente de Laura o era el nombre de Lawton lo que había causado aquella reacción?

Recordé que en la fiesta Magda había estado pululando alrededor del dramaturgo. En aquel momento lo achaqué a su embriaguez, pero... ¿y si había algo más? Me asaltó entonces un pensamiento aún peor. ¿Y si Magda Johnston era quien había agredido a Laura?

CAPÍTULO DIECISIETE

Cuando Sean me dejó en el hospital, un enfermero y una médica de Urgencias estaban atendiendo a Laura. El enfermero parecía limpiar la herida ante la mirada atenta de la doctora, una atractiva mujer de unos cuarenta años que me preguntó quién era. Antes de que pudiera decir nada, Laura respondió por mí:

—Mi padre.

Me fijé en el nombre de la doctora bordado en su bata: Leann Finch. El enfermero, un hombre macizo y chaparro de unos treinta años, continuó su labor y la doctora asintió con la cabeza antes de seguir observando las curas de su compañero.

Cuando el enfermero terminó, la doctora se inclinó sobre Laura y la palpó con sus dedos enguantados. Laura, tumbada de costado de frente a mí, se retorció en un gesto de dolor. Permanecí a un lado de la salita y observé el resto de la exploración. Al cabo de unos minutos, la doctora concluyó:

—Tiene un pelo muy denso y parece haber amortiguado el impacto. Ni siquiera va a necesitar puntos. —Le hizo un gesto al enfermero, que terminó de curar la herida mientras la doctora seguía hablando—: Está bien de reflejos, aunque se ha quejado de un poco de mareo y náuseas. Me ha dicho que perdió el conocimiento. ¿Alguna idea de cuánto tiempo ha podido estar inconsciente?

—No.

Miré a Laura, que parecía dormida. Le expliqué lo que sabía de la situación. La doctora Finch asintió.

—No recuerda nada de lo ocurrido en los momentos previos al golpe. No es raro dadas las circunstancias. Quiero una tomografía para ver si hay traumatismo interno. —Al ver mi cara de susto, me puso una mano en el brazo—. No creo que sea el caso, como he dicho, tiene mucho pelo, pero el impacto le ha abierto la piel lo suficiente como para sangrar. Probablemente solo sea una contusión leve. La tomografía es una precaución necesaria.

—Claro, doctora, lo que usted crea conveniente —dije, rezando para que tuviera razón y no hubiera lesiones internas.

—Lo más probable es que la envíe a casa después de examinar los resultados del escáner. Luego hablaré con usted de los cuidados posteriores que requerirá. —La doctora Finch me sonrió con calidez—. ¿Tiene alguna pregunta?

—¿Debo mantenerla despierta? He leído que después de una conmoción cerebral hay que estar un tiempo despierto.

—No, no hace falta. El sueño natural no es malo, pero si pierde el conocimiento tendría que traerla al hospital. —Hizo una pausa, esperando más preguntas, pero cuando asentí, sonrió, se dirigió a un ordenador cercano y empezó a teclear.

—Si quiere, puede sentarse ahí. —La voz grave del enfermero me sorprendió, porque no lo había visto acercarse. Me indicó una silla junto a la cama de Laura—. Van a tardar un poco en venir a buscarla para el TAC.

Le di las gracias y me senté. Mi cabeza estaba a medio metro de la de mi hija y, mientras la miraba, notaba cómo se me aceleraba el pulso. Aquella escena me traía recuerdos dolorosos, de cuando su madre estaba en el hospital.

Me reprendí por recrearme en pensamientos morbosos: Laura se iba a poner bien. Esto no tenía nada que ver con el caso de su madre, destrozada por un cáncer de páncreas. Laura era joven, estaba sana y se recuperaría rápidamente.

En esas, Laura abrió los ojos y bostezó.

—Uy, me he quedado frita... —dijo con un hilo de voz—. ¿Cuándo me dejan volver a casa?

—Primero quieren hacerte un TAC. La doctora quiere asegurarse de que no tengas lesiones internas.

Laura frunció el ceño.

—De acuerdo.

Tras cerciorarme de que la doctora Finch y el enfermero habían salido de la habitación y ver que habían dejado la puerta casi cerrada, me volví hacia mi hija.

—Bueno, es hora de que me contestes unas preguntas —dije—. Te han pasado muchas cosas en menos de veinticuatro horas y quiero algunas respuestas. Quiero saber qué está pasando en esa bonita y testaruda cabecita tuya.

—Sí, señor. —Laura esbozó una breve sonrisa.

—Antes de nada, cuéntame todo lo que recuerdes de esta mañana.

—Me he despertado temprano, sobre las seis, creo. —Hizo una pausa—. Tenía hambre, así que he bajado a la cocina y he desayunado una tostada y una taza de té. No había nadie más levantado y no sé... supongo que tenía ganas de salir de casa, así que me he dado una ducha rápida, me he vestido y me he ido al campus. Debían de ser las siete.

—¿Por qué no has dejado una nota? —pregunté intentando que mi voz no delatase que mi nivel de enfado iba en aumento—. Teniendo en cuenta lo que pasó ayer, ¿no se te ha pasado por la cabeza que podíamos preocuparnos si no aparecías para desayunar?

—No he caído, papá... —Laura parecía contrita al confesar su despiste—. Lo siento, lo último que quería era preocuparte.

—Lo sé, cariño. —Le tomé la mano derecha y la apreté con suavidad—. ¿Qué has hecho al llegar al campus?

—Hacía tan bueno que me han dado ganas de pasear, he caminado durante al menos una hora y he acabado frente a la facultad de Bellas Artes. He subido al despacho y me he quedado sentada embobada frente a la pared durante un buen rato.

—¿Y en qué pensabas?

Podría haberle hecho una pregunta más concreta, pero decidí dejar que ella me lo contara como quisiera.

Laura guardó silencio un momento. Su rostro se ensombreció cuando se decidió a hablar.

—Sobre todo en Connor... Todo ha sido tan rápido, o al menos esa sensación me da... Intentaba asimilarlo. Me da tanta pena...

Las lágrimas amenazaban con brotar y volví a apretarle la mano.

—Lo sé, tesoro. Era muy joven.

—Sí, muy joven para morir... —dijo Laura, con una fiereza repentina—. Y ahora que he tenido tiempo de pensarlo, no creo que se suicidara, papá. Connor no.

Me miró fijamente a los ojos, como buscando mi aprobación, y me apretó la mano con fuerza.

—Creo que tienes razón.

Laura aflojó la presión y percibí signos de alivio en su rostro. Decidí retomar la conversación sobre sus actividades de la mañana.

—Bueno, entonces, estabas en tu despacho pensando en todo esto. ¿Y después?

—Ahí es donde se vuelve borroso... —contestó meditabunda—. Creo que fui al baño y luego a la sala de profesores. Iba a hacerme un café... Sí, eso, quería un café y, mientras me lo preparaba, me he sentado en la sala a ojear uno de los álbumes de recortes de Sarabeth Conley. Me he tomado el café allí y luego creo que he vuelto al despacho... —Hizo una pausa, momentáneamente complacida, antes de volver a dudar—. Y nada más.

Intenté tirar del hilo, con la esperanza de refrescarle la memoria:

—Vale, o sea que has vuelto al despacho y te has dejado la puerta abierta, ¿verdad?

Laura asintió.

—No suelo cerrar con llave cuando estoy dentro. Solo cuando me voy.

—La persona que te ha dado la paliza debía de estar en tu despacho, y tú la sorprendiste. Te golpeó en la cabeza y se marchó o siguió saqueando tu despacho... —Mientras describía la posible escena, los escalofríos me recorrieron la columna hasta instalárseme en la nuca. Podrían haberla matado.

—Papá, ¿estás bien? —preguntó Laura alarmada—. Te has quedado blanco como un fantasma.

—Estoy bien, tesoro. —Intenté esbozar una sonrisa tranquilizadora, aunque no sé si muy lograda. Por lo menos, Laura parecía algo menos alterada—. Me aterra pensar en lo que te han hecho.

—Ojalá recordara qué ha pasado al volver al despacho. —Laura se frotó la frente, como si pudiera invocar a su memoria como al genio de la lámpara—. Luego, lo siguiente que recuerdo es veros a ti y a Magda Johnston.

—¿Os lleváis bien? —No recordaba que Laura me hubiera hablado de ella y su presencia en escena me había parecido sospechosa.

—No especialmente... —Laura negó con la cabeza, hizo una mueca y se detuvo—. Ha venido dos o tres veces esta semana para preguntarme cosas de Hollywood. Dice que era una fanática de la serie en la que salí y quería saberlo todo sobre los famosos... Pero al final, no sé cómo, la conversación siempre viraba hacia Connor. Creo que está calada por sus huesos. —Su cara me dio a entender que no le hacía gracia la idea.

Por lo que había observado en la fiesta, la revelación de Laura no me sorprendió mucho.

—Entonces supongo que su presencia en tu oficina no era sospechosa.

—Supongo que no... —Laura lo sopesó un momento—. Aunque esta mañana me ha costado reconocerla, es la primera vez que la veo con ropa tan sobria y casi sin maquillaje. Qué raro...

—Sí, es verdad. Yo tampoco la había visto nunca así.

Aquel pensamiento enlazaba con otro: ¿estaba guardando luto por Connor Lawton? ¿Qué opinaría su marido?

—No estarás pensando que me pegó ella, ¿verdad?

—No lo sé... Es perfectamente plausible. Es posible que yo haya llegado poco después de la paliza, pero Magda no llevaba nada en la mano. ¿Le habría dado tiempo a deshacerse del arma? —Seguramente la policía del campus, e incluso la del condado de Athena, estaría trabajando en esa hipótesis—. Sin embargo, si encontramos la respuesta a otra pregunta, tendríamos una pista para averiguar quién te ha dado la paliza.

—Y esa pregunta es... ¿qué estaban buscando? —Laura me miró fijamente a los ojos con una expresión impasible.

—Efectivamente. Y se me ocurre una respuesta.

Esperé a oír lo que diría:

—La memoria externa de Connor... —Suspiró—. La que me llevé de su apartamento.

—¿Y la tenías encima?

—No, la había dejado en casa. —Sus ojos se abrieron alarmados—. No pensarás que van a entrar en casa, ¿verdad?

Era una posibilidad que aún no había barajado y, aunque me sobrevino la primera agitación de una alarma mayor, me obligué a mantener la calma.

—No sabemos con seguridad que eso fuera lo que buscaba la persona que te agredió. Lo primero es saber qué contiene esa memoria para dilucidar por qué podría ser importante. —Hice una pausa mirando a mi hija, cuya expresión se había vuelto indescifrable—. Para empezar, ¿tú por qué te la llevaste? ¿Sabes lo que contiene?

—Porque el portátil de Connor había desaparecido. El asesino debió de robarlo.

CAPÍTULO DIECIOCHO

L aura me pidió agua antes de dejarme seguir indagando acerca del portátil desaparecido. Encontré un dispensador con vasos de cartón justo al final del pasillo de su habitación. Cuando terminó, me dio las gracias.

—¿Quieres más? —pregunté.

—No, estoy bien, gracias.

Dejé el vaso en una mesa cercana y me senté de nuevo.

—Volviendo al portátil... ¿Estás segura de que ha desaparecido? Estabas en una situación muy angustiosa, podrías no haberlo visto...

Laura se estremeció y cerró los ojos.

—Fue horrible. Es que nunca te esperas encontrar a nadie así. Y menos a una persona joven como Connor... —Abrió los ojos y continuó mientras yo le apretaba la mano—. Cuando asumí que no estaba durmiendo la borrachera, me quedé allí parada no sé cuánto tiempo...

—Siento mucho que te tocara a ti ese mal trago —le dije. Laura se aferró a mi mano.

—Yo también. Pero quizá estaba destinada. —Hizo una pausa—. En fin, la cuestión es que lo encontré yo. Y después saqué fuerzas para llamarte.

—Dijiste que pensabas que se había suicidado —dije con suavidad.

—Antes de llamar a la ambulancia, empecé a fijarme en otros detalles. Miré donde guardaba el portátil y no estaba, y me pareció raro, porque debería haber estado allí, así que fui a echar un vistazo rápido a las habitaciones, pero no apareció por ninguna parte. Y ahí empecé a pensar que Connor no se había suicidado.

—¿Cuánto tiempo te llevó?

—Probablemente no mucho más de un minuto. El apartamento es pequeño, solo tiene un dormitorio. —Laura se estremeció—. Me sentía rara husmeando en esas circunstancias... pero quería encontrar el portátil a toda costa. Luego me acordé de que me habías dicho que avisara al servicio de emergencias y llamé.

—¿Y la memoria externa?

—Se me ocurrió mientras hablaba con la operadora. Connor guardaba compulsivamente copias de seguridad de su trabajo y también había escondido la memoria para que nadie se la quitara.

Eso para mí rayaba en la paranoia, pero por lo que sabía, la mayoría de los escritores tenían un punto paranoico.

—¿Dónde la escondió? ¿Y cómo lo sabías?

Una sonrisa se empezó a dibujar en el rostro de Laura y se desvaneció.

—Connor pensó que yo nunca intentaría robársela, porque era la única persona, según decía, en la que confiaba para no revelar su escondite. —Suspiró—. Tenía una urna que se llevaba a todas partes donde se supone que están las cenizas de sus padres. Tiene un doble fondo y ese era el escondite.

No pude interrogarla más porque el enfermero regresó junto con los celadores que venían a buscarla para hacerle el TAC. Las preguntas tendrían que esperar. Me intrigaba el contenido de esa memoria, qué podía ser tan importante para que mi hija lo robara y se lo ocultara a la policía. Mientras sacaban a Laura en silla de ruedas, el enfermero se dirigió a mí:

—Puede quedarse aquí si quiere o salir a la sala de espera. Le avisarán cuando vuelva.

—Gracias. —Sonreí—. Voy a la sala de espera para hacer una llamada.

El enfermero asintió y lo seguí hasta la puerta, donde me indicó el camino hacia la sala de espera. Atravesé unas puertas dobles que daban al pasillo y a un pequeño vestíbulo.

Cuando me disponía a sentarme para avisar a Sean, mi hijo apareció dando grandes zancadas y se instaló en el asiento contiguo al mío.

—Estaba a punto de llamarte.

—¿Cómo está? —Su expresión delataba su profunda preocupación.

Le conté lo que me había dicho la doctora Finch y concluí:

—Acaban de llevársela para hacerle un TAC. Si sale bien, le darán el alta y nos la podremos llevar a casa.

Sean se relajó.

—Espero que salga bien, no quiero ni plantearme otra posibilidad... Ah, por cierto, antes de que se me olvide, he llamado a la biblioteca y he hablado con tu amiga Melba para avisar de que probablemente no volverías hoy.

—Gracias. Se me había olvidado por completo.

—No me extraña, con todo lo que está pasando... —Sean sacudió la cabeza—. ¿Ha sido capaz de explicarte por qué demonios se ha marchado así esta mañana?

Le repetí el relato de su hermana. Había llegado al punto en que Laura recobraba el conocimiento, cuando volví la vista hacia la puerta y vi la silueta de Kanesha Berry que se cernía sobre nosotros.

—Buenas tardes, inspectora —saludé poniéndome de pie y tendiendo la mano.

Sean también se levantó al verla.

—Caballeros. —Kanesha nos saludó con sendas inclinaciones de cabeza y una expresión tan fría y distante como de costumbre—. ¿Cómo está su hija?

Repetí el parte de la doctora Finch.

—Le están haciendo el TAC ahora mismo, espero poder llevármela a casa enseguida.

—Espero que no encuentren ninguna lesión interna. —Kanesha señaló los asientos que ocupábamos antes de su llegada—. Tomen asiento, por favor, me gustaría hablar con ustedes.

Acercó una silla y la colocó frente a las nuestras.

—Usted dirá, inspectora... —El tono de Sean me pareció receloso, y me pregunté si iría a ponerse en modo abogado. Esperaba en lo más profundo de mi corazón que a Laura no le hiciera falta representación legal.

Kanesha se sacó una libreta del bolsillo y la hojeó hasta encontrar la página que buscaba.

—Bien, tengo el atestado de la policía del campus y me he personado en el lugar de los hechos. Tenga bien claro que me tomo este asunto muy en serio. Bien, señor Harris, me gustaría que me contara qué ha hecho y qué ha observado.

¿Cuántas veces había pasado por aquello? Reprimí un suspiro y le di a la inspectora la información que me pedía.

Kanesha anotó sobre la marcha y cuando terminé, me dio las gracias.

—También tengo que hablar con su hija cuanto antes.

—Si le dan el alta, ¿puede esperar a que la lleve a casa?

No quería que Laura pasara en el hospital más tiempo del necesario. A ninguno de los tres nos apetecía después de lo que habíamos vivido con mi difunta esposa.

—Por supuesto. —Kanesha dio unos golpecitos en el cuaderno con el bolígrafo sin dejar de mirarme—. ¿Se le ocurre algún motivo por el que alguien haya podido agredir a su hija? Según la policía del campus, hacía diez años que no se producía un incidente así.

Reflexioné. Debía medir bien las palabras, no quería buscarle problemas a Laura. Tenía que hablar con mi hija sobre esa maldita memoria externa y convencerla de que se la entregara a la policía.

Kanesha seguía mirándome sin pestañear y me di cuenta de que había dejado que el silencio se prolongara demasiado.

—Seguramente tendrá algo que ver con la muerte de Connor Lawton.

—¿Por qué lo dice?

La mirada láser de Kanesha seguía barriendo mi cara.

—Las circunstancias de su muerte son, cuanto menos, extrañas —respondió Sean, cortante, adoptando un tono profesional—. Mi hermana y él eran buenos amigos y pueden haberla agredido por eso. ¿Sabe dónde se encontraba Damitra Vane esta mañana? Ha expresado una hostilidad manifiesta hacia Laura.

—La policía está comprobando el paradero de la señorita Vane esta mañana. —La mirada láser de Kanesha pasó a atravesar a Sean—. ¿Y por qué iba a agredir la señorita Vane a su hermana? ¿Quizá pensaba que la señorita Harris tenía algo que ver con la muerte de Lawton?

La cara de Sean se ensombreció ante esa última pregunta, que tampoco me hizo ninguna gracia.

—Mi hija no tiene nada que ver con la muerte de ese hombre. —Traté de no elevar el tono, pero notaba que me iba acalorando a medida que pronunciaba las palabras—. Tuvo la desgracia de encontrar su cadáver, eso es todo.

Kanesha se volvió hacia mí:

—Por su bien, eso espero.

De repente me sentí un hipócrita, pues sabía que mi hija estaba ocultando posibles pruebas de la investigación. Estaba consternado y esperaba que Laura tuviera una buena razón para haberse llevado esa memoria externa del apartamento de Lawton.

Por lo visto disimulé bien mi inquietud, porque Kanesha no me presionó más. Se levantó y anunció:

—Usted y la señorita Harris deben presentarse en la comisaría del condado para prestar declaración y firmar. —Una vez de pie, añadió—: Además, le pido que me tenga al tanto de si la señorita Harris vuelve a casa hoy. Me gustaría mucho hablar con ella esta misma tarde.

—Cuente con ello —dije.

Decidí aventurarme con una pregunta propia y correr el riesgo de que Kanesha me arrancara la cabeza.

—¿Cree que asesinaron a Connor Lawton?

Un rápido vistazo a su cara me confirmó que estaba enfadada conmigo. Me miró fríamente durante un momento.

—¿Por qué cree usted que lo asesinaron? Ahora que se ha visto involucrado en tres homicidios, ¿se las da de experto?

—No, nada más lejos. —Intenté mantener la calma, Kanesha lo estaba tomando como una provocación y no era en absoluto mi intención—. Mi hija encuentra un cadáver un día y recibe una paliza al siguiente. Me preocupa la posibilidad de que le hagan daño y si esto resulta ser una investigación de asesinato, tendré aún más motivos para inquietarme.

Bingo. Un sutil cambio en la expresión de Kanesha me indicó que había dado en el clavo.

—Estamos tratando la muerte de Connor Lawton como sospechosa. Es todo lo que puedo decirle en este momento. Bien, caballeros, si me disculpan, tengo cosas que hacer. —Con eso se dio la vuelta y se marchó.

Sean murmuró una palabra nada halagüeña a la espalda de la inspectora y lo reprendí con la mirada. Kanesha podía ser desagradable si se lo proponía, pero no me gustaba que mi hijo fuera tan maleducado. Al menos, tuvo la delicadeza de aparentar vergüenza al verme torcer el gesto.

—Perdona, papá, pero es que me saca de mis casillas...

—Ya lo sé —dije—. Parece que le encanta hacer de poli malo la mayor parte del tiempo. —Miré el reloj—. Ojalá traigan los resultados del escáner pronto.

—Tranquilo, papá, seguro que sale bien.

Sean pronunció aquellas palabras con seguridad y yo recé para que tuviera razón.

Decidí hacerle una pregunta que me rondaba la cabeza desde hacía tiempo. Aunque sabía que lo pondría entre la espada y la pared, mi preocupación por Laura me impulsó a seguir adelante:

—Sean, hijo, ¿te habló mucho Laura de Connor Lawton? A mí nunca me lo mencionó.

Sean me miró con una expresión anodina.

—Sí, alguna que otra...

—¿Llegaron a ir en serio? Para mí era un verdadero impresentable, pero Laura parecía empeñada en defenderlo contra viento y marea, incluso aunque la volviese loca... Me gustaría entender por qué seguía aguantándolo.

Sean desvió la mirada un instante y me dio la sensación de que intentaba tomar una decisión. Cuando volvió a mirarme, asintió.

—Sí, fueron en serio. Es probable que Laura me retuerza el pescuezo cuando se entere de que te lo he contado, pero en mayo, Connor le pidió matrimonio y ella aceptó.

CAPÍTULO DIECINUEVE

¿Mi hija prometida y yo sin enterarme? Mi primera reacción fue de dolor. ¿Por qué no me lo había contado? ¿Ya no confiaba en mí?

Sean debió de leerme el pensamiento porque me puso una mano en el hombro y me dio un apretón.

—Tranquilo, papá, no es lo que te piensas. Laura te lo habría dicho, pero el compromiso duró unas dos semanas. Ella lo rompió.

Aunque me tranquilizó un poco, no pasaba por alto que mi hija nunca me hubiera contado, en las conversaciones telefónicas que manteníamos varias veces a la semana, que había conocido a alguien con quien el matrimonio fuese una probabilidad. No obstante, me abstuve de compartir mi observación.

—Pues me alegro de que cambiara de opinión. —Conseguí decir como quitándole hierro al asunto, aunque seguía dolido—. No me imagino teniéndolo de yerno...

—Bueno, eso ya nunca pasará.

—Sí, tienes razón.

Sacudí la cabeza.

—¿Recuerdas que de pequeña siempre nos traía a casa a los más raritos de su clase? A los que no encajaban con nadie... —recordó Sean con una sonrisa.

—Lo había olvidado. Parecía tener debilidad por los patitos feos...

Lo cierto era que Connor Lawton podría entrar dentro de la categoría de patito feo, me dije, solo que a una escala mayor.

—Estaba tan empeñada en ayudarlos que siempre me imaginé que acabaría siendo orientadora o profesora —dijo risueño—, pero luego en el instituto le picó el gusanillo de la interpretación y quedó claro a qué se dedicaría.

Ahora veía con mejores ojos la obstinación de Laura por defender a Lawton. Me preocupaba que siguiera enamorada de él y que, en consecuencia, su muerte le resultara aún más dolorosa.

Oí mi nombre y, al levantar la vista, vi que la administrativa me hacía un gesto con la mano y me acerqué al mostrador.

—Su hija está en su habitación, por si quieren pasar a verla —me informó con una sonrisa.

Tras darle las gracias, llamé a Sean con un gesto.

—Este es su hermano. ¿Puede acompañarme?

—Por supuesto.

Descolgó una tarjeta de visitante de una hoja de su escritorio y se la entregó a Sean, que se la enganchó en la camisa.

Al entrar en la habitación, Laura ya estaba sentada. Se le iluminó la cara al vernos y Sean fue directo a darle un rápido abrazo.

—Siempre te las arreglas para ser el centro de atención. Pensaba que ya lo habías superado... —dijo con una sonrisa burlona.

Laura cerró el puño y lo hundió suavemente contra su vientre.

—¡Cara de sapo! —replicó sonriente.

—¿Cómo ha ido la prueba? —pregunté mientras me acercaba.

—Creo que bien. —Laura se encogió de hombros—. Espero que me den pronto el alta, me muero de hambre.

—Buena señal. —Sean me guiñó un ojo—. Si el monstruo tiene hambre, no estará tan herido. —Laura le asestó otro puñetazo y él se retorció aullando de dolor.

—Ay, ahora soy yo el que necesita un escáner —lloriqueó lastimero.

—Vaya, así que no soy la única actriz de la familia. —Hizo una pausa—. Pero sí soy la única con talento.

La ironía de Laura me hizo reír y Sean se enderezó, sonriendo.

—Parece que estás mejor, tesoro —le dije.

—Creo que los analgésicos han hecho efecto —contestó con una sonrisa—. No sé qué me han dado, pero ya no me duele la cabeza. Estoy un poco grogui.

—Eso que te llevas —dijo Sean—. Ha venido Kanesha Berry. Quiere interrogarte.

—¿Ahora? —Laura parecía fastidiada.

—No, ahora no. Luego, cuando estés en casa —le dije—. Bueno, siempre y cuando la doctora te dé el alta hoy.

—Ojalá nos traigan los resultados pronto.

Con un gesto, Sean me alentó a ocupar la silla mientras él se sentaba en un borde de la cama, junto a un gran armario.

—¿Cuánto tarda?

—No tengo ni idea... Espero que no mucho —dije. Le di unas palmaditas a Laura en la mano—. Estoy pensando en positivo. Vas a volver pronto a casa.

—Efectivamente —confirmó la doctora Finch entrando en la habitación.

Se acercó a la cama y Laura le presentó rápidamente a su hermano.

La doctora lo saludó con una inclinación de cabeza y se dirigió a su paciente:

—Me complace informarle de que no hay indicios de lesiones internas.

Agradecí los resultados con una oración silenciosa pero sincera.

—Ahora pasará el enfermero para darle algunas indicaciones para las curas y las repasará con usted. Lo principal, asegúrese de hacer un seguimiento con su médico. Pueden surgir problemas a posteriori y, si cree que algo va mal, acuda al médico de inmediato o vuelva a Urgencias.

La doctora se dio la vuelta para marcharse.

—Gracias, doctora —coreamos Laura y yo al unísono.

Con una última sonrisa, la doctora Finch se marchó.

A los cinco minutos volvió el enfermero fornido. Había que firmar el papeleo de rigor y repasó con nosotros las indicaciones de la doctora.

Fue a buscar una silla de ruedas y, poco después, Sean sacaba a Laura de Urgencias en dirección a la entrada del hospital, donde nos quedamos esperando mientras él fue a buscar el coche.

—¿Te vas a animar a hablar con Kanesha? —le pregunté.

—Qué remedio... —dijo Laura—. ¿Estarás conmigo?

—Si Kanesha me deja... Aunque lo veo poco probable.

Laura suspiró.

—Me lo imaginaba...

—Antes de que hables con ella, tú y yo tenemos que aclarar un par de cosas. —Vi que Sean se acercaba—. Y cuanto antes mejor, creo.

—Señor, sí, señor —contestó—. Siento mucho todo esto, papá.

—No tienes nada por lo que disculparte. Solo hay que dilucidar este asunto para que puedas seguir con tu trabajo.

Laura rio con amargura.

—Eso será si lo tengo. Sin Connor y sin obra, no estoy segura de nada...

—Seguro que a Ralph Johnston se le ocurre algo.

Tras ayudarla a bajar de la silla de ruedas y montarse en el coche, fui a dejar la silla a la entrada de Urgencias, a un lado de la puerta para que no estorbara el paso, un gesto que la administrativa del mostrador de atención al paciente me agradeció.

Me monté en la parte trasera del coche al lado de Laura, Sean arrancó, abandonó despacio el aparcamiento del hospital y condujo a un ritmo pausado durante todo el trayecto hasta casa.

—A ver, esa memoria externa... —dije en un tono que esperaba que no admitiera réplica—. ¿Qué tiene de importante?

Laura miró por la ventana.

—Para empezar, está la obra, al menos la parte que Connor consiguió escribir.

Hasta ahí llegaba.

—¿Qué más?

—Correspondencia, claro, y apuntes. —Laura se encogió de hombros y volvió a mirarme—. También guardaba notas sobre todo tipo de cosas. Al menos eso decía... Nunca me dejaba ver sus archivos, ni siquiera me dejaba mirar su portátil. Era muy reservado con estas cosas.

—Si al final resulta que fue asesinado —dijo Sean mirándonos por el retrovisor—, ¿crees que esa memoria podría contener pistas?

—Eso espero —contestó Laura.

—¿Por qué se te ocurrió llevártela? —Seguía desconcertándome la conducta de Laura—. ¿Por qué no se la diste a Kanesha? A lo mejor ahora ya no la consideran una prueba válida... ¿Tú qué opinas, Sean?

—Podrías tener razón —respondió Sean—. El derecho penal no es mi fuerte, pero una defensa hábil podría conseguir que la invalidaran.

—No lo pensé... —Laura se frotó la frente—. No sé... Me pareció importante ver qué encontraba, y si se lo entregaba a la inspectora quizá nunca llegaría a verlo todo.

—¿Crees que contendrá cosas muy personales? ¿Algo sobre ti?

Me invadieron los nervios. Connor tenía un comportamiento rayano en la obsesión con mi hija, quién sabía lo que podría haber escrito sobre ella.

—Podría ser. —Laura me miró brevemente y apartó los ojos—. Bueno, papá... No te había contado que Connor me pidió matrimonio hace varios meses y le dije que sí. —Me miró de reojo para observar mi reacción.

Fruncí el ceño.

—¿Por qué no me lo contaste?

—No estaba segura de que te pareciera bien. —Creí detectar cierta actitud defensiva—. Pero no estuvimos comprometidos mucho tiempo, solo un par de semanas... Para entonces pensé que no tenía ningún sentido contártelo.

—No pasa nada —le dije, contento de que me lo hubiera confiado ella misma. Busqué la mirada de Sean en el retrovisor y asentí levemente—. Tengo que decir que no creo que me hubiera encantado tenerlo de yerno... —Tras una pausa, agregué—: Cielo, nunca tengas miedo de contarme nada. Siempre estaré de tu parte, pase lo que pase.

Laura se recostó contra mí.

—Lo sé y lo siento. Debería habértelo dicho.

—En cuanto lleguemos a casa, tenemos que abrir la memoria e inmediatamente después se la entregas a la inspectora Berry —dijo Sean.

—Estoy de acuerdo. —Acaricié la mano de Laura—. Kanesha es una inspectora de primera, es muy competente. Podemos confiar en ella.

—De acuerdo —accedió Laura—, pero antes quiero saber qué hay en esa memoria. —Vaciló—. Tengo el presentimiento de que es importante. Básicamente por lo que dijo Connor...

—¿Lo que dijo? ¿Cuándo? —preguntó Sean.

—La última vez que hablamos por teléfono —dijo abatida—. Me llamó medio borracho. Cuando estaba bebido balbuceaba más que hablaba... Justo antes de colgar, me dijo: «La clave está en la obra». Fueron sus últimas palabras.

CAPÍTULO VEINTE

—Ya hemos llegado —anunció Sean al doblar por el camino de entrada—. Eso de «La clave está en la obra» me dice algo... ¿De qué me suena?

—*Hamlet* —coreamos Laura y yo al unísono.

Con una sonrisa, le cedí el turno a la actriz de la familia, que declamó la cita completa:

—«Contaré con fundamentos / de buena ley. La clave está en la obra, / y con ella atraparé la conciencia del Rey».

—Ahí Hamlet se refería a su tío, ¿verdad? —Sean entró en el garaje y apagó el motor.

—Sí —dijo Laura—. Buscaba una manera de ponerlo a prueba y averiguar si era culpable de la muerte de su padre, el hermano de Claudio.

Ante la pausa de Laura, apostillé:

—Hamlet escribió una obra de teatro e introdujo unos versos sobre el regicidio para ver si Claudio reaccionaba.

Sean abrió la puerta del coche y le ofreció un brazo a su hermana, que lo aceptó con una sonrisa. Los seguí hasta la cocina, donde Diesel acudió a saludarnos a todos antes de ir derechito a restregarse contra las piernas de Laura, mientras mi hija se deshacía en palabras cariñosas: que si era un gatito precioso, que cuantísimo lo adoraba... Diesel no nos hizo el menor caso a Sean y a mí.

Sean condujo a su hermana del brazo hasta la mesa y le acercó una silla. Cuando Laura se sentó, Diesel se colocó delante de ella y le puso las dos patas delanteras sobre las piernas. La miró a la cara y maulló. Ella le rascó la cabeza.

—Estoy bien, gatete.

Miré el reloj y me sorprendió constatar que apenas pasaban unos minutos de mediodía. Habían sucedido tantas cosas que, en lugar de una mañana, parecía que hubiera transcurrido un día entero.

—Voy a preparar algo para almorzar. —Tenía que ser rápido y fácil—. ¿Qué me diríais a una sopa de tomate y unos sándwiches de queso fundido?

El menú reconfortante por excelencia. Tanto Sean como Laura, cuando eran niños y adolescentes, pedían esa combinación siempre que estaban enfermos y, dadas las circunstancias, me pareció oportuno recurrir a ella.

—Ay, sí, por favor —dijo Laura con una sonrisa de oreja a oreja.

Sean asintió. Diesel finalmente dejó sus vocalizaciones y se acomodó junto a la silla de Laura. Aún no me había hecho ni caso.

—Sean, ¿puedes prepararle a Laura un té calentito mientras yo me pongo manos a la obra?

Empecé a preparar el almuerzo y reanudamos nuestra conversación sobre los guiños de Connor Lawton a *Hamlet,* mientras Laura daba sorbitos a su infusión. Sean removió el té mientras hablaba:

—La cuestión es si Lawton escribía sobre un asesinato real en la obra.

—Y si lo hizo para «atrapar la conciencia» de un presunto asesino —añadí.

Agregué un poco de nata espesa a la sopa antes de empezar con los sándwiches.

—Buenas preguntas —dijo Laura, sorbiendo el té—. Por eso quería quedarme la memoria, por poco tiempo que fuera. Sin el portátil, la única copia completa del texto de Connor está ahí. Estoy segura. Tenemos algunas páginas que hemos trabajado en el taller, pero son pocas.

—Si resulta que fue asesinado —dijo Sean—, podría existir una conexión entre la obra y el asesino.

—Me parece razonable. —Unté la mantequilla en el pan mientras esperaba a que se calentara la sartén—. Eso implicaría que el asesino asistió al taller o consiguió leer lo que Lawton llevaba escrito.

—El problema es que en los fragmentos de la obra que trabajamos no recuerdo nada que tuviera que ver con un asesinato... —Laura reflexionó antes de dar otro trago—. Es que no encaja.

—Entonces, a lo mejor la parte incriminatoria está en otro fragmento de la obra que no llegasteis a trabajar en el taller —dijo Sean—. Tendremos que leerla y ver qué encontramos.

La melodía de mi móvil interrumpió la conversación. Dejé el cuchillo y la rebanada que estaba untando de mantequilla y saqué el móvil. Reconocí el número que aparecía en la pantalla.

—Hola. —Kanesha Berry respondió con un saludo lacónico—. ¿Qué desea, inspectora?

—Me gustaría hacerle algunas preguntas a su hija, como le he dicho antes. —Kanesha hablaba con determinación—. Puedo estar en su casa dentro de un cuarto de hora. ¿Le parece bien?

—Estamos preparando el almuerzo. Déjeme que lo consulte con ella.

Silencié el teléfono y le expliqué a Laura lo que quería Kanesha. Pareció acongojarse brevemente, pero se encogió de hombros.

—Más vale acabar de una vez.

Le transmití el mensaje a Kanesha y añadí:

—Puede que aún nos encuentre almorzando cuando llegue.

—No hay problema. Estaré allí dentro de quince minutos. —Kanesha colgó.

Me guardé el teléfono y volví a los bocadillos.

—Tarda un cuarto de hora.

—Pues voy a descargarme los archivos ahora mismo. —Laura hizo amago de ponerse de pie, pero se dobló en un gesto de dolor y se hundió en la silla—. O a lo mejor puede hacerlo Sean...

—Claro que sí, hermana, tú hazme cómplice, ¿eh? —Sean sonrió mientras se levantaba—. Más te vale aparecer con el dinero de la fianza. ¿Dónde tienes la memoria? De momento copiaré los archivos en mi portátil.

—Está en la cómoda, junto a mi estuche de maquillaje —respondió Laura.

Sean salió de la cocina.

—Me sentiré mejor cuando se la hayamos entregado a Kanesha —reconocí volteando, una tras otra, las lonchas de queso.

Serví la sopa y al dejar un cuenco delante de Laura, me miró circunspecta:

—¿Crees que me va a acusar de algo, papá? De... ¿cómo se dice? ¿Obstrucción a la justicia?

—Algo así —le dije acariciándole el hombro con ánimo de tranquilizarla—. Es muy probable que Kanesha se enfade mucho, al menos, es lo que cabe esperar basándome en mi experiencia con ella. —Suspiré y volví a acariciarla—. Pero creo que no llegará a acusarte de obstrucción ni nada de eso. —Esperaba estar en lo cierto con todo mi corazón.

Laura se hizo eco de mis pensamientos.

—Espero que tengas razón. Solo con pensar en ir a la cárcel se me revuelve el estómago.

—No llegaremos a eso —zanjé antes de volverme a los fogones.

Saqué dos sándwiches de la sartén y añadí el tercero tras echar un poco de mantequilla. Emplaté el primero y se lo di a mi hija.

—Toma, come.

Laura esbozó una sonrisa de agradecimiento. Mojó un poco de pan en la sopa y la probó. Suspiró después de tragar.

—Mmm... Está riquísima. Es el toque de nata, me chifla.

Se llevó otra cucharada a la boca.

Dejé los otros dos cuencos de sopa en la mesa, terminé el tercer bocadillo y lo serví en un plato. Me senté frente a Laura y probé la sopa.

Comimos en silencio, esperando a que regresara Sean. Los minutos pasaban y no aparecía, estaba intrigado.

—¿Por qué tardará tanto? ¿Qué capacidad tendría la memoria?

Laura se encogió de hombros.

—No estoy segura, pero podrían ser 128 megas. Connor guardaba copias de seguridad de todo, así que podría haber un montón de archivos.

No sabía que se fabricaran memorias con esa capacidad, pero yo no era precisamente un entendido en tecnología.

Laura y yo terminamos de comer y Sean seguía sin bajar.

—A lo mejor le ha surgido algún problema técnico. ¿Hacía falta contraseña? —pregunté.

—Lo dudo. Tal vez debería subir a ver.

—No, tú no te muevas. Voy yo. ¿Quieres más sopa?

—Un poquito más, si hay de sobra...

Rellené medio cuenco y, al agachar la cabeza, Diesel me miró y me maulló. Me incliné para rascarle la cabeza.

—Bueno, por fin me has perdonado, ¿eh, amigo?

Me contestó con otro maullido.

Empecé a subir las escaleras y, cuando iba por la mitad, Sean se asomó en el rellano y me miró con cara de preocupación.

—¿Qué pasa? —pregunté, deteniéndome.

—No encuentro la maldita memoria —dijo. La frustración en su voz era evidente—. No estaba donde me ha dicho Laura y he puesto su habitación patas arriba buscándola. No aparece por ningún lado.

—¿Dónde diablos estará?

A medida que las palabras salían de mi boca, me asaltó un pensamiento atroz: ¿y si mientras estábamos en el hospital habían entrado en casa y se la habían llevado?

En ese momento, el timbre sonó y tanto Sean como yo nos tensamos.

Solo podía ser Kanesha. Confesar haber cogido la memoria ya era malo de por sí, pero ahora, para colmo, tendríamos que explicarle que había desaparecido.

Se iba a poner como una fiera.

CAPÍTULO VEINTIUNO

Sean me miró asustado.

—¿Qué le vas a decir? —Bajó unos peldaños para llegar a mi altura.

—Creo que no nos queda más remedio que contárselo todo.

Al volverme hacia la puerta me fallaron las piernas. No me apetecía nada abrirla y lidiar con Kanesha, pero no tenía elección.

—Qué marrón... —protestó Sean pasando a mi lado rumbo a la cocina, mientras yo conseguía convencer a mis piernas de ponerse en marcha—. Voy a darle a Laura las buenas noticias.

El timbre volvió a sonar cuando me acercaba a la puerta.

—Ya voy —murmuré. Cuando llegué, agarré el pomo y abrí la puerta—. Buenas tardes, insp...

Me quedé con la palabra en la boca al no toparme con Kanesha Berry a la puerta de mi casa, sino con Frank Salisbury profundamente compungido.

—Buenas tardes, señor Harris. Acabo de enterarme de lo de Laura y quería saber cómo está.

Lo primero que pensé fue: ¿dónde estaba Kanesha? Se suponía que ya debería haber llegado, pero no iba a desperdiciar ese regalo del cielo. Tal vez se había retrasado y eso dejaba más tiempo para pensar.

Mientras tanto, me ocupé de Frank:

—Está bien —dije con ánimo tranquilizador mientras lo conducía a la cocina.

No obstante, la sombría expresión del joven no cambió hasta que vio a Laura con sus propios ojos. Sean y Laura interrumpieron la conversación al vernos entrar por la puerta. Mientras que mi hijo parecía aliviado, mi hija parecía una niña que recibe un regalo que le hacía mucha ilusión.

Sean se apartó con prudencia, intuyendo que Frank, que solo tenía ojos para Laura, ni se habría percatado de su presencia.

El galán fue directo hacia ella y se arrodilló junto a su silla.

—Cariño, ¿cómo estás? Como le ponga las manos encima a quien te haya hecho eso, le arranco los brazos de cuajo.

Estaba colado por ella hasta los huesos y, según veía, era mutuo. Laura rodeó con los brazos a su pretendiente (en aquel momento pasó a esa categoría) y pronunció su nombre con un suspiro. Él la atrajo contra sí y se fundieron en un abrazo que duró varios minutos.

Sean me miró y alzó los ojos al cielo y reprimí una sonrisa. Quería saber más sobre Frank antes de estar realmente cómodo con la perspectiva de considerarlo un candidato serio a yerno, aunque mi primera impresión fuera positiva. De momento, se había ganado un tanto por arrancarle una sonrisa a mi hija y levantarle el ánimo con su mera presencia.

Cuando los tortolitos se separaron, Frank acercó una silla y se sentó junto a Laura. Diesel se desplazó desde el otro lado de Laura y gorjeó a Frank, que se rio y le acarició la cabeza.

—Oye, colega, ¿has cuidado a mi chica por mí?

Diesel maulló varias veces, como si le pasara a Frank el parte del bienestar de Laura, lo que desató la carcajada general. Diesel miró a la pareja y habría jurado que, al menos por un momento, sonrió. Acto seguido, se levantó y vino trotando hacia mí, me dio un cabezazo en la pierna derecha y pensé que por fin me había perdonado por haberlo dejado en casa.

Le hice una seña a Sean para que me acompañara y salimos al pasillo para dejar a Frank y Laura algo de intimidad, aunque tampoco parecían ser conscientes de que seguíamos en la cocina. Diesel vino con nosotros. Sean miró el reloj.

—¿Por qué se habrá retrasado la inspectora Berry? Ya debería estar aquí.

También consulté el reloj. Había pasado casi media hora desde que había llamado.

—Le habrá surgido algún asunto que atender.

De pronto, como si fuera una señal, el teléfono sonó y volví a la cocina a descolgar. Supuse que era Kanesha y no me equivoqué.

—Disculpe que no haya llamado antes, pero ha surgido un imprevisto que debía atender inmediatamente. —El tono de Kanesha era resolutivo como siempre—. Me tendrá ocupada probablemente una hora. Aun así, me gustaría pasar por su casa.

—No hay problema —contesté, dudando si habría detectado el alivio en mi voz—. Hasta luego, entonces.

Tras colgar el teléfono vi que Laura, Frank y Sean me estaban mirando. Les reproduje la conversación y Laura se relajó visiblemente mientras Sean y yo intercambiábamos miradas. Frank frunció el ceño mirando a Laura.

—¿Estás segura de que te apetece hablar con la policía, cariño? Deberías descansar un poco. —Se volvió hacia mí—. ¿No está de acuerdo conmigo, señor Charlie?

Laura miró a Frank enternecida.

—Estoy bien, amor. Voy a tener que hablar con ella tarde o temprano, y cuanto antes me lo quite de encima, mejor. Quiero acabar de una vez.

—Si estás segura de estar en condiciones...

Frank no parecía contento. Aunque apreciaba que se preocupara por Laura, esperaba que no fuera un novio posesivo y controlador. Mi esposa y yo habíamos educado a nuestra hija para ser independiente y tomar decisiones por sí misma.

—Disculpadnos un segundo, Sean y yo tenemos cosas que hacer. —Sonreí a la acaramelada pareja—. Si necesitáis algo, avisad.

Sean y Diesel me siguieron fuera de la cocina. Nos detuvimos en el pasillo, cerca del pie de la escalera.

—¿Qué quieres que haga? —preguntó Sean.

—Antes de que llegue Kanesha, quiero averiguar si han entrado en casa mientras estábamos en el hospital. Comprueba las ventanas y las puertas de la planta baja... Bueno, y ahora que lo pienso, las de arriba también.

Sean entrecerró los ojos.

—Se me llevan los demonios de pensar que se podrían haber colado en casa...

—A mí también, hijo. —Hice una mueca—. Quizá tenga que ir pensando en instalar una alarma.

—Puede que no sea mala idea.

—Lo miraré —prometí—. En fin, entre tanto, sigamos con la inspección. Tú ve al piso de arriba y Diesel y yo revisamos aquí abajo.

Al oír su nombre, Diesel maulló. Estaba sentado en lo que yo llamaba su posición de centinela, como una de esas antiguas efigies egipcias de gatos.

Sean le sonrió antes de desaparecer escaleras arriba.

—Venga, muchacho, empecemos por el salón.

Diesel no se despegaba de mí mientras yo iba comprobando las ventanas. La mayoría de las del salón daban a la calle y me parecía poco probable que un intruso escogiera ese punto de entrada por quedar demasiado expuesto al exterior, pero aun así quise cerciorarme de que no estuvieran forzadas. Las ventanas laterales eran accesos más plausibles, ya que los arbustos y árboles altos que había en ese lado de la casa podían ocultar a una persona con malas intenciones.

Del salón pasé al resto de las habitaciones de la planta baja. No encontré indicios de allanamiento por ninguna parte. La puerta del porche estaba bien y no se veía que hubiesen manipulado la cerradura.

Me di cuenta de que había olvidado la puerta principal, así que mi ayudante y yo volvimos a la entrada. La abrí y me acuclillé para examinar el bombín. Diesel asomó la cabeza y la pegó junto a la mía, como si él también estuviera comprobando la cerradura. Gorjeó.

—Efectivamente, muchacho —negué con una sonrisa—. Aquí tampoco hay señales. —Me levanté y salí al jardín, cerrando la puerta detrás del gato y de mí—. Vamos a echar un vistazo por fuera.

Diesel rara vez salía al jardín delantero sin correa, pero confiaba en que no se escapara. Como muchos gatos de su raza, era tímido para según qué cosas y prefería no alejarse de mí. No se despegó de mi lado mientras recorríamos el perímetro de la casa.

Cuando llegamos de nuevo a la puerta, estaba sudando a mares. Saqué la llave para abrir y, según cruzábamos el umbral, Sean bajaba por las escaleras.

—¿Has encontrado algo? —Saqué el pañuelo para secarme el sudor de la frente.

—Cero patatero. ¿Y tú?

—Ni rastro de allanamiento. —Sacudí la cabeza—. Solo se me ocurre que alguien con llave dejara pasar a esa persona.

—¿De verdad crees que Stewart o Justin harían eso? —Sean se apoyó en la barandilla—. No lo veo. Azalea tampoco estaba por aquí hoy y tengo bien claro que no dejaría que un extraño merodeara por la casa sin vigilancia.

—Tienes razón —dije—. Azalea está claramente fuera de toda sospecha, pero quiero aclararlo con Stewart y Justin, por si acaso.

—Voy a llamarlos. —Sean sacó el móvil—. No me ha parecido que estuvieran en casa cuando he venido a dejar a Diesel, pero supongo que podrían haber vuelto después que me marchara al hospital.

—Mientras lo compruebas, voy a buscar un vaso de agua.

Diesel me precedió hasta la cocina y desapareció en dirección al lavadero, donde tenía sus cuencos de comida y agua y su caja de arena. Frank y Laura, enfrascados en su conversación, no parecieron reparar en mi presencia y se sobresaltaron cuando los saludé. Sonreí mientras llenaba un vaso con agua del grifo para saciar mi sed.

—Laura me ha puesto al día de todo, señor Harris. —Frank se levantó y se me acercó—. Me preocupa mucho que su seguridad pueda estar comprometida y quiero que sepa que haré todo lo que esté en mi mano para ayudar a mantenerla a salvo.

—Mi caballero de brillante armadura. —El tono de Laura era burlonamente afectuoso.

Frank le dedicó una sonrisa.

—Caballero Frank a su servicio, damisela. —Y, volviendo a adoptar un tono más serio, añadió—: De verdad, me las puedo arreglar para acompañarla cuando esté en el campus, y cuando no me sea posible, puedo pedir ayuda a un par de estudiantes.

—Eres muy amable, Frank —dije, conmovido por su ofrecimiento—. Agradezco que te preocupes por Laura.

Entonces me sobrevino un pensamiento aterrador: ¿y si Frank había sido el autor de la paliza? ¿Y si su devoción por Laura no era más que una pantalla para tapar algún motivo más oscuro? Intenté que mi expresión no delatara ese miedo, pero Frank no parecía haberse dado cuenta de nada. Entonces me asaltó otra idea espeluznante: ¿y si Frank había matado a Connor Lawton para asegurarse de que no volviera a cortejar a Laura?

CAPÍTULO VEINTIDÓS

Me faltaba el aire. Diesel debió de notar mi angustia porque se restregó contra mis piernas y gorjeó con fuerza. Frank le sonrió:

—Hay que ver lo cariñoso que es. Nunca he sido muy de gatos, pero este bribón podría hacerme cambiar de opinión.

Se inclinó ligeramente para rascarle la cabeza. Diesel ronroneó de placer y, cuando Frank dejó de acariciarlo, le dio un cabezazo en la pierna. Al ver que Frank se tronchaba de la risa y retomaba las caricias, me relajé. A Diesel le caía bien Frank, y me lo tomé como un buen indicio. Desde que había rescatado a un gatito hambriento del aparcamiento de la biblioteca municipal hacía tres años, había aprendido que Diesel tenía una habilidad pasmosa para juzgar el carácter de la gente.

Si Frank notó algo raro en mis modales, no dio ninguna muestra de extrañeza. Sean entró en la cocina blandiendo el teléfono móvil y yo agradecí la interrupción.

—No estaban en casa, no han podido abrirle la puerta a nadie.

Se metió el teléfono en el bolsillo.

—¿Qué significa eso? —preguntó Laura.

Me apresuré a explicar:

—Sean ha llamado a Stewart y a Justin para preguntarles si estaban aquí esta mañana mientras estábamos todos en el hospital. Y si habían dejado entrar a alguien en casa.

—Ni papá ni yo hemos encontrado pruebas de que hayan forzado nada. —Sean levantó las manos—. Entonces, si nadie ha entrado aquí, por la fuerza o por las buenas, ¿qué demonios ha pasado con esa maldita memoria?

—¿Estás segura de que la dejaste en la cómoda? —pregunté—. ¿No la habrás escondido en algún sitio?

—La dejé en la cómoda. Ni siquiera me planteé esconderla —contestó Laura encogiéndose de hombros—. En algún lado tiene que estar.

Diesel maulló y se restregó contra mis piernas y, en ese momento, cuatro pares de ojos humanos se clavaron en el corpulento felino e intercambiaron miradas.

—No se me ocurrió que Diesel se lo podría llevar... —dijo Laura sacudiendo la cabeza—. ¿Coge cosas?

—De vez en cuando —respondí—. Es como un niño. Le gustan los juguetes y las cosas brillantes. ¿Te dejaste la puerta de la habitación abierta esta mañana al marcharte?

—Sí. —Laura extendió una mano hacia Diesel—. Ven aquí, gatete, ven aquí. —Diesel gorjeó y se acercó a Laura, que cogió su gran cabezota con ambas manos y se inclinó para besarle el hocico—. Diesel, ¿has cogido tú mi juguete?

Diesel maulló y nos arrancó una carcajada a todos. Sentí que parte de la tensión desaparecía poco a poco.

—La gracia ahora va a ser encontrarlo —dije—. Le gusta esconder sus juguetes y luego sacarlos cuando quiere jugar con ellos.

—¿Por qué no le preguntas dónde está? —Sean se rio—. Siempre estás hablando con él y parece entender la mayoría de lo que dices.

Sorprendí a Frank intercambiando una mirada escéptica con Laura. Ninguno de los dos había pasado tanto tiempo con Diesel como Sean, así que no podía esperar que se lo creyeran.

—Por intentarlo que no quede... —dije encogiéndome de hombros—. Ven aquí, Diesel.

Me acuclillé para ponerme a su altura. Muy a mi pesar, Diesel no parecía demasiado interesado en cumplir mis órdenes y prefería quedarse con Laura.

—Vamos, Diesel, ve con papá.

De un suave empujón en el trasero, Laura lo impulsó hacia mí. Diesel meneó la cola un par de veces, pero obedeció. Cuando estuvo cerca de mí, le acaricié la cabeza.

—Diesel, ¿dónde está el juguetito? Ve a buscarlo.

El gato ladeó la cabeza y me miró fijamente a los ojos. Repetí la orden y se alejó trotando con un gorjeo. Sean hizo ademán de seguirlo, pero lo detuve:

—Déjalo a su aire —dije mientras me levantaba.

—Bueno, pues entonces me siento.

Mientras Sean se procuraba una silla, yo me instalé en mi sitio habitual en la mesa y Frank recuperó el suyo junto a Laura.

En ese momento volvió Diesel con algo en la boca. Cuando se me acercó, vi que era uno de los ratones con hierba gatera que le compro de vez en cuando. Se detuvo a mis pies, dejó caer el ratón y se sentó sobre las patas traseras. Ronroneó.

—Buen chico —le dije rascándole la cabeza—. Muchas gracias por traer tu juguete, pero necesito el otro. ¿Vas a por él?

Diesel me miró un momento y casi podría jurar que suspiró antes de darse la vuelta y alejarse de nuevo.

—¿Cuántos ratones de esos tiene? —preguntó Frank.

—Por lo menos una docena —respondí.

Esperaba que no me trajera todos los peluches a la cocina y, afortunadamente, mis temores no se cumplieron. Sí terminé, no obstante, con un montoncito de ratones a mis pies, mientras veía que Sean y Frank estaban a un tris de poner la casa patas arriba. Justo entonces, Diesel regresó al fin con una brillante memoria externa asomando de la boca.

Acepté complacido el último regalo, que le valió aún más elogios a Diesel, y se lo entregué sin dilación a Sean, que subió a su cuarto a todo correr. Un vistazo a mi reloj me indicó que la hora prometida de Kanesha estaba a punto de terminar, esperaba que a Sean le diera tiempo a copiar los archivos antes de que llegara.

Abrí un armario y busqué la caja de las golosinas de Diesel. Pensé que se merecía varias y Diesel observó atento cómo sacudía el envase. Se levantó sobre las patas traseras afanado por conseguir uno de aquellos bocados semicrujientes y me agaché para que los cogiera de mi mano.

Tras devorar el último bocado, me lamió la mano y maulló. Volví a cantarle las alabanzas y Laura y Frank se hicieron eco de mis palabras.

Sonó el timbre y esta vez supe que sería Kanesha. Laura me miró fijamente y sonrió.

—Ármate de valor, mantente firme y no fallaremos.

Frank frunció el ceño.

—¿*Macbeth*? ¿No es eso lo que dice lady Macbeth cuando habla de asesinar a Duncan?

—Es verdad —dijo Laura, arrugando la nariz—. No me acordaba del contexto. Eso me pasa por citar a Shakespeare sin pararme a pensar.

Diesel me acompañó a la puerta. Me di cuenta, con retraso, de que seguía llevando la caja de golosinas. Él, siempre optimista, esperaba más.

—Lo siento, amigo, ahora la cosa se pone seria.

Diesel maulló cuando me detuve delante de la puerta. La abrí dispuesto a saludar a Kanesha, pero, para mi sorpresa, me encontré con Ralph y Magda Johnston.

—Buenas tardes. —Ralph esbozó una sonrisa—. Magda y yo pasábamos por aquí y queríamos saber cómo está Laura. Magda estaba bastante alterada esta mañana.

Magda asintió, con un gesto un poco titubeante, pensé.

—Encontrarme a la pobre Laura así... inconsciente... Ha sido desgarrador.

—Sí, me hago cargo. —Los invité a pasar con la mano con la que aún sostenía la caja de golosinas para gatos—. Adelante, pasen a saludar a Laura.

Magda empezó a abrirse paso, con Ralph pisándole los talones, pero al ver a Diesel detrás de mí se detuvo tan bruscamente que su marido tropezó con ella.

—¿Qué demonios es ese bicho? —Magda palideció y se llevó una mano a la cara, como protegiéndose de un ataque inminente.

—Es un gato, por el amor de Dios. No te va a hacer nada.

El tono burlón de Ralph hizo enrojecer a Magda.

—¿Y yo qué sé? Nunca había visto un gato doméstico tan grande.

La discusión no le sentó bien a Diesel. Avanzaba inquieto detrás de mí, murmurando. No parecían gustarle los Johnston y tomé buena nota de ese detalle.

—Diesel es un gato amable y simpático —dije cordial—. No se deje intimidar por su tamaño. —Y, con una sonrisa, añadí—: Laura está en la cocina con Frank Salisbury. Acompáñenme.

Magda asintió con la cabeza, pero mis palabras no parecían convencerla en absoluto. El gato prefirió obviar a los recién llegados y pasó de largo.

—Laura, tienes visita —anuncié al entrar en la cocina—. El señor y la señora Johnston han venido a ver cómo estás.

Diesel se plantó delante de Laura, como para protegerla de nuestros invitados, y tuve que reprimir una sonrisa. Era raro que la gente le cayera mal, así que su respuesta a los Johnston no me pasaba desapercibida.

—Laura, querida, ¿cómo estás? Buenas tardes. —Ralph saludó con un gesto de cabeza en dirección a Frank—. No se me ocurre quién podría haber hecho algo así.

Se acercó todo lo que pudo a Laura, pero Diesel lo mantuvo a lo que él consideró una distancia prudencial.

Magda, parapetada detrás de su marido, miró a Laura.

—Tienes mucho mejor aspecto que esta mañana.

Laura les dedicó una débil sonrisa.

—Gracias por pasar a verme. Me duele un poco la cabeza, pero por lo demás estoy bien.

—Excelentes noticias, fantástico.

Ralph sonreía pletórico; Magda añadió:

—Me alegro de que estés bien.

—Es que no me entra en la cabeza por qué nadie podría querer hacerte algo así. —Ralph estaba un poco repetitivo—. ¿Tienes alguna pista, por pequeña que sea, de quién podría haber sido?

¿Era simple preocupación, como cabría esperar del jefe de departamento, o esa pregunta obedecía a una razón más siniestra? Recordé que había barajado a Magda como autora de la paliza y por eso me la había encontrado allí poco después.

Mientras Laura respondía negativamente a la pregunta sobre las pistas, llamaron al timbre y me escabullí para ir a abrir, preguntándome si por fin sería Kanesha. Consulté el reloj y constaté que había pasado casi una hora y media desde la última vez que habíamos hablado. Se me hizo un nudo en el estómago ante la espinosa conversación que estaba a punto de tener lugar. Kanesha se iba a enfurecer con Laura y, por supuesto, conmigo.

Cuando abrí la puerta, casi sentí alivio al ver a Damitra Vane.

CAPÍTULO VEINTITRÉS

Antes de que me diera tiempo a abrir la boca, Damitra Vane entró al vestíbulo rozándome a su paso, dejando en el aire un perfume tan empalagoso que me entraron ganas de vomitar. ¿Se había bañado en él?

—¿Dónde se ha metido? ¿Dónde se ha metido esa zorra?

La voz de la mujer era casi un gañido. Se veía a la legua que estaba alterada, su expresión era fiera y agitaba los brazos, pero su estado de ánimo no excusaba semejante grosería.

Me calenté de inmediato.

—Escúcheme bien, señorita Vane, si alguna vez vuelve a emplear semejante vulgaridad para referirse a mi hija, el tortazo que le daré se oirá en Memphis. ¿Queda claro?

Me acerqué y, a pesar de sus ridículos taconazos, le sacaba una cabeza. La miré fijamente a los ojos.

Jamás le había puesto la mano encima a una mujer, ni pensaba hacerlo, pero eso Damitra Vane no tenía por qué saberlo. Las malas maneras con las que trataba a Laura me indignaban y no pensaba tolerárselas. Aún no había terminado:

—Además, a menos que quiera que la echemos de esta casa inmediatamente, le exijo que pida disculpas.

Damitra Vane me miró sin pestañear y retrocedió un par de pasos mientras yo seguía escupiendo furia por su absoluta falta de modales.

Cuando habló, su voz era apenas un susurro:

—Lo siento, estoy muy afectada. La cabeza no me va muy bien en estos momentos... —Hizo una pausa para lamerse los labios—. Eh... ¿quién es usted?

Lo cierto es que dudaba de que la cabeza le funcionara bien en cualquier otra circunstancia. Nunca en mi vida me había encontrado con una expresión tan vacua, parecía como si hubiera tenido que concentrarse simplemente para abrir la boca y hubiera gastado tanta energía mental con el esfuerzo que apenas le quedara para controlar lo que salía de ella. No pude por menos de convenir con la evaluación de Sean: mi gato era mucho más inteligente que aquella pobre mujer.

—Soy el padre de Laura, ¿se acuerda? —Su retentiva era obviamente mejorable, ya que había mencionado a mi hija hacía escasos instantes.

—Ah, sí... —La señorita Vane asintió—. El señor Harvey, ¿verdad?

—Harris. —Aquella mujer que parecía recién sacada de un póster para camioneros estaba colmando mi paciencia a toda velocidad—. Mire, señorita Vane, creo que será mejor que se vaya por donde ha venido. Mi hija no tiene nada que hablar con usted.

—Ya lo creo que sí. —Me volví y vi a Laura acercándose a nosotros cual proverbial ángel vengador—. Hay que tener mucha cara para presentarse aquí, pensé que ya te habrías largado del país.

Damitra pareció desconcertada por aquel comentario.

—¿Por qué iba a irme a ningún sitio? Estuve en México el mes pasado.

La expresión de Laura denotaba una mezcla de incredulidad y hartazgo.

—Por Dios, Damitra, pero ¿cómo consigues vestirte tú sola...? Lo digo por Connor. ¿No te da miedo de que te detengan por su asesinato? Si yo fuera tú, ya estaría rumbo a México.

Era una faceta de Laura que no había visto antes y la verdad es que no podía culparla por ser tan ácida. Damitra Vane desquiciaba a cualquiera, yo mismo había perdido la paciencia con ella.

—Yo no he matado a Connor. —Su rostro adoptó entonces una expresión obstinada—. Si alguien lo ha matado, has sido tú. Estaba volviendo conmigo y no pudiste soportarlo.

Frank apareció detrás de Laura y Diesel lo adelantó trotando para colocarse frente a la mujer. Si un gato es capaz de tener una mirada torva, Diesel la tenía. Emitió un ronroneo grave y reconocí ese sonido. Damitra Vane no le gustaba.

Laura, rauda en aprovechar la escasa inteligencia de la mujer y el miedo que le inspiraba mi gato, dijo:

—Ataca, Diesel. Arráncale la pierna.

Frank dejó escapar un sonido ahogado que tomé por una carcajada y a mí me costó contener la risa. Nuestro comportamiento atentaba contra las normas de la hospitalidad sureña, pero con una «invitada» como aquella no había normas que valieran.

Damitra Vane miró a Diesel un par de segundos. Cuando lo oyó gruñir y lo vio adelantarse un paso, le faltó tiempo para abrir la puerta de un tirón y alejarse corriendo por el camino de entrada, esquivando por poco a Kanesha Berry, que se apartó con un segundo de margen.

No tenía ni idea de cómo conseguía correr con aquellos zancos, pero, mientras estuviera fuera de mi casa y de mi vista, no me importaba, al menos de momento. La consideraba una sospechosa principal en la muerte de Connor Lawton. O del asesinato, añadí para mis adentros.

Kanesha se acercaba por el camino seria y circunspecta y me quedé en el umbral esperándola con Diesel, que empezó a gorjear en cuanto la vio. A pesar de la tensa relación que yo mantenía con Kanesha, Diesel le tenía simpatía. Ella seguía sin sentirse del todo cómoda con mi gato, pero al menos había aprendido a apreciarlo.

—¿Qué le ha pasado a la señorita Vane? —Kanesha se detuvo a un par de metros de mí en el paseo. Sonrió a Diesel—. ¿Qué ha hecho? No me diga que le ha lanzado al gato.

No pude evitar reírme. La mirada atónita de Kanesha se encontró con mis ojos.

—Pues lo cierto es que sí: Laura ha usado a Diesel como amenaza y al parecer la señorita Vane se cree que mi gato es una especie de felino cazador exótico que se alimenta de humanos. Así que se ha ido.

Kanesha negó con la cabeza, mientras una sonrisa afloraba en la comisura de sus labios.

—Si va a la policía para denunciar una agresión, me ofreceré voluntaria para testificar a favor de su gato. —Acto seguido, su expresión recuperó la seriedad—. No está en condiciones de molestarlos, ni a usted ni a su familia. Aún tiene varias preguntas que responderme.

—Adelante, pase —dije mientras entraba en casa y hacía un gesto con la mano derecha. Diesel se escabulló detrás de mí. Frank y Laura habían desaparecido.

—¿Preguntas como qué hacía su pendiente en el apartamento de Lawton? ¿Lo encontraron en el sofá? ¿Debajo del cuerpo?

Había pensado mucho en el pendiente desde el día anterior y había llegado a la conclusión de que tenía que estar bajo el cadáver. Kanesha hizo una mueca mientras pasaba de largo.

—Sin comentarios.

Lo tomé como un sí.

En aquel momento, Ralph y Magda Johnston salían de la cocina y se detuvieron al ver a la inspectora. Intercambiaron miradas incómodas antes de avanzar en nuestra dirección.

—Buenos días, señora Berry.

La sonrisa nerviosa de Ralph me pareció sospechosa. ¿Se sentía culpable por algo? La piel de Magda había adquirido un enfermizo tono cetrino. Inclinó la cabeza hacia Kanesha y murmuró unas palabras que no oí con claridad.

—Buenos días, señor Johnston, buenos días, señora Johnston. —Kanesha saludó con la cabeza a la pareja que se acercaba a la entrada con la mirada clavada en la inspectora.

—Cuánto me alegro de que Laura esté bien —me dijo Ralph Johnston cuando alcanzaron la puerta. Magda asintió—. Bueno, nosotros ya nos íbamos.

—Gracias por la visita —me despedí mientras les abría la puerta.

Diesel les lanzó un gorjeo, aunque creo que ninguno de los dos se dio cuenta, pues salieron escopetados.

Cerré la puerta tras ellos y me volví hacia Kanesha.

—Un comportamiento extraño, ¿no le parece? Cualquiera diría que le tienen miedo.

Kanesha se me quedó mirando un momento con una expresión neutra.

—Provoco ese efecto en algunas personas.

Al final, después de todo, aquella mujer tenía sentido del humor. Solté una carcajada y Diesel maulló un par de veces.

Kanesha mantuvo la compostura, aunque habría jurado que vi que la comisura de sus labios se curvaba ligeramente.

—Venga a la cocina —dije cuando dejé de reír—. Laura tiene otra visita.

Le hice un gesto para dejarle paso. Cuando entramos en la cocina, encabezados por Diesel, Laura y Frank estaban sentados a la mesa enfrascados en una animada discusión. Me preocupaba que Laura no estuviera midiendo bien sus fuerzas, porque a mis ojos empezaba a estar un poco ruborizada, señal inequívoca de agotamiento. Sean ya había bajado de su habitación, me hizo un gesto con la cabeza y levantó el pulgar para indicarme que había conseguido copiar los archivos de la memoria externa.

Cuando Laura y Frank advirtieron la llegada de Kanesha, la conversación se interrumpió. Sean y Frank se pusieron de pie, como hace todo sureño con modales cuando una mujer entra en algún sitio. En otras partes del país podría interpretarse negativamente, pero aquí, en Misisipi, es una cuestión de educación, no de machismo.

Kanesha asintió en respuesta al saludo de Sean.

—Buenas tardes, señor Harris, buenas tardes, señorita Harris.

Miró a Frank con su habitual expresión enigmática.

—Buenas tardes, señora Berry. Soy Frank Salisbury. —Frank dio un paso adelante y extendió una mano—. Un amigo de Laura.

Kanesha le dio un rápido apretón de manos.

—Inspectora Kanesha Berry —dijo, antes de centrarse en Laura—. Tengo algunas preguntas para usted, señorita Harris. Supongo que estará cansada y no se encontrará muy en forma después de lo que ha pasado en los últimos días, pero necesito respuestas.

—Lo entiendo, inspectora. —Laura sonreía, pero la tensión en su rostro era evidente. Estaba agotada, no debería haber dejado que la gente la entretuviera y le impidiera descansar.

—Bien. ¿Dónde podemos hablar en privado? —Kanesha miró a Sean y a Frank.

—Aquí me parece bien —contestó Laura.

—Entonces me quitaré de en medio —dijo Sean.

Frank, sin embargo, frunció el ceño y se colocó junto a Laura:

—Cariño, ¿seguro que estás preparada?

La miró preocupado. Laura le acarició la mano y le dijo:

—Que sí, puedo con ello. Venga, vete, te llamo luego.

Frank no parecía convencido, pero no rechistó. Le dio un beso rápido antes de asentir y seguir a Sean fuera de la cocina.

—¿Desea beber algo, inspectora? —Me acerqué al fregadero—. Laura, cariño, ¿y tú? —Pretendía quedarme allí a menos que Kanesha me echara.

—Un vaso de agua, por favor —respondió Kanesha.

—Yo nada, papá —dijo Laura.

Mientras llenaba un vaso con agua fría de una jarra de la nevera, Kanesha se acercó a la mesa y se sentó en la silla que Frank acababa de liberar. Reparé en que Diesel se había colocado entre Laura y ella, y las iba mirando alternativamente.

Kanesha me dio las gracias cuando le ofrecí el vaso de agua. Me senté en el otro extremo de la mesa, al lado de Laura y, por toda reacción, Kanesha enarcó una ceja. Luego se volvió hacia Laura.

—Bien, con respecto al incidente de esta mañana... —Kanesha bebió un sorbo de agua y dejó el vaso en la mesa—. Cuénteme todo lo que recuerde, desde el momento en que llegó al campus.

Laura asintió y respiró hondo para serenarse antes de contestar.

—He ido a la universidad caminando. Habré salido de casa a las ocho menos cuarto más o menos, he mirado el reloj al llegar a la facultad y eran y dos.

Kanesha sacó libreta y bolígrafo del bolsillo del uniforme y anotó las horas.

—¿Se ha cruzado con alguien en la facultad?

Laura frunció el ceño.

—No, con nadie. Pero he oído a alguien en las escaleras... Siempre subo andando, para mantenerme en forma. Cuando iba por la mitad del primer tramo, hay dos tramos cortos por planta, he oído pasos más arriba, pero no le había dado importancia hasta ahora.

—¿No ha visto quién era?

—No. —Laura reforzó la respuesta negando con la cabeza—. Al llegar a la segunda planta, he ido directamente a mi despacho. Me he asomado por la sala de profesores para ver si había alguien, pero como estaba vacía, he ido al despacho y he sacado mis apuntes de la obra para repasarlos.

Kanesha siguió tomando notas. Se hizo el silencio unos instantes mientras garabateaba. Miró a Laura.

—Clara y concisa, igual que su padre. —La sombra de una sonrisa asomó brevemente entre sus labios y Diesel eligió ese preciso instante para emitir un sonoro maullido que nos hizo sonreír a mi hija y a mí. Kanesha miró al gato sin dejar traslucir ninguna expresión—. Bien, decía usted que estaba repasando los apuntes —dijo Kanesha, cual apuntadora, para que Laura continuara.

—Sí, estaba repasando... —Laura reflexionó—. Creo que habré estado trabajando un buen rato. He bebido mucha agua y me han entrado ganas de ir al baño. Recuerdo haber ido por el pasillo hasta el aseo de señoras, el que está cerca de las escaleras.

Es obvio que he conseguido volver a mi despacho, pero me temo que ahí acaban mis recuerdos de la mañana. Hasta que me he despertado, claro.

—¿Cuánto tiempo diría que ha estado trabajando? ¿Media hora? ¿Tres cuartos? ¿Más? —Kanesha apuró el vaso de agua mientras esperaba una respuesta.

Laura reflexionó antes de contestar:

—Probablemente cuarenta y cinco minutos, por lo menos. Creo recordar que cuando he mirado el reloj eran más de las ocho y media. Me parece...

—Bien. —Kanesha asintió y, volviéndose hacia mí, dijo—: ¿A qué hora ha llegado usted al lugar de los hechos?

Yo mismo me había planteado esa pregunta. Los acontecimientos de la mañana me parecían extrañamente lejanos, pero me obligué a concentrarme.

—Sean me ha llamado sobre las nueve para decirme que no conseguía localizar a Laura, así que he ido a ver si estaba en su despacho. He ido corriendo con Diesel de mi oficina a la de Laura y habremos tardado cinco minutos a lo sumo. Así que diría que he encontrado a Laura en su despacho, con Magda Johnston arrodillada sobre ella, entre las nueve y diez y las nueve y cuarto.

Kanesha anotaba cosas en su libreta mientras retomaba las preguntas para Laura.

—Bien, lo que me ha contado hasta ahora pertenece a su memoria visual. —Esperó a que Laura asintiera con la cabeza antes de continuar—. Pero existe otro tipo de recuerdos, los de la memoria auditiva u olfativa. Piénselo un momento. ¿Recuerda algún sonido o algún olor en los momentos previos al golpe?

Laura se quedó mirando a la inspectora durante un largo rato.

—Qué raro... —dijo finalmente—. Había un olor extraño...
¿Qué era? —Parecía estar muy concentrada y ni Kanesha ni yo
intervinimos. Diesel, sin embargo, eligió ese momento para
gorjear.

—Sin comentarios del gallinero —dijo Kanesha en voz baja.

Laura no pareció oír ni al gato ni a la inspectora. De repente
sonrió.

—Aceite. Eso era. Aceite de motor.

CAPÍTULO VEINTICUATRO

Aceite de motor... Qué curioso. ¿Le habría agredido a Laura un mecánico? Aquel dato merecía consideración. Entre la gente con la que se relacionaba Connor, ¿quién podría trabajar con aceite de motor?

—Es un olor poco común —comentó Kanesha—. ¿Le recuerda a alguien conocido?

Laura negó lentamente con la cabeza.

—No que yo sepa. Es muy raro, ¿verdad? Aceite de coche.

—Quizá en otro momento le vengan más recuerdos. —Kanesha golpeó la libreta con el bolígrafo—. ¿Se le ocurre un motivo por el que alguien pudiera atacarla?

Laura me miró con aire contrito.

—Damitra Vane se ha encarado con Laura al menos dos veces, que yo sepa —intervine—. No me extrañaría que atacara físicamente a mi hija.

Kanesha me miró:

—La señorita Vane estaba en la comisaría cuando han sucedido los hechos. —Se volvió hacia Laura—. ¿Quién más?

Una vez más, los ojos de Laura buscaron los míos. Volví a sentarme a la mesa y Kanesha me escudriñó con ojos entrecerrados.

—Quizá la persona que la agredió buscaba algo que Laura tenía...

Se me hizo un nudo en el estómago. Lo que estaba a punto de pasar no iba a ser nada agradable.

—¿Algo cómo qué? —Kanesha me miró inquisitiva.

—Como esto. —Laura tendió una mano ligeramente temblorosa hacia Kanesha sobre la que estaba la memoria externa.

—Déjelo en la mesa. —Kanesha miró fijamente a Laura mientras mi hija obedecía. —¿Qué es?

—Era de Connor. —Laura hizo una pausa para respirar hondo—. Guardaba una copia de seguridad de todos los archivos de su portátil. ¿Han encontrado su ordenador?

—No. ¿Desde cuándo tiene usted esta memoria? —El tono de Kanesha era duro.

—Desde ayer. Connor me pidió que se la guardara. —Laura miraba fijamente la mesa mientras mentía a la inspectora—. Estaba un poco paranoico con la idea de que le pasara algo.

Miré a mi hija disgustado. ¿Qué se creía que estaba haciendo? Por si no bastara con llevarse la memoria externa, lo remataba mintiendo.

—¿Podría darme un papel para envolverlo? —Me pidió la inspectora.

Me apresuré a coger el rollo de cocina y cortar una servilleta. Kanesha envolvió la memoria y se la guardó en un bolsillo.

—Gracias —le dijo a Laura—. Ojalá la hubiera tenido antes, pero supongo que no estaba usted en condiciones para caer en la cuenta antes.

Laura sonrió tímidamente.

—No, la verdad es que no. —Seguía evitando mirarme.

Estaba descolocado. ¿Qué debería hacer, delatar a mi hija y contarle la verdad a Kanesha? ¿Cómo reaccionaría Laura? Estaba disgustado con ella por ponerme en ese aprieto, pero decidí que, por el momento, le seguiría la corriente.

—¿Ha mirado qué contiene? —preguntó Kanesha palpándose el bolsillo.

—No, yo no he mirado nada. —Laura puso un sutil énfasis en el pronombre, aunque no estoy seguro de que Kanesha lo captara—. ¿Cree que asesinaron a Connor?

Su pregunta me cogió desprevenido, pero a Kanesha no pareció molestarle.

—Tenemos razones para creer que no murió de forma natural. De momento estoy tratando el caso como una investigación de asesinato.

Esperaba oír más detalles, pero debería haber sabido que Kanesha no nos ofrecería ni un dato más de los que quisiera que tuviéramos. Desde el primer momento, yo sospechaba que Lawton había muerto asesinado, y ahora estaba aún más preocupado por mi hija que antes. Empecé a preguntarle a Kanesha sobre medidas de protección para Laura, pero ella se me adelantó con otra pregunta:

—¿Sabe si el señor Lawton tenía algún enemigo?

Laura estaba exhausta. Se frotó la frente y cerró los ojos mientras respondía.

—No enemigos propiamente dichos, pero había gente enfadada con él.

—¿Cómo quién? —Kanesha tenía el bolígrafo y el cuaderno preparados para escribir.

Decidí responder por Laura. Cuanto antes acabáramos con esto, mejor. Mi hija necesitaba descansar.

—Como Ralph Johnston. Ayer se enfadó con Lawton durante el taller e incluso amenazó con ir a ver al rector para intentar que rescindieran su contrato.

Kanesha me miró ceñuda, tal vez irritada por que hubiera respondido en lugar de Laura.

—¿Qué ocurrió durante el taller? ¿Y qué es eso exactamente?

Laura respondió antes de darme tiempo a hacerlo por ella.

—Los actores leen su papel para que el director, Connor, en este caso, que además era dramaturgo, oiga cómo suena el texto. —Encogiéndose de hombros, añadió—: Y Connor se comportó como siempre: estuvo histriónico, pegó gritos a diestro y siniestro, a los estudiantes y a mí, en fin... Estaba enfadado con el mundo, pero en especial consigo mismo. —Al fin, me miró—. Papá, ¿me preparas otro té?

—Claro que sí, tesoro.

Me levanté de un salto para prepararle la infusión.

—Voy a necesitar el nombre de todas las personas que estuvieron presentes en el taller de ayer —dijo Kanesha.

—Tendré que consultar la lista de clase —respondió Laura—. Todavía no me he aprendido todos los apellidos. —Hizo una pausa—. La verdad, no creo que ninguno de los alumnos esté implicado. Casi no lo conocían.

—A lo mejor no —objetó Kanesha—. Pero habrá que interrogarlos a todos. ¿Alguien más que le tuviera inquina?

—Damitra Vane. —Laura hizo una mueca—. No es que a Damitra le cayera mal Connor. Al contrario, no para de hablar de lo mucho que se querían, pero la realidad es que Connor ni estaba enamorado, ni quería nada serio, pero ella no se daba por vencida.

Dejé la taza de té delante de Laura, que la rodeó con las manos y me dedicó una leve sonrisa de agradecimiento. Al cabo de un momento, la levantó y bebió unos sorbos. Su rostro recuperó un poco de color.

—¿Y usted? —Kanesha deslizó la pregunta tan suavemente que al principio no estaba seguro de haberla oído.

—¿Yo? —Laura palideció ligeramente—. No estábamos enfadados. A veces me llevaba por la calle de la amargura, pero estaba acostumbrada a él. No dejaba que me afectara.

—Me consta que estuvieron comprometidos.

—Sí, pero rompí el compromiso hace unos meses. —Laura dio otro sorbo de té.

—Él le consiguió este trabajo, ¿verdad? —Kanesha se inclinó hacia delante, con la mirada fija en mi hija. Laura se encogió de hombros.

—Sí. Sabía que andaba entre bolos y que mi padre vivía aquí. Tenía su corazón. —Pestañeó para ahuyentar unas lágrimas repentinas.

—¿Seguía usted enamorada de él? —El tono de Kanesha se había vuelto frío como el acero.

Laura, cortante, respondió:

—No.

—¿Así que no tenía motivos para hacerle daño? —Kanesha se había endurecido.

—No, ninguno. —Los ojos de Laura se humedecieron al responder—. Puede que a veces me desquiciara, pero yo nunca le haría daño. —Se levantó—. No me encuentro muy bien. Me gustaría tumbarme.

—Gracias, señorita Harris. —Kanesha dejó el cuaderno sobre la mesa—. Eso es todo de momento. Probablemente tendré más preguntas para usted más tarde.

Durante todo ese tiempo Diesel había permanecido en silencio, tanto, de hecho, que me había olvidado de él. No obstante, eligió aquel momento para reivindicar su presencia; cuando Laura se despidió de la inspectora, soltó un sonoro maullido y salió de la cocina tras ella. Laura caminaba con paso lento, pero firme, parecía capaz de subir sola a pesar del cansancio. Diesel la acompañó al piso de arriba.

Kanesha reclamó mi atención.

—Bueno, señor Harris. También tengo unas preguntas para usted.

—Claro, adelante.

Me preparé. ¿Qué haría si me preguntaba por esa maldita memoria? Iba a tener unas palabras con mi hija, y pronto.

—Hábleme de esta mañana —dijo Kanesha—. ¿Por qué ha ido a buscar a su hija? ¿Qué ha visto?

Traté de ceñirme a la petición de la inspectora. Pasé los minutos siguientes relatándole los acontecimientos de la mañana desde mi punto de vista.

Cuando terminé, su primera pregunta se centró en la memoria olfativa de Laura.

—¿Ha olido usted el aceite de coche?

—No que yo recuerde. Y creo que, si hubiera olido algo así en Magda Johnston, lo recordaría.

Kanesha se puso de pie.

—Creo que esto es todo de momento.

Mientras la acompañaba al pasillo, saqué el tema que me angustiaba desde que había encontrado a Laura inconsciente esa mañana.

—Me preocupa que la persona que ha agredido a Laura lo intente de nuevo.

Nos detuvimos ante la puerta principal.

—Tiene todo el derecho a estar preocupado —replicó adusta—. Aún no sabemos qué buscaban. Podría haber sido una agresión al azar, pero no lo creo. Hasta que no sepamos con seguridad por qué han agredido a su hija, debe usted preocuparse por su seguridad. Hablaré con el departamento de policía para ver si pueden hacer algo para tenerla vigilada. Mientras tanto, intente que salga de casa lo menos posible, y si tiene que hacerlo, asegúrese de que no vaya sola.

—Gracias, inspectora —dije mientras abría la puerta—. Le estaré muy agradecido por cuanto pueda hacer por proteger a mi hija.

—Es mi trabajo. —Kanesha se detuvo en el umbral y me fulminó con su mirada láser—. Ah, y una cosa más, señor Harris. Sé que su hija me está ocultando algo y no me gusta. Ni un pelo.

Se volvió y echó a andar por la acera hacia su coche.

CAPÍTULO VEINTICINCO

Un escalofrío descendió por mi nuca al oír las palabras de Kanesha. ¿Debería haberle contado la verdad?

Estuve a punto de llamarla, pero me asaltó otro pensamiento: Laura se sentiría traicionada si hablaba de ella a sus espaldas y eso era lo último que yo quería. No me entraba en la cabeza por qué seguía mintiéndole a Kanesha, a no ser que lo hiciera en un intento, vano, de protegerme; lo que sí sabía es que mi hija no se daba cuenta de que no decir la verdad empeoraría las cosas cuando Kanesha la descubriera. Porque lo haría, de eso no me cabía ninguna duda.

Cerré la puerta y subí a verla. La puerta de su cuarto estaba entreabierta, me detuve en el umbral y la llamé suavemente. Al no obtener respuesta, asomé la cabeza lo justo para ver la cama.

Laura parecía dormida, estaba tumbada de costado, su respiración era constante y tenía un brazo alrededor de Diesel, que estaba acurrucado a su lado con la cabeza bajo su barbilla. Observé la estampa un momento. Diesel parpadeó un par de veces, como diciéndome que lo tenía todo bajo control y que podía irme. Sonreí y me retiré, volviendo la puerta hasta casi cerrarla.

De vuelta al piso de abajo, rodeado por el silencio en que estaba sumida la casa, me invadió el desasosiego. Cediendo a un impulso, cogí las llaves y fui al garaje. Llevaba varios días sin hablar con Helen Louise Brady y me habían entrado unas ganas repentinas de verla. Además, pensé, un postre suyo nos alegraría la velada. Visualicé su *gâteau au chocolat* y prácticamente me relamí mientras sacaba el coche del garaje y conducía hacia la plaza del pueblo.

Encontré un hueco para aparcar en la plaza, justo enfrente de la panadería. Antes de cruzar la calle, me puse la mano a modo de visera para evitar el deslumbramiento del sol de plomo de la tarde, y una vez bajo el toldo de la panadería, miré por la ventana. Era media tarde, solo había tres mesas ocupadas y no había ni rastro de Helen Louise.

Entré, cruzando los dedos para que estuviera en la cocina y no se hubiera ausentado un rato. Tenía que reconocer que había venido más a verla a ella que a comprar. Inhalé los deliciosos aromas a pasteles recién hechos, mantequilla y condimentos varios que se mezclaban a medida que me acercaba al expositor. En aquel establecimiento podía engordar un par de kilos solo oliendo. Me incliné para admirar de cerca una fuente de *éclairs*.

—¡Charlie, querido, qué sorpresa! —Me volví hacia mi izquierda y vi a Helen Louise, observándome desde detrás del mostrador. Me acerqué con una sonrisa—. ¿Y dónde está Diesel?

Helen Louise, una mujer flaca como un palillo y de casi dos metros de altura, frunció el ceño mientras buscaba con la mirada a mi alrededor por encima del mostrador.

—¿Cómo es que no está contigo? Espero que no esté enfermo.

—Está perfectamente. Lo he dejado en casa con Laura, durmiendo la siesta.

—Bueno, por una vez no pasa nada, pero ya sabes que la única razón por la que te permito la entrada en mi local es porque sueles traer a ese precioso gatito contigo.

Helen Louise se rio entre dientes. Suspiré apesadumbrado, siguiéndole la corriente:

—Sí, ya lo sé, y yo que pensaba que empezaba a gustarte por mí mismo y no solo por *mon chat très beau*.

A Helen Louise le hizo gracia mi ocurrencia. Había pasado varios años en París estudiando arte y desde que había vuelto a Athena solía salpicar sus conversaciones con alguna que otra palabra o frase en francés. Mi acento dejaba mucho que desear, pero creo que el esfuerzo le divirtió.

—¿Tienes un rato? ¿Te apetece tomar un café con un *éclair* y nos ponemos al día?

—Me has leído el pensamiento. —Sonreí—. Mi apetito le ganará el pulso a mi cintura y acepta ese *éclair*.

—Siéntate, enseguida estoy contigo —dijo señalando nuestra mesa habitual, en la esquina junto a la caja registradora.

Sentarme a la mesa sin Diesel a mis pies era extraño. Estaba tan acostumbrado a tenerlo conmigo casi todo el tiempo que era como si me faltara algo. Helen Louise volvió entonces con una bandeja con dos tazas de café y dos *éclairs,* que sirvió con destreza antes de sentarse a mi lado.

Me agarró la mano un instante y me la apretó.

—Me he enterado de lo del amigo de Laura en la universidad. Pobrecita, qué mal trago...

—Sí, terrible... Además, lo encontró ella. —Añadí dos cucharaditas de azúcar al café. Helen Louise hizo una mueca.

—No lo sabía. Pobre Laura... ¿Puedo ayudarla en algo?

—De momento no —dije—. Lo está llevando con entereza, dentro de lo que cabe, pero por desgracia, eso no ha sido todo.

Helen Louise dio un sorbo a su café y mordisqueó su *éclair* mientras yo relataba los acontecimientos del día. ¿La paliza había tenido lugar esa misma mañana?

—¿Y qué buscaban? —Los ojos de Helen Louise centellearon de rabia—. Como agarre al responsable...

—Vas a tener que ponerte a la cola. —Sonreí brevemente—. Sospechamos que buscaban una memoria externa de Connor.

Le conté el resto, la versión real y no la inventada por Laura. Confiaba plenamente en Helen Louise y valoraba su punto de vista. Antes de dejarlo todo y abrir la pastelería francesa que siempre había deseado regentar, era abogada.

—Kanesha os va a colgar cuando se entere... —Helen Louise frunció el ceño—. Ojalá Laura no hubiera sido tan impulsiva y se hubiera abstenido de coger ese chisme, para empezar. Cuando Kanesha descubra la verdad, la cosa se va a poner fea.

—Lo sé... —Suspiré—. Laura es muy sensata por lo general, pero supongo que debió de quedarse tan turbada después de encontrar el cadáver que no pensó en las consecuencias.

—No, probablemente no. ¿Estaba enamorada de él?

—Llegaron a estar comprometidos —dije—. Un detalle que, por cierto, no he sabido hasta hace poco. Laura jura y perjura que ya no estaba enamorada. De hecho, ahora parece haberse encaprichado de un joven del departamento de Bellas Artes, Frank Salisbury. ¿Sabes quién es?

Helen Louise asintió. Por supuesto que sabía quién era, conocía prácticamente a todos los habitantes de Athena.

—Es buen chaval. Su madre es viuda y viene a mi parroquia. Frank la acompaña muchas veces.

—Me alegra oírlo, porque Laura parece ir en serio con él, aunque solo se conocen desde hace unas semanas. —Negué con la cabeza—. Y él parece igual de enamorado de ella. No sé qué va a pasar cuando Laura tenga que volver a Los Ángeles.

Di un par de mordiscos más a mi *éclair* y quise suspirar de puro gozo.

—Ya encontrarán una solución, tú descuida —contestó risueña—. ¿Quién sabe? A lo mejor Laura decide marcharse de Hollywood y mudarse aquí con Frank.

—Pues no me importaría, no te lo negaré. —Di un sorbo al café—. Me preocupa lo que pueda pasarle por allí... Se oyen tantas historias de actrices jóvenes.

—Jackie y tú la educasteis bien. —Helen Louise me acarició la mano—. A diferencia de la mayoría de esas crías, tiene la cabeza bien amueblada. Es una chica fuerte.

—Gracias. —Me gustaba pensar que mi difunta esposa y yo lo habíamos hecho lo mejor posible con nuestros dos hijos—. Aunque tengo que confesar que esto de que le mienta a Kanesha me tiene descolocado. Y Kanesha se ha dado cuenta de que Laura le oculta algo. Me lo ha dicho.

—Laura tendrá algún motivo válido, al menos en su cabeza, para actuar así. —Helen Louise me miró meditabunda—. Estoy segura de que te lo acabará explicando.

—Seguro, pero mientras tanto, ¿qué pensará Kanesha? —Despedacé lo que me quedaba de *éclair*—. No ha mencionado nada, por supuesto, pero es probable que Laura sea su principal sospechosa. Si no la única.

—Tiene que estudiar esa posibilidad —dijo con total naturalidad—. Si no, no estaría haciendo bien su trabajo. Lo sabes de sobra.

—Sí, tienes razón —concedí—, pero eso no nos pone las cosas más fáciles. Sé que mi hija no ha matado a ese hombre.

—¿Estás seguro de que lo mató alguien? Por lo que cuentan, era un bebedor empedernido, podría haber sido un accidente...

—Kanesha nos ha dejado caer que está tratando el caso como un homicidio. Era un tipo con malas pulgas y no me sorprendería que hubiera gente que lo quisiera muerto. Pero Laura no era una de ellas.

—Desde luego, no se hacía querer... —Helen Louise sacudió la cabeza—. Venía mucho por aquí, siempre con mujeres diferentes. No era precisamente un caballero, por no decir otra cosa...

—¿No vendría por aquí con Damitra Vane? —Se la describí a Helen Louise.

—Dios mío, sí. Vino un par de veces. La pobre tiene el cerebro de una mosca y él la trataba francamente mal.

—Va contando que estaba enamorada de él y él de ella. De hecho, ha llegado a amenazar a Laura para que se alejara de él. —Apuré el café y dejé la taza en la mesa.

—Pues habría tenido más mujeres a las que amenazar. —Helen Louise resopló con desdén—. Yo no le encuentro el atractivo, pero está claro que a algunas mujeres les van ese tipo de hombres. Incluso a las que ya tendrían edad de saber que no les convienen... Mujeres casadas, de hecho.

—¿Cómo quién? —Olfateé posibles pistas. Cuantos más sospechosos tuviera Kanesha, más probable era que se alejara de Laura. O eso esperaba.

Helen Louise se me acercó.

—Como Magda Johnston, por ejemplo. Vinieron juntos unas cuatro o cinco veces y saltaba a la vista que tenían una aventura. Y Ralph Johnston es muy celoso.

CAPÍTULO VEINTISÉIS

Ralph Johnston odiaba a Connor Lawton. Yo mismo había visto pruebas el día anterior por la mañana y lo había achacado a la conducta profesional de Lawton, pero si tenía una aventura con Magda Johnston y Ralph lo sabía, se añadía un elemento a la ecuación.

—¿Crees que Ralph lo sabía?

Helen Louise hizo una mueca.

—Imagino que sí. No es la primera vez que Magda se descarriaba. Ni la segunda ni la tercera...

—Nunca dejará de sorprenderme lo mucho que sabes de lo que pasa en este pueblo —dije incrédulo—. Imagino que regentar un negocio como este te muestra todo tipo de cosas.

—Eso es cierto —reconoció Helen Louise con una carcajada—. Añádele el salón de belleza y la iglesia, y tienes el pleno. Magda va al mismo salón de belleza que yo, no te haces idea de la información que circula entre esas esteticistas y sus clientas. Lo mismo puede decirse de los talleres de arreglos florales del altar y las clases de estudio bíblico para señoras mayores.

Nunca me había parado a pensar en las fuentes de información de Helen Louise, solo había llegado a confiar en que sabía absolutamente todo lo que se cocía en Athena.

—Te creo. —De pronto, un recuerdo me pasó por la cabeza—. Creía haber oído que Ralph y Magda se habían divorciado o estaban a punto.

Helen Louise alzó los ojos al cielo.

—Siempre están al borde del divorcio. De hecho, se han divorciado dos veces. Ya van por su tercer matrimonio.

—Qué disparate. —Me había quedado a cuadros.

—Y que lo digas. Seguro que tienen el número de sus abogados grabado en las teclas de marcación rápida.

No pude por menos de reírme. Lo cierto era que la situación era de lo más absurda. Luego me serené.

—Si están tan mal de la cabeza, ¿crees que podrían llegar a matar a alguien? Quizá si lo consideraran una amenaza para su tormentosa relación...

Helen Louise se encogió de hombros.

—Todo es posible. Ralph tiene carácter. Una vez intentó pegar a uno de los amantes de Magda, pero el tiro le salió por la culata porque el tipo era un cachas y estuvo a punto de mandarlo al hospital.

—Si se las gastan así, imagino que Kanesha estará al corriente.

Ese pensamiento me animó. Con dos tarados así, Laura perdería peso como sospechosa a ojos de la inspectora.

—La policía ya los conoce. Y sus vecinos ni te cuento. No me gustaría nada vivir a su lado, como te podrás imaginar.

—¿Por qué la gente se mete en relaciones tan tóxicas?

Seguía preguntándomelo. No me entraba en la cabeza.

—Ni idea. —Helen Louise se masajeó las cervicales con ambas manos—. Perdona, tengo el cuello y los hombros molidos.

—No me extraña, no paras... —Mi amiga trabajaba una barbaridad, seis días a la semana con jornadas maratonianas que empezaban a las cinco de la mañana y no terminaban hasta las siete de la tarde, al cerrar la panadería—. Necesitas ayuda.

—Lo sé. —Suspiró—. Sigo con la idea de buscar a alguien, pero nunca tengo tiempo de poner el anuncio.

—Por no hablar de que tendrás que encontrar a alguien que cumpla con tus exigentes criterios.

Le sonreí.

—Existen. —Sonrió, con un brillo en los ojos.

—La ventaja añadida de tener más ayuda aquí y más tiempo libre implicaría que podrías pasar más tiempo con tus amigos.

Helen Louise asintió.

—Ya lo sé. Y sin duda es un poderoso aliciente. —Hizo una pausa—. Estaría bien tener algo remotamente parecido a una vida personal. Hace años que no sé lo que es.

Me incliné hacia delante y le tomé la mano derecha. Sus dedos, fuertes y hábiles, se apoyaron ligeramente en mi palma.

—No podría estar más de acuerdo.

Un leve rubor tiñó las mejillas de Helen Louise. Me apretó la mano. Sin embargo, justo cuando se disponía a hablar, la voz gangosa de la ayudante que tenía contratada a tiempo parcial la interrumpió:

—Señora Brady, la máquina de capuchinos no funciona.

Alcé la vista a la izquierda y allí estaba Debbie, una muchacha de último curso de bachillerato, mirando con avidez la mano de su jefa, aún entrelazada en la mía.

Helen Louise me dedicó una sonrisa de resignación y apartó la mano mientras se levantaba.

—Vale, Debbie, ahora voy a mirar.

Yo también me puse de pie.

—Será mejor que elija un postre para esta noche y vuelva a casa. Estarán preguntándose dónde me he metido.

—Debbie, atiende al señor Harris.

La chica asintió a la orden de Helen Louise.

—Sí, señora Brady. ¿Qué le pongo, señor Harris? —preguntó saliendo del mostrador y acercándose a la vitrina.

Me aproximé a echar un vistazo al contenido y señalé uno de los dos pasteles de chocolate que quedaban:

—Me llevaré ese de ahí.

Mientras Debbie sacaba el pastel y me lo preparaba para llevármelo a casa, observé a Helen Louise trasteando con la máquina de capuchinos.

—Hasta pronto, espero —le dije.

Se volvió para sonreírme.

—Eso digo yo. Y que sepas que esta noche antes de irme a la cama, ya tendré el anuncio listo para publicarlo en el periódico.

—Estupendo.

Nos sonreímos hasta que Debbie me avisó de que mi tarta estaba lista. Me acerqué a la caja para pagar e instantes después salía por la puerta, no sin antes dirigir una última mirada a Helen Louise, de nuevo absorta en sus tareas mientras Debbie estaba apoyada en la caja registradora concentrada en mirar al vacío.

En el breve trayecto de vuelta a casa pensé básicamente en Helen Louise. Nos conocíamos desde que éramos niños y durante el instituto y la universidad había sido una buena amiga tanto de mi difunta esposa Jackie como mía. Fuimos perdiendo el contacto paulatinamente, después de que Helen Louise se marchara a la costa este para estudiar Derecho y Jackie y yo nos casáramos y nos instaláramos en Texas para que yo cursara mis estudios de Biblioteconomía. Con el paso de los años, las cartas y las postales se fueron reduciendo y en las cada vez menos frecuentes ocasiones en las que venía a Athena con mi familia, nunca teníamos tiempo de quedar con nuestros antiguos compañeros de clase. Helen Louise, por su parte, pasó unos años en París, y como apenas le quedaba familia en Athena, tampoco venía muy a menudo. Había regresado definitivamente a Athena para abrir la panadería unos tres años antes de la muerte de Jackie y de mi tía Dottie y de que yo me decidiera a volver también. Reencontrarme con ella tantos años después me había ayudado a aliviar ciertas penas de la transición a mi nueva vida, pero nunca esperé que nuestra amistad se convirtiera en algo más. Sean y Laura parecían alegrarse de que saliera con Helen Louise y, de alguna manera, pensaba que Jackie también lo aprobaría.

Desperté de mi feliz aturdimiento cuando el coche tomaba el camino de entrada a casa. Estaba atónito, había conducido de vuelta a casa con el piloto automático, supuse. Se me hizo un nudo en el estómago pensando en lo que podría haber pasado en aquel estado de distracción, pero afortunadamente el tráfico en Athena nunca era denso a última hora de la tarde. Mientras entraba en el garaje, me prometí tener más cuidado.

Fui a la cocina para meter la tarta en la nevera y al cerrar la puerta noté una presión contra mis piernas. Diesel me miraba mientras se restregaba contra mí. Chirrió un par de veces y le rasqué la cabeza.

—Hola, amigo. ¿Te alegras de verme? Yo sí. —Volvió a gorjear, supongo que era su manera de decirme que sí—. ¿Qué tal está Laura? ¿La has cuidado bien?

Aunque era consciente de lo absurdo que era plantearle esas preguntas a mi gato, eso no me impedía hacérselas. Además, casi siempre respondía cuando le preguntaba algo. En esta ocasión, maulló varias veces como si me estuviera dando un informe.

—Tú y ese gato —comentó Sean con una risita.

Me giré sobresaltado. Nos observaba desde la puerta.

—Ya deberías estar acostumbrado —respondí con un deje de acritud.

—No, si lo estoy —replicó dicharachero. Enarcó una ceja mientras continuaba—. Eso sí, tengo la red para mariposas a mano, por si acaso.

Tuve que reírme. Entonces me fijé en que llevaba un fajo de papeles en la mano.

—¿Qué es eso?

—Cosas de la memoria de Lawton. —Tras entrar en la cocina, acercó una silla a la mesa—. Laura sigue dormida, hasta donde sé. Así que he decidido ponerme manos a la obra y echar un vistazo al contenido. He imprimido algunas cosas.

Tomé asiento a la izquierda de Sean y Diesel vino a colocarse a mi lado.

—¿Qué tipo de cosas?

—Sobre todo cartas y correos electrónicos. —Sean extendió los folios sobre la mesa ante nosotros—. Tengo más en mi habitación, incluida la obra que estaba escribiendo, pero me ha parecido que empezar por la correspondencia más reciente podía ser buen plan.

—¿Has encontrado ya algo de interés?

Bajé la mirada hacia los documentos que tenía ante mí. El nombre de Ralph Johnston saltó a la vista en la página superior.

—Lee esa —dijo Sean, indicando la hoja en la que me había fijado. La petulancia con la que siguió hablando despertó mi interés—. Espérate a ver lo que hay en esa carta.

La ojeé rápidamente y los ojos por poco se me salen de las órbitas conforme descubría el contenido.

—Si Ralph se llegara a enterar...

Se me cortó la voz y Sean asintió.

—Querría matar a Lawton.

CAPÍTULO VEINTISIETE

V olví a leer la carta, esta vez más despacio, para asimilar hasta el último detalle. Iba dirigida al director de la Academia Americana de Arte Dramático y ofrecía la crítica de Connor Lawton de una obra presentada para optar a la Beca Laurette Taylor de Dramaturgia. Al parecer, Lawton era miembro del jurado.

El autor de la obra en cuestión era Montana (o sea Ralph) Johnston. Lawton los despellejaba tanto a él como a su propuesta. Tuve que compadecerme de Ralph al leer cosas como «tediosa falta de originalidad» y «aburrimiento supremo». Lawton concluía la carta protestando por que se esperara que perdiera su tiempo con una obra tan «palmariamente deficiente».

Deposité la carta en la mesa y miré a Sean:

—Si esto llegara a oídos de Ralph, se pondría como una hidra, de eso no hay duda. Y no le culpo.

—Pues sí. Un simple «no» habría bastado, creo yo. —Sean sacudió la cabeza—. Me da la sensación de que Lawton se encarnizó con él. Aunque la obra fuera tan mala como dice, no tenía por qué machacarlo así.

—No, no tenía por qué, pero según mi experiencia, algunos críticos no pueden resistir la tentación de ser lo más desagradables posible. Supongo que de alguna manera les alimenta el ego destrozar a los demás con tanta saña.

—Lawton tenía un ego colosal, por lo que he observado y lo que me ha contado Laura. —Sean dio un toque en la carta con el dedo índice—. Seguro que la inspectora Berry tomará cartas en el asunto después de leerla. A lo mejor deberías hablar con ella para asegurarte de que lo haga cuanto antes, ¿no?

—Dudo que me lo agradeciera si lo hiciera. —Me froté la frente para aliviar la tensión que amenazaba con provocarme un dolor de cabeza—. No, es mejor dejar que lo haga por su cuenta. Ya tiene material suficiente sobre Ralph y Magda Johnston como para considerarlos sospechosos principales.

—¿Como qué? —Sean se reclinó en la silla y estiró aún más sus largas piernas bajo la mesa.

Noté el peso de una gran pata en el muslo y oí un par de maullidos insistentes. Diesel había elegido ese instante para reclamar mi atención. Irguiéndose sobre las patas traseras, me apoyó las dos delanteras en el muslo y colocó la cabeza a mi altura. Le puse la mano en la nuca y atraje su hocico contra mi nariz.

—No tienes remedio. Eres un sinvergüenza y lo sabes —le dije.

Por toda respuesta, me dio un lametazo en la barbilla. Me reí, me aparté y mantuve la mano en su cabeza sin desviar la mirada. Unas cuantas caricias vigorosas entre las orejas lo contentaron y me dejó reanudar la conversación con mi divertido hijo.

—Ahora sé qué tengo que hacer para llamar tu atención —dijo burlón. Decidí pasar por alto su comentario.

—Volviendo a tu pregunta. He tenido una charla de lo más interesante con Helen Louise cuando he ido a comprar un postre para esta noche.

Le conté a Sean lo que había averiguado sobre Magda y Ralph, su matrimonio y la propensión a los deslices de ella. Sean puso los ojos en blanco tres veces mientras yo hablaba, pero esperó a que terminara mi relato para opinar.

—Vaya, un matrimonio ideal. Están locos de atar...

—Tú lo has dicho —convine—. Si están tan locos, no me cuesta imaginarme a uno decidiéndose a matar a Lawton y dejarlo fuera de juego.

—¿Crees que Magda Johnston podría estar detrás de la paliza a Laura?

Sopesé la respuesta un instante.

—Cabría la posibilidad, especialmente si consideraba que Laura era su rival. Aunque esa hipótesis habría tenido sentido antes de que asesinaran a Lawton, no después de muerto. Y luego está lo del olor... no encaja.

—¿Cómo? —Sean parecía desconcertado—. ¿Qué es eso del olor?

—Ah, lo siento, se me había olvidado que no estabas cuando ha venido Kanesha. —Le resumí brevemente la conversación con la inspectora—. Yo no he percibido ningún olor así al coincidir con Magda en el despacho de Laura, ha tenido que ser otra persona. Y ha tenido que ser antes de que Magda la encontrara. Me da que eso probablemente la exculpa.

—A lo mejor sí... —Sean no parecía convencido—. Pero está claro que esa mujer está como un cencerro. Yo no la descartaría todavía.

—No lo hago, Ralph y ella son los primeros de mi lista. —Miré los papeles esparcidos sobre la mesa—. Pero no puedo contemplar el bosque sin mirar cada uno de los árboles, por así decirlo. ¿Qué más tenemos? ¿Algo que pueda apuntar a alguien más?

Sean se irguió, se inclinó hacia delante e hincó los codos sobre la mesa.

—Ya lo creo que sí. Damitra Vane, madre mía... Hay unos correos electrónicos que te van a sacar los colores —dijo con una risita—. Hasta yo me he sonrojado al leerlos.

Fruncí el ceño.

—¿A qué te refieres?

—Intercambios entre Lawton y otros tíos de Hollywood sobre lo que Damitra Vane puede llegar a hacer para conseguir un papel y lo bien que se le dan ciertas actividades. —Enarcó las cejas con picardía.

—¿Actividades sexuales?

Sean asintió.

—De lo más desagradable. Si Damitra supiera en qué términos hablaba de ella... Básicamente la consideraba una prostituta sin dos dedos de frente para darse cuenta. Si llega a enterarse, no creo que le hubiera hecho mucha gracia.

Mi dolor de cabeza se intensificó. Connor Lawton profanaba todo lo que tocaba, o esa sensación me daba. Se me revolvía el estómago de imaginarme a mi hija comprometida con un tipo así. ¿En qué estaba pensando? ¿Acaso ignoraba de qué pasta estaba hecho?

Si me llegaba a enterar de que Laura estaba al corriente de todo esto y, aun así, seguía codeándose con Lawton, me sentiría enormemente decepcionado. Esos no eran los valores que le habíamos inculcado.

Sean debió de leer al menos parte de mis pensamientos, porque parecía cada vez más azorado:

—No, papá, sé lo que estás pensando. Estoy seguro de que Laura no sabía nada. Nunca toleraría estas cochinadas...

—¿De qué estáis hablando? —El tono cortante de Laura nos sorprendió a ambos—. ¿Qué es lo que yo no toleraría?

Me volví y la vi en la puerta de la cocina, avanzando hacia nosotros con expresión ceñuda. Diesel se le acercó para saludarla y Laura se detuvo para acariciarle la cabeza.

—Ven a sentarte, tesoro. ¿Cómo estás? —Me levanté y le ofrecí una silla.

—Mejor, gracias. —Laura se sentó y cruzó los brazos sobre el pecho, airada—. ¿De qué hablabais? Sé que tiene que ver conmigo.

Volví a sentarme. Sean y yo nos miramos y, ante el gesto de resignación de mi hijo, supe que me tocaba responder.

—Sean ha imprimido algunos archivos de la memoria. —Señalé los papeles que había sobre la mesa con un leve movimiento de cabeza—. Los hemos estado ojeando y revelan ciertos aspectos desagradables de la personalidad de Lawton. —Hice una pausa—. Aspectos que no puedo creer que conocieras, francamente, porque, si no, no me explico que siguieras siendo amiga suya.

Laura me miró fijamente y luego a su hermano. Lentamente, como si se resistiera, cogió los papeles y se los acercó. Respiró hondo y empezó a leer el de más arriba, la feroz diatriba de Lawton sobre la obra de Ralph Johnston.

—¿Te apetece un té? ¿O algo de comer? —pregunté.

—Un té, gracias —contestó sin despegar los ojos del papel.

Sean me hizo una seña para que me quedara sentado y se levantó para prepararle la infusión a su hermana. Asentí con la cabeza y observé con creciente preocupación e inquietud cómo Laura leía la pequeña pila de papeles. Seguía leyendo cuando Sean le puso la taza de té delante. Ella la cogió y bebió unos sorbos mientras seguía leyendo. Su rostro enrojeció y palideció un par de veces antes de dejar el último papel.

—Menudo cerdo. «Experiencia, hombría, honor, nunca se profanaron así». —Laura meneaba la cabeza, incrédula.

—Shakespeare, ¿no? —me preguntó Sean.

—Eso creo —contesté ante el silencio de Laura—, pero no estoy seguro de la obra.

—*Antonio y Cleopatra* —dijo Laura—. Y aquí va otra: «¡Esclavo! ¡Villano desalmado! ¡Perro sarnoso! ¡Ah, qué bajeza la tuya!» —Se frotó los ojos, estaba llorando—. Se me ocurrirían más si no estuviera tan enfadada con él...

Antes de que pudiera hacer el menor movimiento, Sean se levantó, se arrodilló y rodeó con el brazo a su hermana, que le apoyó la cabeza en el hombro y se dejó abrazar. Cuando se serenó, Sean le besó la frente y volvió a su silla.

Laura me miró, encantadora incluso lacrimosa, y se me derritió el corazón.

—Tesoro, siento mucho que tengas que enterarte de estas obscenidades. Tú no sabías nada, ¿verdad?

—No, papá, no tenía ni idea. —Se encogió de hombros, con una mezcla de perplejidad y tristeza—. Connor podía ser un cretino, pero nunca se portó así conmigo. Podía ser muy cortante en su manera de decir las cosas, pero hasta que llegamos a Athena no vi esa cara malvada.

—Probablemente sacaste lo mejor de él. Cuando tú estabas cerca, intentaba ser mejor persona, al menos durante un tiempo, o eso me gustaría pensar. —Me incliné hacia ella y le tomé una mano. Sus dedos se entrelazaron en los míos y los apreté con fuerza durante un momento.

—Pobre Damitra... —Laura exhaló un suspiro—. Ahora soy incapaz de guardarle rencor, aunque sea una pelma la mayor parte del tiempo. No tenía ni idea de que la trataban así... Los hombres son unos cerdos. —Nos dedicó una sonrisa fugaz a Sean y a mí—.

Aunque, por suerte, hay excepciones. —Apuró la taza y se levantó de la mesa—. Creo que voy a prepararme otro. ¿Cuándo cenamos? Me muero de hambre.

Ya eran casi las seis y caí en la cuenta de que yo también tenía hambre.

—Vamos a ver qué opciones tenemos.

Fui a inspeccionar la nevera, que Azalea acostumbraba a dejar bien surtida de guisos y otras preparaciones, y encontré una fuente con una etiqueta que decía «pollo+esp» e interpreté como estofado de pollo y espinacas.

Tanto a Laura como a Sean mi hallazgo les pareció tentador y lo metimos al horno. Mientras se calentaba, improvisé una ensalada y Sean preparó una jarra de té helado con mi máquina especial, uno de los mejores artilugios de cocina que he comprado en la vida. Poco después, nos sentábamos a disfrutar de un delicioso banquete.

Durante la cena observé de reojo a Laura, más taciturna que de costumbre, y supe que estaba tocada por los rasgos del carácter de Connor Lawton que acabábamos de desvelar. Me sorprendió un par de veces y me ofreció lo que tomé por una sonrisa valiente. Si quería hablar, yo estaba dispuesto, pero intuía que necesitaría tiempo para digerir el golpe.

Stewart y Dante aparecieron cuando estábamos terminando de cenar. Diesel saludó con un gorjeo plañidero a su compañero de juegos, que empezó a dar saltos a su alrededor, entre gimoteos puntuados de algún que otro ladrido. Ante la perpleja mirada de los humanos, Diesel le puso una pata en la espalda y lo empujó hacia abajo, y el caniche, consciente de quién de los dos era el alfa, se sometió dócilmente.

Laura se excusó, alegando cansancio, y después de que Sean y yo le diéramos un rápido abrazo, desapareció escaleras arriba.

Diesel se me acercó, gorjeó un par de veces para anunciarme que la cuidaría y desapareció tras ella.

Sean y yo permanecimos en la mesa mientras Stewart daba cuenta de lo que quedaba del guiso y la ensalada. Hice la vista gorda cuando le dio trocitos de pollo a Dante. Si no fuera por el intenso ejercicio que hacía jugando con Diesel en el patio trasero al menos dos veces al día, el caniche se habría convertido en una bola de grasa con toda la comida de más que Stewart le daba.

Cuando pusimos a Stewart al corriente de los últimos acontecimientos, se quedó horrorizado.

—Cuando os enteréis de quién ha sido el responsable, quiero saberlo —dijo, con el rostro ensombrecido por la ira—. Pienso moler a palos a ese malnacido.

A lo que Sean, con una sonrisa, replicó:

—Trato hecho.

Poco después, pensé que era buen momento para subir e intentar descansar. Quizá debería haber leído algún archivo más de la memoria de Lawton, pero estaba agotado. Había sido un día largo y difícil, el dolor de cabeza había arremetido con fuerza.

Una vez en mi habitación, me tomé una aspirina y me preparé para acostarme. Intenté leer unos minutos, pero me costaba concentrarme, así que dejé el libro a un lado y apagué la luz.

A veces, cuando estoy muy cansado, mi cabeza entra en un bucle aparentemente interminable que no me deja conciliar el sueño. Suponía que aquella noche me pasaría, por todo el estrés acumulado durante el día, pero caí rendido enseguida.

Sin embargo, desperté un rato después con el pitido de una alarma y olor a humo.

CAPÍTULO VEINTIOCHO

Después de tres horas extenuantes cargadas de angustia, me senté en la cocina con todos los miembros de la familia, bípedos y cuadrúpedos, para hacer balance de la situación.

—Nunca más te echaré en cara que fumes... —Laura lanzó una mirada cansada pero cariñosa a su hermano.

—Lo mismo digo, creo —añadí, reprimiendo un bostezo—. Hemos tenido mucha suerte de que estuvieras en el porche. Podría haber sido mucho peor.

Diesel maulló y se frotó contra mi muslo. Le rasqué la cabeza para tranquilizarlo. El ruido y la agitación de esta noche lo habían asustado mucho.

—Ojalá hubiera atrapado a ese desgraciado... —Tanto el rostro como la postura de Sean delataban su cansancio.

—Por lo menos lo has visto antes de que prendiera fuego a más cosas.

Stewart se estremeció y apretó a Dante contra su pecho. El perro gimoteó e intentó lamer la barbilla de su amo.

Resulta que, hacia las diez, Sean había salido al porche trasero para fumar y relajarse. Una hora más tarde, cuando se hubo terminado el puro, decidió quedarse allí un rato más. Le gustaba la tenebrosa tranquilidad del porche, únicamente iluminado por el resplandor tenue de las farolas de la parte delantera de la casa; era un ambiente que le resultaba propicio para reflexionar.

Sin embargo, como era habitual, se quedó dormido en la butaca y despertó al oír a alguien en el patio trasero. Antes de que pudiera levantarse para investigar, oyó el chisporroteo del fuego que se apoderaba de la esquina del porche. Salió corriendo y gritando por la puerta hacia el patio y apenas alcanzó a distinguir una silueta en la oscuridad que huía dando la vuelta a la casa.

Sin dejar de pedir ayuda, Sean fue corriendo a buscar la manguera para apagar las llamas. Tanto Laura como Justin, cuyos dormitorios daban a la parte trasera de la casa, lo oyeron. Laura avisó a los servicios de emergencias mientras Justin corría escaleras abajo, vestido con unos calzoncillos y una camiseta raída, para ayudar a Sean. Stewart no tardó en seguirle, tras entregarle su perro a Laura, que también llevaba a Diesel con ella. Yo me desperté en medio de aquel barullo y no me abandonó la congoja hasta que me aseguré de que todo el mundo estaba sano y salvo fuera de la casa.

El fuego estaba casi apagado cuando llegaron los bomberos y la policía. Laura, Diesel, Dante y yo salimos a recibirlos al camino de entrada e, instantes después, Sean, Stewart y Justin se reunieron con nosotros en la parte delantera cuando los bomberos entraron en acción.

Después, el tiempo se volvió borroso. Entre las preguntas de la policía y los bomberos, sentía que la cabeza me daba vueltas.

Varios vecinos se habían acercado a la acera, hasta donde dos agentes les cortaban el paso. Diesel estaba acurrucado contra mí, abrumado por la cantidad de extraños y la frenética actividad que se desarrollaba a nuestro alrededor. Hice lo que pude por tranquilizarlo, pero en realidad yo estaba tan desubicado como él.

Al fin los bomberos dieron por extinguido el incendio, que no había causado muchos daños, me alegré de oír. Todo el mundo se sometió a un minucioso interrogatorio, y a las tres y media estábamos en la cocina intentando encontrarle sentido a aquel suceso.

—Lo que no entiendo es por qué alguien querría quemar esta casa. —Justin negó con la cabeza—. No tiene sentido.

—Es por mi culpa... —Laura, con expresión sombría, nos miró uno por uno—. El asesino de Connor debe de pensar que sé algo. O eso o alguien me odia tanto que no le importa herir a otras personas en sus intentos de agredirme. Siento que tengáis que sufrir esto por mí...

—No digas tonterías —dije, un tanto soliviantado—. No tienes nada por lo que disculparte.

—Gracias, papá. —Laura esbozó una tímida sonrisa.

—La policía estará vigilando la casa —nos recordó Sean—. Lo que queda de noche, al menos.

—Ya... ¿Y mañana? ¿Y pasado... qué? —repuso Stewart, inseguro.

—Yo puedo vigilar. Empiezo las clases a las diez, así que puedo quedarme por aquí hasta tarde y dormir un poco. —Justin miró a Laura cual cachorrillo que observa a su ama esperando una recompensa.

—Gracias, Justin —dije, intentando mantener la seriedad—. No va a hacer falta.

—La policía municipal seguirá patrullando la casa y estoy seguro de que, cuando este incidente llegue a oídos de Kanesha Berry, es más que probable que la policía del condado se involucre también. Y como último recurso, llamaré a una empresa de seguridad para que tengan la casa vigilada hasta que atrapen a quien esté detrás de esto.

—Lo odio... Todo por culpa de ese imbécil supremo de Connor. —El tono encendido de Laura nos sorprendió a todos, creo—. Ojalá no lo hubiera conocido nunca...

No podía estar más de acuerdo, pensé, aunque nunca se lo diría. Mi hija estaba agotada, como todos, por no hablar del alto nivel de estrés al que estaba sometida.

—Venga, todo el mundo a la cama —ordenó Sean, poniéndose en pie—. Aquí no se puede hacer nada por ahora, la policía está vigilando la casa, estamos a salvo.

Stewart, con Dante aún en brazos, también se levantó.

—Buena idea. No sé vosotros, pero yo aprovecharé todo el sueño reparador que consiga arrancarle a lo que queda de noche. —Pestañeó lentamente mirando a Sean—. Quiero tener buena cara para mi apuesto vecino, o de lo contrario, no se fijará en mí.

Sean se carcajeó.

—Acéptalo, Princesita No Tan Encantadora, necesitas algo más que horas de sueño para que me fije en ti.

Stewart se llevó la mano libre al corazón y fingió desplomarse. Dante ladró.

—Oh, serás cruel, serás despiadado... —Hizo una pausa—. Y encima te jactas. En fin... de todos modos, soy demasiado hombre para ti.

Stewart salió pavoneándose de la cocina y subió las escaleras. Justin parecía un poco perplejo por esta interacción entre

Stewart y Sean, aunque a esas alturas ya debería estar acostumbrado. Laura y yo nos reímos, y Sean fingió darse por ofendido, aunque su enorme sonrisa lo delataba.

—A la cama, todo el mundo —dije gesticulando con las manos—. Vamos, Diesel. Nosotros también tenemos que dormir.

Empecé a apagar las luces y Diesel y yo subimos los últimos. De camino a la cama, bendije en silencio a Stewart, siempre sabía cómo y cuándo relajar la tensión. Todos necesitábamos recomponernos y, con su astracanada, nos había dado un buen punto de partida.

La mañana siguiente, después de un sueño profundo, desperté con el timbre del teléfono. Gruñí. No había dormido mucho, el reloj indicaba que eran las siete y dos minutos. Busqué el auricular a tientas para contestar antes de que despertara a nadie:

—¿Sí? —contesté, aunque en realidad hubiera querido preguntar «¿Quién diablos llama aquí a estas horas?», algo que mis modales me impidieron. Diesel no estaba en la cama, supuse que estaría con Laura.

—Buenos días, señor Harris. Kanesha Berry al aparato. —Su cadencia apocopada indicaba que estaba en modo profesional. Ya me esperaba que llamara por el incendio, pero no tan temprano. ¿Cuándo dormía esa mujer?

—Buenos días, inspectora. ¿Qué desea?

—He oído que esta noche han tenido jaleo en su casa. ¿Le importaría contarme lo que ha pasado?

Le hice un resumen rápido y, cuando terminé, no respondió de inmediato. Tras esperar unos instantes, me disponía a preguntarle si seguía al teléfono cuando habló:

—¿Por qué cree que alguien ha intentado quemar su casa, señor Harris?

La frialdad de su voz me dejó helado. Al fin empezaba a asimilar lo ocurrido. Aquella madrugada estaba demasiado aturdido, pero ahora me daba cuenta de que alguien había intentado matarnos a todos.

—Señor Harris, ¿sigue usted ahí?

—Disculpe, inspectora, estoy digiriéndolo. —Hice una pausa para tomar aire—. Es obvio que alguien teme que uno de nosotros sepa algo que pueda implicarlo, o implicarla, en la muerte de Connor Lawton.

—¿Y qué se le ocurre que podría ser? —El tono glacial de Kanesha no me ayudó a disipar el escalofrío—. Seguro que tiene alguna idea...

—Supongo que la memoria externa de Lawton. Debe contener información comprometida para la persona que intentó prender fuego a la casa. —Un nuevo pensamiento me asaltó—. Aunque no estoy muy seguro de por qué creerían que la memoria sigue aquí.

—Estoy de acuerdo en que hay pruebas potencialmente importantes en esa memoria, pero no me convence eso de que pensaran que la memoria seguía en su poder y no bajo custodia policial —dijo Kanesha—. ¿Está seguro de que no hay nada más... algo que su hija esté ocultando?

La única información que Laura había ocultado, al menos que yo supiera, era que se había llevado la memoria del apartamento de Lawton, pero el modo en que lo había conseguido no me parecía tan relevante. La importancia de aquel objeto radicaba en su contenido, no en su procedencia.

—Tendrá que preguntárselo usted mismo a Laura. —La tensión en mi voz era evidente para mí y probablemente también para Kanesha. No tenía ni idea de cómo la interpretaría.

—No me ha gustado nada que la señorita Harris no me entregara esa memoria de inmediato.

—Me hago cargo... A mí tampoco me pareció bien, pero Laura tenía sus razones, por equivocadas que fueran.

—Un informático la está examinando. —El tono de Kanesha podría haber congelado el agua—. Si descubre que han cambiado o borrado algo después de la muerte del señor Lawton, su hija estará en un apuro serio.

CAPÍTULO VEINTINUEVE

La declaración o, mejor dicho, la amenaza de Kanesha me robó el habla. La peliaguda situación de Laura me había dejado conmocionado. Hasta entonces, no me había tomado en serio la posibilidad de que Kanesha la considerase sospechosa principal, pero la fría realidad se había impuesto por fin.

Me di cuenta de que Kanesha esperaba una respuesta. Con el tono más firme que fui capaz de adoptar, respondí:

—No encontrará pruebas de manipulación, inspectora. —Era hora de pasar a la ofensiva—. ¿Y qué han hecho ustedes para proteger a mi familia de otro intento de asesinato? Tenía entendido que sus agentes vigilaban a mi hija para evitar otro ataque.

Me hubiera gustado ver la cara de Kanesha en ese momento, porque no recibí una respuesta inmediata. Se disculpó de mala gana:

—Lo siento, señor Harris. Para ser honesta, no vi necesidad de vigilarla por la noche, no esperaba que pasara algo así.

—Toda mi familia podría haber muerto o estar gravemente herida.

No estaba dispuesto a aceptar sus disculpas. Había metido la pata hasta el fondo y lo sabía. Tal vez era una mezquindad por mi parte, pero pensé que merecía retorcerse un poco más.

—Sí, ya me lo ha dicho. —Volvió la acritud—. No se repetirá. Le doy mi palabra.

—Gracias. Bien, si no hay más preguntas, tengo cosas que hacer.

—Eso es todo de momento —dijo Kanesha—. Cuando necesite hablar con usted o con su hija, se lo haré saber.

Un pitido resonó en mi oído y colgué el auricular. Permanecí en la cama un momento, notando el dolor de cabeza. Tenía la garganta seca, necesitaba agua y fui al cuarto de baño.

Al cabo de un rato estaba en la cocina preparando café. El silencio reinaba en la casa. De no ser por el olor a humo que flotaba en el aire, los acontecimientos de la víspera podrían haber sido un mal sueño. Decidí esperar a tomar al menos una taza antes de salir a evaluar los daños. Para enfrentarme a ese nivel de realidad, necesitaba cafeína en el cuerpo.

Mientras esperaba a que saliera el café, evalué la situación. Laura no respiraría tranquila hasta que detuvieran al asesino de Lawton. No cuestionaba la capacidad de Kanesha para resolver el caso, al menos a largo plazo, pero tampoco veía motivos para no ayudar en la investigación en todo lo que pudiera. Aunque Kanesha consideraría que interfería con sus pesquisas, como en anteriores ocasiones, no me iba a amilanar por sus reticencias. Además, sabía que podía contar con la ayuda de Sean.

Sonreí. Si yo me consideraba Holmes, Sean era sin duda un Watson más que capaz. Aunque, en realidad, nos parecíamos más bien a Nero Wolfe y Archie Goodwin, pensé un tanto apenado acariciándome el vientre. Estaba lejos de pesar «la séptima parte de una tonelada», como Archie describía a su jefe, pero mis esfuerzos me costaba. Aunque la cocina de Azalea tuviera poco que ver con la del leal mayordomo Fritz Brenner, era igual de calórica y suculenta.

La cafetera emitió un pitido para avisarme de que había terminado. Mientras me servía una taza, consulté el reloj. Eran casi las ocho. Azalea entró por la puerta trasera.

—Buenos días, señor Charlie.

Dejó su enorme bolso sobre la encimera y rebuscó el delantal.

—Buenos días, Azalea. ¿Cómo está?

Me alegré de haberme puesto la bata esa mañana. Teniendo en cuenta lo poco que había dormido, podría haberme olvidado fácilmente y Azalea se habría escandalizado de verme en pijama.

—Estupendamente. —Azalea hizo una pausa para atarse el delantal a la espalda y olisqueó el aire—. ¿Por qué huele a humo? —preguntó suspicaz—. No me irá a decir que ha encendido la chimenea en esta época del año...

Terminó de atarse el delantal y me miró a los ojos.

—No, no es por la chimenea.

Le relaté lo sucedido y sus ojos se desorbitaron de indignación.

—Gracias a Dios que están todos bien. —Cerró los ojos y advertí que pronunciaba una oración silenciosa. Cuando los volvió a abrir, casi veía las chispas que salían de ellos—. Qué pensaría la señora Dottie, que en paz descanse. Gracias a Dios que está a salvo entre sus brazos. Con el cariño que le tenía ella a esta casa...

Por un momento me sentí culpable, como si los daños de la casa fueran cosa mía. Dudaba que esa fuera la intención de Azalea, pero sabía lo unidas que habían estado ella y mi difunta tía Dottie. Azalea se tomaba muy a pecho el cuidado de la casa, lo consideraba su deber para con mi tía. A veces tenía la sensación de estar allí de prestado y que, si algún día Azalea considerara que debía irme, me vería en la obligación de hacerlo.

—Lo que usted necesita es un buen desayuno —sentenció mi asistenta encaminándose a la nevera—. Voy a preparar tortitas. ¿Las prefiere con beicon o con salchichas?

—Con beicon, por favor. —Era imposible resistirse al beicon que preparaba Azalea, que dominaba el arte de la fritura y conseguía siempre el toque perfecto de crujiente.

Al oír unos maullidos plañideros me giré y vi a Diesel trotando hacia la cocina. Me puso las patas delanteras en la pierna y me dio un cabezazo en el costado, como para llamar mi atención.

—Buenos días, Diesel —lo saludé rascándole entre las orejas—. ¿Qué tal ha dormido Laura? ¿La has cuidado bien?

Cuando Diesel me respondió con un gorjeo, Azalea resopló. Sonreí.

—Diesel, dile a Azalea que entiendes todo lo que digo y que eres un gato guardián de primera.

Diesel gorjeó un par de veces más y yo observé la espalda de Azalea, de pie junto a la encimera, preparando la masa de las tortitas. Sacudió la cabeza varias veces y me imaginé su expresión. Creía que, en el fondo, Diesel le divertía, aunque nunca osaría reconocerlo.

—Voy a buscar el periódico —anuncié levantándome de la silla.

En lugar de seguirme a la puerta, Diesel se dirigió hacia el lavadero en busca de su caja de arena.

Cuando abrí la puerta principal, el sol ya caía a plomo. Vi el periódico a unos metros y, cuando me adelanté para recogerlo, reparé en el coche patrulla que estaba aparcado delante de casa. Con el periódico en la mano, observé el vehículo un momento. El agente que iba al volante inclinó la cabeza al verme, le devolví el saludo y volví a meterme en casa.

Tranquilizado por la presencia policial en el exterior, regresé a la cocina un poco más despreocupado. Informé a Azalea de que nuestros vigilantes estaban de servicio y ella asintió para hacerme saber que me había oído.

Abrí el periódico, el diario de Memphis, y me puse a leer. Diesel regresó del lavadero y se acomodó junto a mi silla. Sabía que había tortitas y esperaba poder catarlas. Me había vuelto muy laxo con la cantidad de comida para humanos que le daba, aunque me consolaba sabiendo que, para su envergadura y su apetito, su alimento principal era el pienso y solo picoteaba de mi comida en ocasiones contadas. En las revisiones periódicas con su veterinaria, la doctora Romano siempre se mostraba satisfecha con su estado general de salud, aunque insistía en que debía reducir al mínimo las golosinas.

Cuando Diesel y yo terminamos con las tortitas y Azalea empezó a hacer la colada en el lavadero, aún no había aparecido ninguno de los demás habitantes de la casa. Subí a vestirme y lavarme los dientes, y cogí el móvil antes de aventurarme con Diesel a inspeccionar los daños en la casa.

Diesel se dedicó a cazar en los arriates de flores conforme yo empezaba a sudar bajo el sol abrasador de la mañana. Me puse la mano sobre los ojos a modo de visera y comencé el escrutinio.

El porche abarcaba toda la fachada trasera de la casa y el artefacto incendiario había impactado a la izquierda, en la cara oeste. La pintura blanca se había ennegrecido y había formado burbujas en un círculo de un metro y medio de diámetro. Gracias a que Sean había reaccionado rápidamente, el fuego no había tenido tiempo de propagarse y, por lo que pude ver, no había llegado a quemar la madera del interior.

Profundamente aliviado, me aparté un paso de la fachada y reparé en el estado de los parterres. Los bomberos habían pisoteado varias azaleas y tendría que poner plantas nuevas. Agradeciendo que los daños no fueran tan terribles, me retiré a la sombra del porche para llamar a mi agente de seguros y a la biblioteca de la universidad para avisar de que no iría a trabajar. Tuve suerte con esta última llamada porque mi amiga Melba, la secretaria del director, no estaba en la oficina y me saltó el buzón de voz, así que dejé un mensaje diciendo que no me encontraba muy bien y que me quedaba en casa. Mi compañera no tardaría en enterarse de la verdad y en esos momentos no me apetecía pasarme una hora al teléfono mientras me freía a preguntas para sonsacarme hasta el último detalle.

A la hora del almuerzo, ya habían venido mi agente de seguros y un compañero de instituto que tenía una empresa de reparaciones domésticas al que llamé para que me diera un presupuesto y un plazo aproximado de lo que le costaría arreglar el estropicio. Tras ver los desperfectos, me dijo que podría arreglarlos en dos semanas y me pareció razonable.

Almorcé solo, con permiso de Diesel. Laura daba una clase y Sean la había acompañado en calidad de guardaespaldas. Stewart y Justin, por su parte, también tenían clase, y Dante se marchó con Stewart. El perro ya estaba acostumbrado a acompañar por el campus a Stewart, quien aseguraba que se comportaba con creces mejor que cualquiera de sus alumnos.

Mientras me relamía con la ensalada de pollo de Azalea, una versión propia que incluía rodajas de uva y nueces, Diesel maullaba de vez en cuando para mendigar un poco de pollo. Una vez encauzados los asuntos más pedestres, o sea, seguro y reparaciones, fui capaz de concentrarme en la amenaza que se cernía sobre Laura.

Estuve tentado de plantarme en la comisaría hasta que me dejaran ver a Kanesha, ansioso por descubrir si había leído la despiadada carta de Lawton sobre la obra de Ralph Johnston. Por otro lado, estaba también el asunto de la aventura de Lawton con Magda Johnston, de la que suponía que Kanesha ya estaría al corriente.

¿Y qué pasaba con Damitra Vane? Los correos electrónicos a los que habíamos accedido arrojaban una repugnante luz sobre la relación de Lawton con ella y, por lo que había visto hasta la fecha, Damitra tenía mala uva, como habría dicho mi difunta madre. La veía capaz de matarlo en un arrebato de furia por aquellas obscenidades ofensivas. Si de verdad estaba convencida de que Lawton estaba enamorado de ella, quizá enterarse de su verdadera opinión la habría desnortado.

Cuanto más vueltas le daba, más me convencía de que tenía que ir a hablar con Kanesha cuanto antes.

Recogí la mesa y me lavé las manos.

—Venga, muchacho —le dije a Diesel—. Nos vamos de visita a la comisaría del condado.

Diesel fue directo a la puerta trasera y se detuvo bajo el perchero de la pared del que colgaban su arnés y su correa. Sabía lo que significaba «vamos» y sonreí mientras me agachaba para colocarle el arnés.

Tenía la mano en el picaporte cuando sonó el timbre de la puerta principal. Vacilé, Azalea iría a abrir y yo podría escabullirme y marcharme a la comisaría, pero mi sentido común se impuso y decidí abrir yo mismo. Diesel me acompañó a la entrada y me di cuenta de que aún llevaba la correa. Cuando me asomé por la mirilla, Kanesha volvía a apretar el timbre con gesto ceñudo.

Abrí la puerta y me hice a un lado.

—Buenas tardes, inspectora, estaba a punto de salir para ir a verla. —Kanesha entró y cerré la puerta a su paso—. Vamos a la cocina. ¿Le apetece tomar algo?

Me giré y eché a andar por el pasillo, esperando que me siguiera.

—Señor Harris, esto no es una visita de cortesía.

Algo en su tono de voz me dio mala espina. Me volví hacia ella.

—¿Qué ha pasado?

—Damitra Vane está muerta.

CAPÍTULO TREINTA

—¿**M**uerta? —Repetí la palabra tratando de encontrarle sentido. A mi lado, Diesel gorjeó, angustiado por aquella tensión repentina. Le acaricié la cabeza—. ¿Ha sido un asesinato?

Kanesha asintió.

—Esta vez no hay duda.

Me quedé mirándola un momento. Luego giré hacia la cocina.

—Necesito sentarme.

Diesel me acompañó al trote. No miré atrás para ver si Kanesha nos seguía. Una vez en la silla, me di cuenta de que me temblaban las piernas. Diesel se acurrucó contra mí, le acaricié el lomo y le susurré palabras cariñosas. Entre tanto, mi cerebro intentaba buscarle una explicación al asesinato de aquella pobre mujer.

—¿Qué está pasando aquí? —La voz de Azalea me sacó de mi ensimismamiento—. ¿Se puede saber qué le has dicho al señor Charlie?

En cualquier otro momento, me habría hecho gracia ver a Kanesha con una expresión entre avergonzada e irritada, azotada por la furia de Azalea.

—Estoy trabajando, mamá. —Kanesha alzó la cabeza y sostuvo la mirada acusadora de su madre—. Tengo un asunto que resolver con el señor Harris.

Azalea resopló ridiculizando a su hija:

—Pero eso no quiere decir que vengas aquí y me lo disgustes. Míralo, el pobrecito está blanco como un fantasma. —En tono solícito, dictaminó—: Señor Charlie, necesita un reconstituyente que le levante el ánimo. ¿Le queda por ahí un poco de *brandy* de Navidad?

Sonreí, con la esperanza de relajar los ánimos.

—Gracias, Azalea, estoy bien. Lo que me ha comunicado Kanesha, digo... la inspectora Berry, me ha dejado petrificado. Solo es eso.

El pobre Diesel estaba ovillado bajo la mesa, con la cabeza apoyada sobre mis pies. En realidad, no me faltaban ganas de hacer lo mismo, no era plato de gusto ser la manzana de la discordia entre aquellas dos mujeres.

—Necesito hablar con el señor Harris a solas. —Kanesha esperó, pero Azalea no se movió—. Mamá, haz el favor.

—Avíseme si necesita algo. —Azalea me lanzó una mirada penetrante antes de salir de la cocina; al cabo de un momento, la oí subir lentamente las escaleras.

Me costó atreverme a mirar a Kanesha. En realidad me daba lástima, tenía que ser humillante tratar con su madre en aquellas circunstancias. No hacía mucho, Azalea me había confiado que nunca le había parecido que el trabajo de policía fuese adecuado para su hija y que ella hubiera preferido que estudiase medicina, pero su hija estaba resuelta a seguir su camino. Eso me llevó a plantearme si Kanesha habría estudiado medicina o incluso derecho si su madre no hubiera intentado empujarla en una dirección determinada. Azalea tenía una de las personalidades más enérgicas que he conocido. De haber crecido en otras circunstancias, probablemente ahora dirigiría alguna empresa del *Fortune 500*.

Por lo que había visto, Kanesha era tan testaruda y obstinada como su madre e infería que su relación debía ser, cuanto menos, difícil.

Me arriesgué a mirarla. Su expresión era tan pétrea como siempre.

—Por favor, tome asiento, inspectora. —Le señalé una silla—. ¿Qué desea? ¿O solo ha venido a informarme de la muerte de la señorita Vane?

Kanesha se sentó antes de contestar y sacó libreta y bolígrafo del bolsillo:

—Quiero la relación de los hechos de anoche.

En ese momento, si hubiera puesto un trozo de carne a su lado, la habría enfriado. No iba a servir de nada sacarla de quicio.

Asentí y me tomé un momento para aclararme las ideas antes de responder. Bajo la mesa, Diesel murmuró y cambió de postura. Intenté tranquilizarlo frotándole el costado con el pie y se calmó.

—Me fui a la cama antes que los demás, menos Laura, que se acostó la primera. Por la noche, Sean salió al porche a fumar y se quedó dormido en la butaca.

Narré el resto de los acontecimientos mientras Kanesha garabateaba en su cuaderno sin mirarme. Cuando terminé, se quedó un momento concentrada en sus notas:

—Aún tengo que contrastar ciertos hechos, pero diría que están todos libres de sospecha. Al menos en relación con la muerte de la señorita Vane.

¿Había lanzado esa última declaración solo por malicia?

—Lo más probable es que la misma persona que esté detrás de este asesinato sea la misma que mató a Lawton, ¿no? —pregunté.

Si no, no tenía ni pies ni cabeza. Kanesha se dignó a apartar la mirada del papel y no me molesté en ocultar mi indignación.

—Es probable, pero los métodos fueron muy diferentes. A la señorita Vane la degollaron. Estaba casi decapitada...

Una imagen espeluznante cristalizó en mi mente y sacudí la cabeza en un vano esfuerzo por disiparla.

—Qué horror...

—Usted lo ha dicho.

Kanesha se puso de pie y la miré fijamente.

—¿Por qué dice que quedamos fuera de las sospechas de asesinato?

—Cuando la camarera del hotel la encontró, a eso de las nueve de la mañana, llevaba muerta unas siete horas, más o menos, según la estimación preliminar.

—Mientras aquí lidiábamos con los bomberos y la policía.

Kanesha asintió.

—Es posible que alguien se escabullese durante la confusión. El hotel queda cerca de aquí y se podría llegar rápido de una carrera. No obstante, no pienso que eso sucediera. El autor del crimen tendría sangre encima o se habría cambiado de ropa. ¿Notó usted algo así?

—Desde luego que no.

Por muy aturdido que estuviera, si alguien hubiese desaparecido durante tanto tiempo me habría percatado. Además, desde que llegaron los bomberos hasta que se fueron, permanecimos todos juntos, primero en el patio delantero y luego en la cocina, pensé. Le trasladé mis reflexiones a Kanesha, que asintió de nuevo.

Cuando se disponía a marcharse, formulé la pregunta que tenía para ella:

—¿Encontró su perito informático alguna prueba de manipulación de la memoria de Lawton?

La inspectora se volvió lentamente hacia mí con una expresión indescifrable:

—No.

Dio media vuelta, salió de la cocina y no me molesté en acompañarla a la puerta.

Qué mujer más frustrante. Suspiré, preguntándome si la conversación hubiera sido distinta de haber tenido lugar en la comisaría. Aquí habíamos estado más tranquilos, pensé, mejor para los nervios de ambos.

Lamentaba la muerte de la pobre Damitra Vane, pero me había quitado un gran peso de encima al enterarme de que todos estábamos fuera de las sospechas de Kanesha y de que la memoria estaba limpia, por así decirlo.

No tenía muchas ganas de poner a Laura al corriente de la muerte de su antigua compañera y rival. Aunque no era precisamente santo de su devoción, sabía que sería otro batacazo. Miré el reloj. Eran casi las dos y no esperaba a Laura ni a su guardaespaldas hasta pasadas las cinco. La noticia podía esperar hasta entonces, pues dudaba que se enteraran por otra fuente antes de llegar a casa.

Aquella la mañana, antes de marcharse, Sean me había dicho que había terminado de imprimir los archivos de Lawton y me había dejado los papeles en el estudio. Me pareció un buen momento para profundizar en busca de más pruebas, pensando que ahora que Damitra Vane estaba eliminada (me estremecí por aquel juego de palabras involuntario), Ralph y Magda Johnston se colocaban automáticamente en el punto de mira.

—Vamos, muchacho. —Diesel salió de debajo de la mesa, me miró, maulló y le acaricié la cabeza—. Lo sé, amigo, la tensión se podía cortar con un cuchillo... Pero ya se ha ido, podemos estar un rato tranquilos.

Me di cuenta de que el gato aún llevaba puesto el arnés y se lo quité antes de ir al despacho, gesto que Diesel me agradeció con un gorjeo.

El despacho ocupaba la habitación contigua al salón que quedaba al fondo del pasillo y era más que nada mi biblioteca personal. Las paredes estaban repletas de anaqueles. Algunos ya estaban instalados antes de que me mudara a esta casa y el resto los añadí yo, o, mejor dicho, los operarios de mi excompañero de clase, el de la empresa de reparaciones. Era la guarida donde me refugiaba cuando quería rodearme de la calidez y satisfacción que me proporcionaban mis libros.

A Diesel le gustaba el despacho tanto como a mí. Tenía su sitio especial: una vieja manta de punto, que había tejido mi esposa, extendida sobre un viejo sofá de piel sobre el que se tumbaba a dormitar en un extremo, mientras yo me sentaba en el otro, con los pies apoyados en un cojín, para leer o, con más frecuencia, tenía que reconocerlo, echar alguna cabezada.

Mientras Diesel jugueteaba con la manta y la acomodaba a su gusto, encendí un par de lámparas y me acerqué al escritorio para examinar los papeles que me había dejado Sean. El primer montón parecía ser la correspondencia, el segundo era obviamente la obra que Lawton estaba escribiendo antes de morir y el tercero, mucho más pequeño, parecía contener apuntes sobre temas variados. Les eché un vistazo somero, pero nada captó mi atención.

De pronto recordé el extraño comentario que Lawton le había hecho a Laura: «La clave está en la obra».

¿Cómo me había olvidado? Me llevé el fajo de papeles al sofá. Diesel ya estaba tumbado, casi adormilado, cuando me acomodé en el hueco que me había dejado y empecé a leer. Notaba las patas traseras y la cola de Diesel contra mí de vez en cuando, pero ya estaba acostumbrado y las interrupciones pararon en cuanto se quedó dormido.

Estuve leyendo durante un buen rato tratando de entender la obra. Aunque las escenas y los actos estaban numerados de manera secuencial, me parecían inconexos, como si Lawton hubiera escrito dos obras en lugar de una. La calidad de la escritura era también dispar, en algunas partes reconocía al escritor brillante que Laura tanto defendía, mientras que en otras... La palabra más amable que se me ocurre puede ser «flojo». Me desconcertaba cómo podía oscilar entre las banalidades y las genialidades.

Entre los fragmentos mejor escritos, las escenas captaron mi atención por una razón aún más importante que su calidad literaria: si Ralph o Magda Johnston lo hubieran leído, podrían haber asesinado a Lawton para evitar que llegara a los ojos de nadie más y, por supuesto, para impedir que la obra se representara.

CAPÍTULO TREINTA Y UNO

La obra sin título de Lawton tenía ecos de *¿Quién teme a Virginia Woolf?*, aunque los personajes de Rafe y Maggie eran a todas luces propios y no tibias imitaciones de George y Martha. Con todo, estaba clarísimo que la obra era una novela en clave. No me costó reconocer a Ralph y Magda Johnston en el cruel retrato que Lawton esbozaba de ellos y de su turbulenta relación, y eso que apenas los conocía.

¿De verdad el dramaturgo pensaba que podría producir esa obra sin que lo demandasen por difamación?

Como bien sabía, Lawton era arrogante, pero esa idea era simple y llanamente una estupidez.

Además de constituir un motivo de peso para cometer un asesinato.

También había retratos poco halagüeños de personajes secundarios, como Sarabeth Conley, apenas disfrazada de Sally Conway, aunque Lawton reservaba la mayor parte de su hiel a los personajes principales.

Cuando Kanesha lo leyera, centraría sus pesquisas en los Johnston. ¿Qué motivo más convincente podría encontrar la inspectora?

Entonces me acordé de Damitra Vane.

¿Qué razón podrían tener los Johnston para matarla?

La respuesta obvia era que Damitra Vane sabía o había visto algo que podía implicar directamente al matrimonio.

¿Los Johnston habrían perpetrado los asesinatos a cuatro manos? Daba por hecho que era Ralph quien estaba detrás de la muerte de Damitra Vane, pues imaginaba que Magda carecía de la fuerza necesaria para degollar a Damitra sin que esta opusiese resistencia.

Visualicé otra imagen repugnante: Magda Johnston ayudando a su marido mientras este blandía el cuchillo con expresión fiera.

Me entraron ganas de vomitar, pero me concentré en respirar hondo y la sensación se desvaneció.

Saqué el móvil, dubitativo, pero me decidí a marcar rápidamente el número de la comisaría.

Probablemente Kanesha me echaría la bronca por llamar, pero debía asegurarme de que leyera la obra, sin dilación.

Esperé a que la operaria me pasara con Kanesha. La música enlatada sonó en mi oído durante casi cuatro minutos antes de que la inspectora se pusiera al teléfono.

—¿Qué desea, señor Harris? Estoy hasta arriba.

A juzgar por su tono de voz, yo ocupaba el último puesto en la lista de personas con las que le apeteciera hablar, pero no me dejé amilanar.

—¿Ha tenido tiempo de leer alguno de los archivos de Lawton?

Kanesha replicó:

—Sabemos que alguien ha copiado el contenido de esa memoria antes de que la señorita Harris me lo entregara. Debo decirle que me sorprende que haya tardado tanto en comentármelo.

En ese punto, no tenía sentido amohinarme.

—A mí lo que me sorprende es que esta mañana no nos haya amenazado con ponernos ninguna demanda.

—Todavía puedo hacerlo, señor Harris. El caso sigue abierto.

La diversión y la frialdad de su tono me bajaron un poco los humos, aunque debería haberme esperado una salida por el estilo. Kanesha tenía la sartén por el mango y saboreaba su ventaja.

—Volviendo a mi pregunta... —Intenté no parecer impaciente ni irritado—. ¿Ha leído algún archivo?

—Sí, algo he leído. ¿En qué debería fijarme?

—En la obra, en el texto que estaba trabajando con los estudiantes del taller.

—¿Qué pasa con la obra?

El tono de voz de Kanesha seguía dándome la sensación de que algo le hacía gracia. ¿Estaba intentando deliberadamente hacerme perder los nervios? Tras una breve reflexión, concluí que probablemente sí, pero no pensaba darle esa satisfacción.

—Laura nos contó que, durante la última conversación que mantuvo con Lawton, dijo algo... Bueno, una cita de Shakespeare, en realidad: «La clave está en la obra». Es de *Hamlet,* y la cita completa dice así: «La clave está en la obra, y con ella atraparé la conciencia del Rey».

—He leído *Hamlet,* señor Harris. Lo estudiamos en clase de Lengua en el último curso del instituto.

—Entonces confío en que verá usted la relevancia. La obra de Lawton tiene que ser importante. Es un claro motivo de asesinato.

Pese a mis buenos propósitos, estaba empezando a perder la paciencia.

—Soy perfectamente consciente de la relevancia que puede tener esa cita. De hecho, he leído algunas páginas de la obra y estoy planteándome cómo encajarla en mis pesquisas. Bueno, ¿hay algo más que quiera decirme?

—No, solo era eso.

Punto para el equipo Berry. La inspectora me había puesto en mi sitio.

—Gracias por concederme su tiempo.

—Siempre encantados de escuchar a la ciudadanía.

La línea me devolvió un chasquido cuando la inspectora colgó y terminó la llamada. Volví a guardarme el móvil en el bolsillo y miré a Diesel, que me observaba con la cabeza levantada y los ojos parpadeantes. Mi gato maulló.

—Soy un idiota, muchacho, supongo que ya te habrás dado cuenta. No sé por qué me meto donde no me llaman...

Suspiré acariciando el costado del gato, que volvió a maullar antes de abandonarse a unos lánguidos estiramientos con los que acabó panza arriba y con la cabeza torcida en un ángulo que, a mis ojos, era doloroso. Era el bibliotecario que llevaba dentro, zanjé, la parte de mí que siempre quería ayudar a los demás a encontrar la información que necesitaban. No era un entrometido, desde luego que no.

No tenía sentido darle más vueltas. Me planteé ir a la cocina a picar algo, pero cuando consideré la idea con más detenimiento, supe que en realidad no tenía hambre, que no era más que una reacción al estrés, así que opté por agarrar el manuscrito y retomar la lectura.

Tuve que reprimir más de un bostezo porque la parte «floja» de la obra amenazaba con dormirme. Al leer el fragmento que había visto interpretado en escena hacía solo dos días, no pude sino maravillarme ante aquel compendio de lugares comunes. Me costaba conciliar la asombrosa diferencia de calidad entre la historia de Rafe y Maggie y la saga de la familia Ferris.

La trama de los Ferris giraba en torno a la ira contra el patriarca por negarse a ayudar a su hija menor, Sadie, a salir de apuros. Lisbeth, la hermana mayor, con edad suficiente como para ser la madre de la susodicha, se enfurece tanto con su padre que empieza a planear su muerte. Discute diferentes métodos con Sadie, que parece odiar a su progenitor con toda su alma. Había otro personaje cuya función se me escapaba, una niña llamada Connie que aparecía y desaparecía. Esta historia terminaba antes de que Lisbeth o Sadie llevaran a cabo ninguno de sus planes para asesinar al anciano señor Ferris.

Dejé a un lado el último folio y me recosté en el sofá. Notaba los ojos un poco cansados y me di cuenta de que también tenía sed, pero no encontraba fuerzas para levantarme. La falta de sueño me estaba pasando factura. Decidí quedarme un poco en el sofá para relajarme, ocuparme después de saciar mi sed y al fin abordar el resto de los archivos de Lawton.

Al cabo de un rato, unos ruidos en el pasillo me despertaron. Me incorporé y me masajeé el cuello, dolorido por haber dormido en mala postura. Necesitaba agua y una aspirina, en ese orden. Diesel seguía tumbado en el sofá a mi lado, pero se movió cuando me levanté. Me contagió su bostezo.

—Venga, muchacho, vamos a beber algo.

Diesel gorjeó, se estiró, bajó del sofá y echamos a andar hacia la cocina, donde nos encontramos a Sean y Laura sentados a la mesa tomando sendos tés helados. A pesar del cansancio, veía a mi hija relajada y sentí una punzada de remordimiento al recordar los acontecimientos del día y caer en que me disponía a alterar su estado de ánimo.

—Hola, papá —dijo Sean haciendo amago de levantarse de la mesa—. ¿Te preparo algo de beber?

Laura me saludó también.

—Gracias, Sean, ya me sirvo yo.

Diesel hizo una parada técnica para dejarse acariciar y desapareció en dirección al lavadero, ante la expresión divertida de Laura y Sean.

—¿Cómo te encuentras, cielo? —pregunté mirando a mi hija mientras me servía un gran vaso de agua de la jarra de la nevera.

Estaba haciendo tiempo, las malas noticias podían esperar un poco más.

—Cansada, pero por lo demás bien. —Laura sonrió antes de dar otro sorbo—. No se puede decir que hoy haya hecho gran cosa... Los alumnos solo querían hablar de la muerte de Connor. —Se pasó una mano por el pelo y se lo dejó artísticamente despeinado.

—Normal —dijo Sean—. Puede que sea lo más emocionante que les ha pasado en la vida.

—Tampoco hace falta ser tan crudo... —dije, sentándome al otro lado de la mesa.

—Las cosas como son —respondió Sean encogiéndose de hombros.

—Lamentablemente sí. —Laura frotó el borde del vaso con el índice, como hipnotizada—. Connor no hizo precisamente esfuerzos para ganárselos.

Me resultaba difícil imaginar a Lawton tomándose la molestia de ganarse a nadie, a menos que fuera alguna mujer a la que pretendiera llevarse a la cama.

Me detuve a sopesar esa idea, pero, al mirar a mi hija, me di cuenta de que no era una línea de pensamiento provechosa.

—¿Y tú qué has hecho hoy, papá? —preguntó Sean.

—Tratar con el agente de seguros y con el de la empresa de reparaciones, para empezar. —Les hice un rápido resumen de aquellas conversaciones y, al terminar, decidí que no podía aplazar más lo de Damitra Vane—. Kanesha Berry ha venido a hablar conmigo.

—¿Tenía más preguntas? —Laura levantó la vista del vaso y me miró.

—Sí, pero también tenía una noticia que darme. Una noticia bastante espeluznante, de hecho. —Titubeé—. Es sobre Damitra Vane... Está muerta.

Laura dejó escapar un grito ahogado y su mano salió disparada, volcando el vaso en su trayectoria. Apenas quedaba líquido y Sean se apresuró a coger una servilleta de papel para secar la mesa.

—¿Cómo? ¿Qué ha pasado? —Laura ni siquiera pareció percatarse de que había derramado el té. Su mirada angustiada se centró en mí.

—La han asesinado —dije con el mayor tacto que pude—. Sucedió ayer por la noche, mientras aquí lidiábamos con el fuego.

Esperaba que ninguno de los dos hiciera más preguntas. Quería ahorrarle a Laura el máximo número de detalles, al menos de momento. Laura inclinó la cabeza y Sean y yo intercambiamos miradas de consternación. Me acerqué a ella y le tomé las manos. Cuando levantó la cara, le brillaban las lágrimas.

—Podía sacarme de quicio, pero no se lo merecía...

La voz de Laura apenas era más audible que un susurro.

—No, no se lo merecía. —Le apreté ligeramente las manos—. Siento mucho darte una noticia tan terrible, tesoro. Aunque no te sirva de mucho consuelo, Kanesha descubrirá al culpable y le hará pagar por ello.

—Una pelma con menos cerebro que una mosca... —Las palabras de Sean podrían haber servido de epitafio, triste, pero probablemente atinado—, pero no se lo merecía.

Laura me soltó las manos y aceptó el pañuelo que Sean le ofreció. Se secó los ojos y se levantó.

—Creo que voy a tumbarme un rato, si no os importa.

Cuando quiso devolverle el pañuelo a su hermano, este negó con la cabeza y Laura se lo guardó en el bolsillo.

—Por supuesto que no. Tú descansa, ya te avisaremos cuando esté la cena. —Oí un maullido, Diesel volvía del lavadero—. Y por aquí viene Diesel. ¿Por qué no te lo llevas?

No hizo falta insistir. El gato fue directo hacia Laura y se restregó contra sus piernas. Mi hija sonrió.

—¿Te vienes conmigo arriba?

Diesel gorjeó y la siguió fuera de la cocina. Sean estaba sentado con una oreja inclinada en dirección al pasillo y los ojos clavados en mí. Al cabo de un momento, quizá después de asegurarse de que Laura estaba suficientemente lejos como para no oírnos, dijo:

—¿Qué es lo que no nos has contado, papá? Te estabas guardando algo.

Asentí en silencio.

—No quería que Laura se llevara más disgusto del necesario. De todas formas, se enterará pronto... La han degollado. Estaba casi decapitada, según Kanesha.

Me estremecí al rememorar la imagen en mi cabeza. Sean parecía sentir la misma revulsión que yo en esos instantes... No cruzamos palabra durante un buen rato.

—Laura debería quedarse en casa hasta que acabe todo esto. —Las manos de Sean se apretaban y se soltaban mientras hablaba—. O tendríamos que enviarla a algún lugar donde no corriera peligro, a la Tierra del Fuego o algo así.

—¿De verdad te la imaginas prestándose a cualquiera de esas dos cosas? —Negué con la cabeza—. Por mucho que esté de acuerdo contigo, sé que tu hermana nunca lo aceptará.

—No, tienes razón... —Sean suspiró—. Pero alguien va a tener que ser su sombra fuera de casa. —Y, con una risa amarga, añadió—: Hoy la he tenido esperándome a las puertas del aseo de hombres cada vez que he ido al baño. No le ha hecho ninguna gracia, te lo aseguro.

—No, ya me imagino. Tal vez deberíamos acompañarla los dos.

—O eso, o descubrir al asesino de una puñetera vez y terminar con esto cuanto antes.

CAPÍTULO TREINTA Y DOS

—No es mala idea —dije—, pero no creo que sea necesario.

—¿Por qué no? —Sean frunció el ceño—. ¿Has averiguado quién es el asesino?

—Creo que sí.

Le conté a grandes rasgos el argumento de la obra de Lawton, la historia de Rafe y Maggie.

—Ahí hay motivos de sobra, aun cuando Lawton no hubiera tenido una aventura con Magda Johnston.

—En eso estoy de acuerdo. Pero la obra solo puede considerarse un motivo si alguno de los Johnston, o ambos, conocían de antemano el argumento.

—Cierto —dije—. Ya lo he pensado y, la verdad, creo que con Ralph, en concreto, habría motivos incluso si no conocía previamente la obra.

—De acuerdo. —Sean lo sopesó un instante—. Además, quién dice que Magda Johnston no husmeó en el ordenador de Lawton en algún momento.

—O Damitra Vane, para el caso. Me pregunto qué sabía, o qué vio, tal vez, y la puso en peligro. Quizá leyó la obra e hizo algún comentario que alertó a los Johnston.

—Es posible —dijo Sean—. Pero ¿sabes si los conocía? Si no, no veo qué razones podían tener para deshacerse de ella. ¿Por qué iban a sentirse amenazados por alguien a quien no conocían?

—Tienes razón.

Me quedé cavilando. Algo me rondaba en la cabeza, algo relacionado con Damitra Vane... ¿Qué era? Sean aguardó en silencio, sin duda para no desconcentrarme. De pronto, la imagen de un pendiente de oro me iluminó como un fogonazo.

—Damitra Vane visitó a Lawton antes de morir. Encontraron su pendiente debajo del cadáver.

—Sí... —dijo Sean—. ¿Y eso cómo la conecta con los Johnston?

—Quizá no haya ninguna conexión —reconocí—. Pero si se dio cuenta de que se había dejado el pendiente y volvió al apartamento de Lawton, tal vez entonces fue testigo de algo que comprometía a los Johnston. Quizá los vio salir de su apartamento, y también la vieron. No era fácil que pasara desapercibida.

—De nuevo, es posible —Sean frunció el ceño—. Todavía hay demasiados «quizás» en el aire. Habrá que atar cabos, y supongo que Kanesha Berry será quien se encargue de hacerlo.

—Sin duda lo hará —dije, encogiéndome de hombros—. Ha leído al menos una parte de la obra. La llamé para contárselo.

—Déjame adivinar: está encantada de contar con tu ayuda —Sean enarcó una ceja con gesto cómplice.

—Tan encantada como de costumbre. —Me aparté de la mesa y fui a la nevera—. Es hora de pensar en la cena. No sé tú, pero yo necesito olvidarme de asesinatos, y además tengo hambre.

—¡Estupendo! —exclamó Sean con una carcajada—. ¿Qué hay que hacer?

Como era de esperar, encontré una nota de Azalea en la puerta de la nevera.

—No mucho. Hay asado en el horno, con patatas y zanahorias, y judías verdes en la olla. Solo falta calentarlo.

—¿Quieres cenar ya? —Sean echó una ojeada al reloj—. Son las cinco y media. Un poco temprano.

—Sí, supongo. Tengo hambre, pero puedo esperar. Démosle a Laura una hora más de margen, y cenamos sobre las seis y media.

—Me parece un buen plan —Sean se levantó y se estiró—. Mientras, creo que iré a ponerme al día con el correo electrónico. Estaré atrás en el porche, si me necesitas.

Asentí con la cabeza y desapareció, probablemente a buscar el portátil y un puro del humidificador que guardaba en su cuarto.

A pesar de mis nobles intenciones para postergar la cena, seguía teniendo hambre. Miré en el cajón de los fiambres de la nevera y encontré uno de esos quesitos individuales que tanto me gustan. Con uno me conformaría hasta la hora de cenar.

Lo desenvolví, le quité la cáscara de cera y tiré los restos a la basura. Mordisqueando el quesito, regresé al estudio con la intención de seguir examinando los expedientes de Lawton. Ahora estaba bastante convencido, quizá en contra de toda lógica, de que uno de los Johnston, o ambos, eran culpables de doble asesinato. Debía de haber más pruebas, aunque no tenía muy claro cuáles, en el resto de los archivos. No perdía nada por echarles un vistazo.

Me metí en la boca el último trozo de queso mientras recogía la pequeña pila de papeles que parecían ser una miscelánea de notas de diversa índole. Cuando me acomodé en el sofá, eché una ojeada hacia un lado, como si esperara ver a Diesel allí, en su lugar de costumbre. No estaba, por supuesto, y de repente el sofá se me antojó mucho más grande. Sonreí. Mi gato se las arreglaba para apropiarse de casi todo el espacio cuando se tumbaba, pero decidí que prefería estar apretujado con él a estar solo.

Supuse que las dos primeras páginas eran divagaciones sueltas que Lawton anotaba, ideas para otras obras o escenas de la obra en marcha. En una línea ponía simplemente «Rolf - Rafe - Rory - Rand - Rich - Rick». Posibles nombres que barajó para el personaje que acabaría siendo Rafe, tal vez. Otras notas eran más crípticas, como «aparador» con un signo de interrogación, o «registro de arresto». No les vi ningún sentido.

Tras un par de páginas más de palabras así de aleatorias —aleatorias para mí, al menos—, encontré algo que me trajo un recuerdo a la memoria. Lawton había anotado «Rosemary 1744», y recordé que esa era la dirección de la casa de los Johnston, donde se celebró la fiesta a la que yo había asistido con Laura. ¿Qué pintaba allí, entre tantas otras notas? Parecía un lugar extraño para anotar una dirección.

Pasé la página. Más notas crípticas. Las letras «GdA», seguidas de varias series de números, como «1-84321» o «1-84323». Escudriñé el folio. Había aproximadamente una decena de estas cifras antes de un nuevo encabezado, en mayúsculas, «MCA», con varias series de números a continuación.

Me quedé mirando el papel, tratando de entender qué podían significar. No se me ocurrió nada, así que pasé a la página siguiente. Encontré otras notas que me parecieron un galimatías: palabras como «bañera», «tobillos» y «moratones» con un signo de interrogación. Más adelante vi lo que sin duda era un nombre, «R. Appleby», seguido de números que identifiqué como un número de teléfono local después de observarlo un momento.

«Appleby —pensé—. ¿De qué me suena?».

Por supuesto, aquel reportero del periódico municipal, Ray Appleby. ¿Por qué Lawton tendría su nombre y número? Tal vez estaba buscando a un relaciones públicas para dar difusión a su obra y de paso darse bombo. Podía verlo granjeándose las simpatías de Appleby, esperando que le hiciera un perfil en la *Gaceta*. Cualquier cosa con tal de llamar la atención.

Ahora sí que era el centro de atención. Nacional, y puede que incluso internacional. Evidentemente, su reputación como dramaturgo atraía a los medios de comunicación de todas partes.

Bien mirado, ¿no era extraño que Appleby no se hubiera puesto en contacto conmigo o con alguien de mi familia para hablar de la muerte de Lawton? En el pasado le había faltado tiempo para acudir a la caza de primicias en otros casos de asesinato. Quizá aún no sabía que alguien de la familia Harris estaba implicado en la investigación. Ojalá que siguiera así. Appleby parecía un tipo decente, pero cuanto menos trato me tocara tener con la prensa, mejor. Ya veía los titulares de los periódicos, en la línea de «¡Bibliotecario local se cree Sherlock Holmes!» o tonterías por el estilo.

Sonó mi móvil y lo saqué del bolsillo. Reconocí el número, era Helen Louise.

—Hola, ¿cómo estás?

—Hola, Charlie. Estoy haciendo una pausa. —Alcancé a oír el ruido de fondo, el trajín habitual de su panadería llena de clientes agasajándose—. Preparándome para la noche. Solo llamaba para decirte que acabé el anuncio para el periódico y que empezará a publicarse mañana.

—Qué excelente noticia. —Deseé que viera mi sonrisa de felicidad—. Cruzo los dedos para que consigas buenos candidatos enseguida.

—Eso sería maravilloso. No sabes qué ganas tengo de tomarme un descanso.

Oía el cansancio en su voz. Trabajaba muchísimo. Me alegré de que pronto pudiera bajar un poco el ritmo y tener más tiempo para estar juntos. Se lo dije y se rio.

—Si esto funciona tan bien como espero —dijo—, puede que te canses de tenerme siempre por ahí.

—Jamás —le aseguré.

Y con esa palabra me bastó para darme cuenta de que mis sentimientos por ella eran mucho más fuertes de lo que había querido reconocer hasta entonces. Se me hizo un nudo en la garganta y no pude hablar. Intuitiva como siempre, Helen Louise no tardó en responder.

—Lo mismo digo, *mon petit chou*.

La calidez de su voz me conmovió. Traté de corresponder con alegría.

—Nunca he entendido cómo llamar a alguien «mi pequeño repollo» acabó siendo una muestra de cariño, pero desde luego en francés suena encantador.

Helen Louise se rio.

—El francés es la lengua romántica por excelencia.

—Supongo que será mejor que empiece a repasarlo, entonces.

Aún me acordaba de flirtear, por lo visto.

—Habrá mucho tiempo para aprender, espero —dijo, con voz risueña.

—Cuanto antes contrates a alguien que te ayude, mejor.

—A ver si el anuncio en la *Gaceta de Athena* funciona como espero. Si no, quizá tenga que poner un anuncio en el periódico de Memphis.

—Buena idea —le dije.

Comentamos planes para cenar el fin de semana y charlamos un poco más, hasta que tuvo que colgar para atender a unos clientes.

Seguramente aún tenía una gran sonrisa bobalicona en la cara mientras guardaba el móvil. Miré el reloj y me sorprendí al ver que eran las seis y veinticinco. Hora de levantarse y empezar a calentar la cena.

Dejé de nuevo los papeles en el escritorio, apagué las luces y fui hacia la cocina. Pensando en la charla con Helen Louise, decidí que podría darle un empujón a su anuncio en la *Gaceta de Athena*. Hablaría con Melba Gilley, mi amiga de la biblioteca. Seguro que podría recomendarle a alguien a quien contratar, porque además conocía prácticamente a todo el mundo en Athena.

Entonces me detuve en seco. *Gaceta de Athena*. Por supuesto.

CAPÍTULO TREINTA Y TRES

Me apresuré a volver al estudio y encendí de nuevo las lámparas. Luego rebusqué en las hojas de notas hasta que encontré la que buscaba, la página encabezada con las siglas «GdA» seguidas de las series de números.

«GdA». *Gaceta de Athena*. ¿Cómo no me había dado cuenta antes?

Ojeé la página.

«MCA». *Memphis Commercial Appeal*. El periódico en realidad se llamaba *The Commercial Appeal*, pero la gente solía añadir el «Memphis».

Las series de dígitos posiblemente eran números de página con fechas. Por ejemplo, «GdA 1-84321» podía significar la primera página del ejemplar del 21 de marzo de 1984. Al echar otra ojeada a la página, me di cuenta de que el 84 formaba parte de todas las series numéricas.

¿Qué había ocurrido en 1984 que le interesaba tanto a Connor Lawton? ¿Tanto como para anotar las fechas y las páginas de los periódicos?

Los números anteriores al año 2000 de la *Gaceta* aún no se habían digitalizado, por lo que no podía acceder a ellos por internet. Tendría que comprobarlo en el *Commercial Appeal*. Así de pronto desconocía la situación de los archivos. Aunque no estuviera disponible en línea desde 1984, sabía que nuestra biblioteca pública lo tenía en microfilm. También la *Gaceta*.

La biblioteca pública cerraba a las seis, así que tendría que esperar al día siguiente para comprobar mi teoría. Entonces recordé que la última vez que vi a Lawton en la biblioteca quiso consultar números antiguos del periódico local. Aquella tarde le había dejado en la sala de microfilmes.

Cada vez estaba más seguro de mi teoría. La biblioteca abría a las nueve de la mañana, y pensaba estar allí a esa hora como un clavo.

«Bueno, a preparar la cena; o a calentarla, mejor dicho», me corregí mientras dejaba la hoja en su sitio y apagaba las luces. En la cocina, Justin y Sean ya estaban manos a la obra. Sean delante de los fogones, removiendo las judías verdes, mientras Justin ponía la mesa.

—Hola, señor Charlie —dijo Justin, levantando la vista de su tarea con una sonrisa tímida—. ¿Cómo va todo?

—Bien —dije—. Gracias por poner la mesa. —Y asentí en dirección a Sean—. Y a ti por encargarte de la comida.

—Justin está famélico, como siempre, y yo también tengo bastante hambre.

Sean sonrió cuando Justin le hizo una mueca. Sean trataba al chico como a un hermano pequeño, y yo había notado que Justin lo tenía a él en un pedestal. Incluso había mencionado últimamente la facultad de Derecho un par de veces, y yo sabía que Sean había estado hablando con él de sus tiempos de estudiante y luego como abogado mercantil en un gran bufete de Houston.

No sabía si Sean le había contado a Justin la razón por la que dejó su trabajo en Houston y se mudó a Athena. A Sean la situación aún le avergonzaba, y no habíamos vuelto a mencionarla desde que unos meses atrás me lo confesó.

—¿Quieres ir a avisar a Laura de que la cena está casi lista? —Sean volvió a remover las judías y volvió a tapar la olla—. Si no, voy yo y tú preparas el té.

—Ya voy yo —sonreí—. Subir escaleras me vendrá bien.

—No te lo niego —me lanzó Sean con una sonrisa socarrona, y Justin se rio.

—Esperad a llegar a los cincuenta —les dije—. Entonces ya me diréis.

—¡Cincuenta! —exclamó Justin, con los ojos como platos—. Dios mío, no sé si podré contar hasta un número tan alto.

Sean soltó una carcajada y los miré negando con la cabeza.

—Cuidado, a ver si os mando a la cama sin cenar.

Me di la vuelta y salí de la cocina sin esperar respuesta. Sus risas me siguieron.

Subí las escaleras a duras penas, disimulando que jadeaba ligeramente cuando llegué al rellano del primer piso. Tenía que hacer más ejercicio. O comer menos. O ambas cosas.

Suspirando, me dirigí por el pasillo hacia la habitación de Laura. La puerta estaba cerrada, llamé un par de veces y esperé a que me invitaran a entrar.

Oí un amortiguado «Adelante». Cuando abrí la puerta y entré en el cuarto, encontré a Laura sentada junto a la ventana con su portátil; más que sentada, encogida, porque por supuesto Diesel se había apretujado en el reducido espacio. El asiento del hueco de la ventana apenas tenía un metro de ancho y poco más de un palmo de profundidad, y Diesel lo ocupaba fácilmente por sí solo. Sin embargo, Laura no parecía incómoda.

—La cena está casi lista —le dije—. ¿Te encuentras mejor?

Diesel me maulló y se levantó del asiento. Una vez en el suelo, se estiró y bostezó antes de venir a saludarme.

Mientras le frotaba la cabeza, Laura respondió a mi pregunta.

—No mucho. Todavía estoy muy triste por Damitra. No hay nadie que lamente su muerte, la verdad. No creo que le quedara familia, o por lo menos nadie que tuviera trato con ella. —Suspiró mientras cerraba el portátil y lo dejaba en el suelo—. Es tan triste...

Me acerqué y me senté a su lado. Apoyó la cabeza en mi hombro y yo la rodeé con un brazo. Se acurrucó más. Permanecimos un momento así. Diesel se tendió en el suelo delante de nosotros, recostando la cabeza en las patas delanteras, como un perro, y nos miraba fijamente.

—Sí que lo es, cariño —dije con ternura—. Ojalá pudiera encontrar palabras para reconfortarte, pero cuando suceden cosas sin sentido como esta, a veces cuesta dar con el consuelo.

—Todo es una pena tan grande, papá.

Laura se incorporó, separándose de mi abrazo. Se volvió a mirarme, con la cara muy cerca de la mía y una expresión de dolor que me conmovió. Deseé con todas mis fuerzas que aquel dolor desapareciera. Sabía que esa sensación de pérdida la acompañaría y que solo la distancia del tiempo podría hacerla soportable.

Le di un beso en la frente y me puse de pie. Le tendí la mano y me la estrechó con fuerza.

—Siempre que necesites hablar, aquí me tienes.

—Lo sé.

Laura sonrió mientras se levantaba, sin soltarme la mano. Diesel se aupó, nos hizo un gorgorito, se dio la vuelta y salió trotando por la puerta.

—Creo que nos está diciendo que es hora de comer —se rio Laura suavemente—. La verdad es que tengo un poco de hambre.

—Entonces déjame escoltarte hasta abajo.

Puse su mano en el pliegue de mi brazo, y allá que nos fuimos.

Gracias a que la noche anterior había dormido mal, a las ocho y media estaba ya listo para irme a dormir. Con el estómago lleno de la deliciosa comida de Azalea, enseguida me entró el sueño y supe que me llamaba la cama. Diesel y yo nos acomodamos y leí unos minutos. Cuando se me cayó el libro por segunda vez, supe que era hora de apagar las luces y descansar.

Apenas solté el interruptor de la lámpara me quedé profundamente dormido, o esa sensación me dio cuando a la mañana siguiente me despertó la alarma del reloj. Ni siquiera había tenido que ir al baño durante la noche, y para un hombre con cincuenta y un años cumplidos eso era todo un logro. Me sentía mucho más fresco, desde luego. Retiré las sábanas y me senté en el borde de la cama.

Diesel murmuró algo, pero se quedó acostado en la cama mientras yo iba al cuarto de baño. Cuando salí para vestirme un rato después, seguía dormido.

—Vamos, perezoso —le dije—. Es hora de levantarse. No necesitas más descanso reparador.

Abrió los ojos y me fulminó con la mirada, como para reprocharme que estuviera tan vivaracho a esas horas de la mañana. Luego bostezó y se dio la vuelta para estirarse. Le acaricié la barriga y ronroneó, como si hubiera recuperado el buen humor.

Diesel y yo desayunamos a solas. Yo tomé un panecillo integral con queso fresco bajo en grasa y café, mientras que Diesel se tuvo que conformar con la comida habitual. Cuando terminé la segunda taza de café y el periódico, me senté un momento a repasar mis planes para ese día.

Sean acompañaría de nuevo a Laura al campus. No entraba hasta las diez y terminaría sobre las tres. Yo quería ir a la biblioteca pública a consultar los números atrasados de los periódicos de Athena y Memphis para comprobar si mi teoría sobre los números entre las notas de Lawton tenía algún fundamento. Si encontraba algo de interés, tampoco quería decir que estuvieran relacionados con la muerte de Lawton, pero debía averiguarlo, como querría cualquier buen bibliotecario que se preciara de serlo.

Dependiendo de lo que averiguara, llamaría de nuevo a Kanesha Berry. Aunque no me apetecía cruzar otra conversación con ella, esperaba que tal vez sería un poco más tolerante.

Seguro, y tal vez Diesel empezara a hablar francés, ya de paso.

Cuando salimos de casa a las nueve menos diez, solo había bajado Justin. Lo dejamos hojeando el periódico y comiendo unas tostadas cargadas de la mermelada casera de uva blanca de Azalea. Se me hizo la boca agua al ver la confitura, pero me armé de valor para no caer en la tentación. Tenía trabajo que hacer.

A las nueve menos tres minutos, Diesel y yo estábamos plantados pacientemente delante de la puerta principal de la biblioteca pública de Athena. Hacía una mañana ya bochornosa, notaba el sudor que me resbalaba por la espalda.

Agradecí que no tuviéramos que esperar mucho. A las nueve en punto, Teresa Farmer, la jefa del departamento de Referencias y segunda de a bordo, abrió las puertas y nos hizo pasar.

—Buenos días, caballeros —dijo con su dulce voz—. Qué placer tan inesperado.

—Buenos días a ti también —dije, y Diesel la saludó con un maullido—. Venimos a hacer un poco de investigación periodística, esta mañana.

Teresa se detuvo un momento para rascarle la cabeza al gato y luego se excusó para ir a guardar las llaves a su despacho. Diesel y yo saludamos a los demás empleados de la biblioteca con los que nos cruzamos de camino a la hemeroteca.

Le quité la correa a Diesel y la puse sobre una mesa. Mientras yo investigaba, él probablemente iría a visitar a los amigos que tenía entre el personal de la biblioteca. Sabía que allí no tenía que preocuparme por él, todos lo adoraban.

Saqué las notas del bolsillo y desdoblé la hoja. Empecé a examinar los cajones de microfilmes para encontrar los que contenían los números atrasados de la *Gaceta*. Empezaría por ahí, y luego buscaría el *Commercial Appeal*. La noche anterior, tras una rápida consulta en internet, descubrí que los archivos digitales del periódico de Memphis no empezaron hasta junio de 1990.

El primer número era el 1-84321, y si no me equivocaba, debía de tratarse de la primera página del ejemplar del 21 de marzo de 1984. Encontré el cajón correspondiente y luego el estuche. Me senté delante del lector y preparé el microfilm para la lectura. Como ya lo tenía por la mano, encontré rápidamente la página que buscaba.

Eché un vistazo a los titulares. Había una crónica de la reciente reunión del consejo municipal y un artículo sobre mejoras en las calles de la parte más antigua de la ciudad. Eran noticias comunes y corrientes, y no creí que a Lawton le interesaran. Había un pequeño titular cerca del final: «Muere el antiguo alcalde a los 83 años».

Según el breve artículo, de apenas unas frases, el octogenario Hubert Norris, que había sido alcalde de Athena durante doce años a principios de los sesenta, había fallecido en su domicilio.

Tampoco parecía un suceso muy prometedor, aunque el nombre de Norris me resultaba vagamente familiar. ¿Dónde lo había oído hacía poco?

Volví a echar un vistazo al artículo. Se mencionaba que en la familia lo sobrevivían su esposa, una hija, Sarabeth Conley, y un hijo, Levi Norris.

Por eso me sonaba. El padre de Sarabeth.

Sin duda debía de ser la noticia que le interesaba a Lawton, puesto que obviamente había conocido a Sarabeth, pero ¿a qué venía tanto interés?

CAPÍTULO TREINTA Y CUATRO

No había más detalles sobre la muerte del exalcalde Norris. El siguiente ejemplar anotado era de dos días después, el 23, que resultaba ser un viernes. Con la esperanza de obtener algo más de información, me desplacé por las páginas hasta llegar a la portada.

La muerte de Hubert Norris era el titular principal: «Trágica muerte en la familia Norris». Observé con cierta sorpresa que la noticia de primera plana estaba firmada por Ray Appleby. No me había dado cuenta de que trabajaba desde hacía tanto tiempo para la *Gaceta*.

Eso explicaba, sin embargo, por qué Lawton tenía el nombre del periodista apuntado en sus notas. ¿Habría comentado con Appleby todo esto? Iba a tener que comprobarlo con el periodista, a pesar de que no me apetecía revelar mi conexión con el asesinato de Lawton, pero tendría que hacerlo porque dudaba que Appleby se sincerara conmigo por pura bondad de corazón. Era un reportero experimentado y astuto, acostumbrado a buscar información, no a darla.

La muerte de Norris tenía un halo trágico, desde luego. Se había ahogado en la bañera de su casa. Según Appleby, una «llorosa señora Norris» confió que «a Hubert le gusta relajarse en la bañera con uno o dos vasos de *whisky*», pero añadió que «jamás había ocurrido nada semejante».

Esa última frase me dio un poco de reparo, sabiendo que la gente suele decir cosas sin sentido cuando está conmocionada o afligida.

Appleby no lo decía directamente, pero la insinuación era clara: Hubert Norris había bebido de más, se había quedado dormido en la bañera y se había ahogado. ¿Tenía problemas con la bebida?

No recordaba nada de aquella familia, aparte de que Sarabeth había sido mi niñera cuando era pequeño. Mis padres no se codeaban con los Norris, que yo supiera, ni tampoco oía la tía Dottie hablar mucho de ellos. Cuando Hubert Norris se ahogó en la bañera, yo ya estaba casado, vivía en Houston y era el orgulloso padre de un crío.

Sin embargo, tenía varias fuentes a las que consultar acerca de la historia de la familia Norris. Helen Louise estaba en Francia en el momento de la muerte de Norris, calculé, pero aun así tal vez supiera algo. Azalea y mi amiga Melba Gilley podrían rellenar las lagunas pendientes, al igual que Ray Appleby, si se avenía.

De todos modos, ¿por qué estaba Connor Lawton tan interesado en la muerte de Hubert Norris? Parecía una tragedia ordinaria, sin grandes posibilidades para un dramaturgo... A menos, por supuesto, que Lawton pensara que había algo más tras el suceso. Pero ¿qué podía haber? ¿Quizá que la muerte de Norris no hubiera sido un accidente?

«Espera», me dije.

Antes de ir demasiado lejos inútilmente por el camino de la especulación, decidí que debía comprobar el resto de las referencias a las páginas en las notas de Lawton.

Tuve que sacar varios estuches más de microfilmes de los armarios, incluidos algunos números del *Commercial Appeal*, pero una vez leídos todos los artículos comprendí mejor el interés que Lawton tenía en la familia Norris.

Mientras leía, tomaba notas en la libreta que había traído conmigo. Cuando terminé con el microfilm, tenía los ojos cansados y el cuello un poco dolorido. Me relajé y me masajeé las cervicales mientras repasaba mis notas.

Ray Appleby, informando del fallecimiento de Hubert Norris, escribió que se iba a abrir una investigación oficial sobre la muerte del exalcalde. El protocolo habitual, supuse, en el caso de una muerte accidental, sobre todo de un ciudadano prominente.

Había varios artículos breves sobre la investigación, y uno sobre el funeral. Evidentemente, el acontecimiento atrajo a ciudadanos ilustres de los condados vecinos, e incluso a un antiguo gobernador y varios legisladores estatales. Hubert Norris había sido un personaje conocido en los círculos políticos, aunque el cargo más alto que había ocupado era la alcaldía de Athena.

Las noticias se iban espaciando y cesaban a finales de junio. Los detalles de la investigación eran escasos, pero por lo que deduje, la policía y la comisaría del condado acabaron conformes con el veredicto de muerte accidental.

¿Por qué la investigación se había prolongado durante tres meses? Me parecía extraño. A menos que ambos departamentos tuvieran muchos otros casos abiertos, no entendía que se hubieran demorado tanto en darla por cerrada. Entonces, ¿por qué fue así? Esa era una de las preguntas que le haría a Ray Appleby, sin duda.

Los artículos apenas mencionaban nada del resto de la familia Norris. En el primero, Sarabeth aparecía con su apellido de soltera, pero en los siguientes se la identificaba como Sarabeth (señora de Jack) Conley. El hijo, Levi, al parecer era adolescente, y eso significaba que entre él y Sarabeth había bastante diferencia de edad. No se indicaba la edad de la viuda, pero tras unos rápidos cálculos, basados en la edad probable de Sarabeth, unos treinta y dos años en 1984, calculé que la señora Norris debía de ser entre quince y veinte años más joven que su marido. Tal vez siguiera viva, otro dato que podría comprobar.

Tomé nota mentalmente de revisar los obituarios en la *Gaceta*. Otro día, de todos modos, porque por hoy ya había cubierto mi cupo de hemeroteca. Más tarde empezaría con los archivos digitalizados de prensa y, si eso no daba fruto, abordaría el microfilm. Otra de las alegrías de haber superado la barrera de los cincuenta era, para mi desgracia, que se me cansaba fácilmente la vista.

Volviendo a mis notas, los dos últimos artículos de la *Gaceta* databan de finales de los ochenta y giraban alrededor de Levi Norris. Uno era simplemente una mención en los informes de los arrestos policiales que publicaba el periódico cada semana, para disgusto de las familias de los detenidos, seguro. A Levi lo habían arrestado por robo en 1988, pero no pude encontrar más detalles sobre esa detención.

El segundo era un breve artículo sobre otra detención en 1991 de Levi Norris, a la edad de veintitrés años, por asalto con lesiones. Al parecer, Lawton había interrumpido en esa fecha la búsqueda en la *Gaceta*. ¿Había encontrado todo lo que necesitaba, o quiso buscar más pero no le dio tiempo?

Sopesé la cuestión mientras cargaba el primer rollo de microfilm del *Commercial Appeal*. De este periódico había solo unas pocas referencias, y no tardé en leer las noticias. Revelaban más detalles de los roces de Levi Norris con la ley. La mayoría eran robos de poca monta o asaltos, entre los que había un incidente en Memphis que sonaba a intento de violación. No se mencionaba que Norris hubiera cumplido condena por ninguno de estos delitos, y eso también me dio que pensar.

Levi Norris parecía ser un tipo de muy dudosa reputación. Recordaba haberlo visto con Sarabeth en la fiesta de la facultad de Bellas Artes y por el campus. Parecía bastante inocuo en aquel momento, aunque decididamente un poco sórdido. ¿Se había reformado? Su historial me inquietaba. Podría haber sido el agresor de Laura, y también podría ser nuestro presunto pirómano.

Pero ¿por qué? ¿Cuál era su conexión con Connor Lawton y Damitra Vane? No tenía mucho sentido. Ralph y Magda Johnston me seguían pareciendo sospechosos más probables.

Apagué el lector y volví a colocar los estuches de los microfilmes en el armario. Podría haberlos dejado en la cesta para que alguien del personal se encargara de archivarlos de nuevo más tarde, pero preferí no dar trabajo adicional a nadie.

Encontré a Diesel en el mostrador de préstamos y referencias con Teresa y otro empleado. Charlamos unos minutos, hasta que otros usuarios se acercaron a solicitar alguna petición. Diesel y yo nos despedimos de nuestros amigos y nos dirigimos a casa.

Saludé de lejos al policía de guardia en el coche patrulla apostado delante de la acera mientras aparcaba. Agradecía que estuviera allí. Había hecho todo lo posible por no dejar que me afectara aquel incendio frustrado, pero seguía rondándome en la cabeza, a punto para ponerme los nervios de punta en cuanto permitía que aflorara a la superficie.

La casa estaba tan en calma cuando Diesel y yo entramos en la cocina que, por primera vez en mi vida, el silencio me estremeció ligeramente. Era una vivienda grande, de dos plantas más el desván, con muchos recovecos donde un intruso podría esconderse.

Diesel percibió mi inquietud. Se restregó contra mis piernas y maulló, y me di cuenta de que era una tontería preocuparme. La policía había estado vigilando la casa y no permitirían que alguien entrara a hurtadillas. Le quité la correa y el arnés a Diesel y los colgué en el perchero junto a la puerta de atrás, mientras hablaba con el gato y le aseguraba que todo iba bien. Una pequeña duda seguía acechándome, no obstante, pero hice todo lo posible por ignorarla.

Obedeciendo a un impulso, saqué el móvil y marqué rápidamente el teléfono de Sean. Contestó enseguida.

—Hola, papá. ¿Qué tal?

—Acabo de volver de la biblioteca. ¿Cómo estáis tú y Laura? ¿Dónde andáis?

—Todo bien. Estamos en su despacho. Yo leyendo, y ella corrigiendo algunos trabajos. ¿Quieres que te la pase?

—No, no te preocupes. Seguro que tiene mucho que hacer. Solo quería ver cómo iba, nada más.

«Déjate de bobadas —me dije—. Por supuesto que están estupendamente».

—¿Seguro que estás bien? Te oigo un poco raro.

—Estoy bien, de verdad —dije con toda la convicción que pude, aunque lo cierto es que todavía me sentía inquieto—. Luego te contaré lo que he averiguado en la biblioteca.

—Nos vemos sobre las tres y media, ¿de acuerdo? —dijo Sean, y colgó.

Guardé el móvil, frunciendo el ceño. ¿Por qué no conseguía sacudirme la sensación de que pasaba algo en casa? Me quedé un momento allí plantado, irresoluto. Luego me sentí aún más bobo. No iba a encerrarme en la cocina como un crío asustado hasta que llegara alguien a casa. Era ridículo.

Obligándome a vencer mis temores, fui hacia el estudio. Quería volver a enfrascarme en la obra de Lawton, ahora que sabía más sobre la familia Norris, para ver qué conexiones había en la trama con la familia Ferris. Ignoré el hormigueo que me subió por la nuca mientras me acercaba a la puerta.

Me detuve un momento en el umbral, armándome de valor para entrar. Alcancé el cordón de la lámpara del techo y la encendí.

Después de echar un vistazo a la habitación, me tranquilicé. Allí dentro no había ningún intruso merodeando.

Cogí el manuscrito de la obra y me acomodé en el sofá. Estaba a mis anchas, porque Diesel no me había acompañado. Seguramente estaba ocupado en la galería y no tardaría en llegar.

Enseguida, absorto en la obra de Lawton, me olvidé de Diesel. No fue hasta que oí unos fuertes maullidos procedentes de no muy lejos cuando me di cuenta de que habían pasado al menos diez minutos y seguía sin acudir.

Dejé los papeles a un lado y lo llamé.

—Estoy aquí, chico. Ven.

Esperé, pero los maullidos no cesaron. Fruncí el ceño. Era un comportamiento impropio en él. Entonces empezó a aullar, y ahí me asusté de veras. Me levanté del sofá de un salto y salí corriendo al pasillo.

Vi al gato cerca de la puerta principal, sentado junto a un montón de correspondencia en el que no me había fijado antes al entrar, pero evidentemente había algo en el correo que preocupaba a Diesel. Se calmó un poco cuando me acerqué, me agaché a su lado y le acaricié el lomo.

—¿Qué pasa, muchacho? ¿Qué te preocupa?

Examiné el correo. Había varias cartas, una revista y varias circulares, además de un pequeño paquete envuelto en papel de estraza. Diesel lo empujó con la pata y me miró. Maulló como diciendo: «Esto».

La dirección estaba en el dorso, así que le di la vuelta con cautela, sin saber muy bien por qué. No tenía remitente, pero era para Laura. El nombre y la dirección estaban escritos con letras recortadas de lo que parecían titulares de periódico y pegadas en el sobre. El matasellos era local y el franqueo parecía excesivo. No se veía muy pesado, así que no entendí para qué hacían falta tantos sellos.

Diesel me embistió la pierna con la cabeza y volví a dejar el sobre en el suelo. Maulló de nuevo y con un escalofrío comprendí lo que intentaba decirme.

Con las manos temblorosas, giré la llave, abrí la puerta y apremié a Diesel para que saliera delante de mí. Cerré de un portazo y eché a correr por el sendero, gritando y haciendo gestos al coche patrulla que había delante de la casa.

CAPÍTULO TREINTA Y CINCO

El agente de guardia debió de vernos en cuanto abrí la puerta, porque nos interceptó en la acera, a unos metros del coche patrulla.

—¿Qué ocurre, señor Harris?

Tendió una mano firme para ayudarme a frenar en seco. Leí su placa; «J. HASKINS».

—Un paquete bomba. Tal vez —contesté entre jadeos.

La combinación de esfuerzo y miedo me había dejado sin aliento. Diesel chocó con fuerza contra mis piernas y por poco me derriba.

—¿Dónde está? —El agente mantenía su mano en mi brazo, y se lo agradecí.

—Detrás de la puerta principal —dije, intentando aquietar la respiración.

—Bien.

El oficial me soltó el brazo y pidió refuerzos. Luego se volvió hacia mí.

—Venga conmigo.

Lo seguí hasta el coche patrulla. Abrió la puerta trasera y me indicó que me sentara.

—¿Le importa que siente a mi gato aquí conmigo?

No quería a Diesel suelto por la calle, pero sabía también que el agente quizá se negara a subir un gato en un vehículo oficial.

—Adelante —contestó el agente esbozando una sonrisa, y se alejó unos metros para responder a una llamada por radio.

Primero metí a Diesel y luego me desplomé en el asiento de al lado, por fin capaz de relajarme. Diesel se arrimó a mí, sin duda asustado por todo el episodio. Procuré calmarlo y tranquilizarlo mientras el agente esperaba cerca de nosotros a que llegaran los refuerzos.

—Eres un gatito muy listo —le dije y lo abracé.

Soltó un gorjeo y se fue calmando. Saqué un pañuelo del bolsillo para enjugarme el sudor de la frente y la nuca. Agradecí el aire que soplaba desde el salpicadero del coche, era refrescante.

Unos instantes después oí una sirena, y en cuestión de segundos llegaron otros dos coches patrulla. Se bajaron varios agentes y el agente Haskins fue a su encuentro. Hablaban en voz baja y no pude captar lo que decían. Mientras los miraba, con Diesel todavía apretado contra mí, se dirigieron hacia la puerta principal.

Oí que se acercaba otro coche, esta vez por detrás del vehículo en el que Diesel y yo descansábamos. Me giré y vi apearse a Kanesha Berry y al agente Bates. Bates asintió con la cabeza al pasar, pero Kanesha se detuvo a saludarme.

—¿Qué ocurre, señor Harris?

Con una expresión más sombría de lo habitual, Kanesha escuchó sin interrumpirme el relato de cómo Diesel había descubierto el paquete sospechoso. Kanesha desvió varias veces la vista hacia el gato mientras se lo contaba. Cuando terminé, el primer comentario que hizo fue:

—Debe de haber olido algo raro en ese paquete.

—Sí, gracias a Dios. Es un felino muy listo. —Me deshice en elogios hacia él y, por una vez, Kanesha no pareció irritada ni desdeñosa—. No quiero ni pensar lo que habría pasado si Laura lo hubiera abierto.

—Pronto sabremos si es peligroso.

Kanesha se volvió para observar el ajetreo que había en la puerta de mi casa.

—¿Qué va a pasar?

Volvió a mirarme de frente.

—Hay un agente con experiencia en manejo de explosivos de cuando estaba en el Ejército. Se llevará la carta y la destruirá, con todas las medidas de seguridad, por supuesto. —Sacó el cuaderno—. Hábleme de nuevo de cómo era el sobre.

Volví a describírselo y anotó los detalles. Había actividad alrededor, pero hasta que no terminé de contestar no me di cuenta de que dos de los coches patrulla habían desaparecido y el agente Haskins esperaba cerca para hablar con la inspectora. Kanesha se volvió hacia Haskins mientras guardaba su cuaderno.

—¿Me buscaba, agente?

—Sí, señora —contestó Haskins respetuosamente—. Se ha retirado el paquete sospechoso, y el señor Harris puede volver a su casa, si lo desea.

—Gracias, Haskins.

Kanesha lo despidió con un gesto seco antes de dirigirse a mí otra vez.

—¿Se siente con ánimos de volver adentro?

—Sí —dije, y Diesel añadió un maullido.

Una sonrisa se cruzó fugazmente en el rostro de Kanesha mientras se apartaba para dejarme salir del coche patrulla.

—Vamos, muchacho—dije, y Diesel saltó fuera.

Kanesha nos acompañó hasta el sendero y decidí arriesgarme a hacerle una pregunta.

—¿Cómo va la investigación?

—Tan bien como cabría esperar.

Kanesha se detuvo en el umbral cuando Diesel y yo entramos. Cuando me di cuenta de que la inspectora se había quedado en la puerta, me volví.

—¿No quiere pasar un momento?

—Lo siento, tengo demasiadas cosas que hacer. —Kanesha me miró con lo que parecía en realidad un atisbo de compasión—. Vaya con cuidado, señor Harris. Usted y toda su familia. Vigilaremos su casa, pero si algo o alguien les parece sospechoso, llamen inmediatamente a emergencias.

—Atrapará a quien esté haciendo esto, ¿verdad?

Volvía a sentir aquel nudo en el estómago.

—Sí, se lo garantizo. No pienso tolerar que aquí se cometan estas fechorías.

La contundencia de Kanesha me reconfortó. Por un momento me recordó a su madre. Había visto a Azalea expresar esa misma fiereza en numerosas ocasiones, y me di cuenta de lo mucho que se parecían madre e hija. Probablemente por eso chocaban tan a menudo. Sin embargo, dudaba que a Kanesha le hiciera mucha gracia que le señalara ese parecido.

—Ahora tendrá que disculparme —dijo Kanesha con una rápida inclinación de cabeza—. Debo volver a comisaría. Le avisaré en cuanto tenga más información sobre ese paquete.

—Por supuesto. Gracias, inspectora —le dije, a pesar de que ya se daba la vuelta y se dirigía hacia el sendero. Moviendo la cabeza, entré y cerré la puerta.

Diesel se frotó contra mis piernas y le rasqué la cabeza. Le repetí que era muy listo, aunque pensé que si el paquete resultaba ser inofensivo me sentiría ridículo. De todos modos, no olvidaba la reacción de Diesel: seguro que había algo raro en el paquete. Recé para que nadie resultara herido cuando lo examinaran.

Noté un indicio de jaqueca y pensé que estaba un poco deshidratado. En la cocina me serví un vaso grande de agua fría de la nevera y, después de bebérmelo, me sentí mejor. Diesel volvió de una visita al lavadero cuando me estaba terminando el segundo vaso. Decidí que su astucia merecía un premio, y lo recompensé con un puñado de sus golosinas especiales. En cuanto vio el paquete, empezó a hacer gorgoritos, sabiendo lo que se avecinaba. Me puso la zarpa en la mano mientras yo me inclinaba para dejarle las golosinas en el suelo.

Cuando se las zampó en un santiamén y levantó la vista, esperanzado, le di otro puñadito, aunque me aseguré de que me viera guardar el paquete en el armario cuando terminó la segunda ronda.

—Basta por ahora, muchacho —le dije. Me miró un momento antes de empezar a relamerse la pata.

«Hora de volver al trabajo», decidí. ¿Qué estaba haciendo antes de que Diesel me alertara de la presencia del extraño sobre? Ah, sí, leyendo el manuscrito de Lawton. Volví al estudio, esta vez con Diesel pisándome los talones. Nos acomodamos en el sofá, yo confinado en una punta mientras Diesel se estiraba para ocupar el resto. No tardó en dormirse, acurrucado boca arriba con las patas delanteras en el aire. Reanudé la lectura.

No me entretuve mucho en la parte de la obra que creía inspirada en Ralph y Magda Johnston, porque no parecía haber nada nuevo que pudiera extraer de esas páginas. En cambio, me centré en los pasajes en los que se presentaba a la familia Ferris. Cuanto más leía, más obvio resultaba que los «Ferris» eran en realidad los Norris.

Leyendo las notas de Lawton y los artículos de los dos periódicos, llegué a la conclusión de que Lawton estaba escribiendo deliberadamente sobre aquella familia, basándose en una realidad apenas disimulada, pero... ¿por qué? Volvía una y otra vez a la misma pregunta.

¿Cómo sabía Lawton tanto sobre la historia de los Norris? Había pasado sus primeros años en Athena, sí, pero ¿no se había marchado cuando era solo un chiquillo de cuatro o cinco años? Eso me habían dicho. Entonces, ¿cuál era la conexión?

Me vinieron a la cabeza imágenes de Connor Lawton. Lo recordaba en la fiesta del departamento de Bellas Artes, tanto dentro como fuera de la casa. Me había intrigado su comportamiento en aquel momento, y tal vez aquella era la pista que necesitaba.

Movido por una corazonada, me levanté, me acerqué al escritorio y encendí el ordenador. Esperé, impaciente, a que ejecutara todos los giros preliminares necesarios antes de poder usarlo. Entonces abrí el navegador y escribí la dirección de la página web de la biblioteca pública. Desde allí pude enlazar con la información que buscaba, los registros de la propiedad del condado de Athena.

Algo me impulsaba a investigar si quedaba todavía alguna propiedad a nombre de la familia Norris en Athena. Luego intentaría averiguar dónde habían vivido los Lawton cuando Connor Lawton era niño. La respuesta podría ser tan sencilla como que los Norris y los Lawton eran vecinos por aquel entonces.

Cuando encontré el enlace que buscaba, hice clic y accedí a la base de datos del catastro. Podía buscar por el número de parcela o por nombre del titular. Como no tenía ni idea de cuál era el número de parcela en cuestión, puse el apellido «Norris».

Había ocho resultados, pero ninguno de los Norris era un Hubert, ni un Levi, o ni siquiera una Sarabeth. Tampoco las direcciones eran las que esperaba.

«¿Y ahora qué?». Pensé un momento y tecleé «Conley», el apellido de casada de Sarabeth. Esta vez hubo diecisiete resultados; al parecer Conley era un nombre más común que Norris, al menos en Athena. Ojeé el listado y me detuve en uno, a nombre de Joseph Conley. La dirección que figuraba era el 1744 de Rosemary Street. ¿De qué me sonaba?

Tras un momento de desconcierto, caí: la casa de Ralph Johnston, donde se celebró la fiesta de la facultad de Bellas Artes. O al menos yo había dado por hecho que era su casa, aunque evidentemente pertenecía a Sarabeth y a su marido.

Lawton también tenía la dirección en sus notas, así que significaba algo para él.

Decidí seguir la corazonada. Saqué el móvil y marqué el número de la biblioteca pública. Contestó justamente la persona con la que quería hablar.

—Hola, Teresa, soy Charlie. ¿Cómo estás? —Intercambiamos los saludos de rigor y le pregunté—: ¿Te pillo muy ocupada?

—No, no mucho —respondió Teresa—. ¿En qué puedo ayudarte?

—Necesito comprobar algo en una de las viejas guías telefónicas, si no te importa. Podría bajar y hacerlo yo mismo, pero estoy demasiado impaciente —me disculpé riendo.

—No hay problema. ¿Qué año o años necesitas?

Hice un cálculo rápido.

—Diría que 1982 o 1983.

—Voy a poner la llamada en espera mientras voy a buscarlas, ¿de acuerdo? Será un momento. —Una música suave empezó a sonar.

Las guías telefónicas antiguas se guardaban en unos armarios en la misma sala que los microfilmes, así que sabía que Teresa tardaría un par de minutos en traerlas. Miré hacia el sofá. Diesel seguía dormido. Sonreí y me volví hacia el ordenador. Teresa volvió a la línea.

—Las tengo las dos. ¿Qué es lo que buscas?

—A la familia Lawton, que podría haber vivido en la calle Rosemary en aquel entonces.

—Vale, voy a mirar.

Oí que Teresa soltaba el auricular y empezaba a hojear las guías.

¿Se cumpliría mi corazonada?

CAPÍTULO TREINTA Y SEIS

Mientras esperaba a que Teresa me diera una respuesta, tamborileé con los dedos de la mano libre en el escritorio. Era algo que a mi difunta esposa la volvía loca y poco a poco me quité la costumbre. Fruncí el ceño y detuve la mano. ¿Cuándo había vuelto a las andadas?

«Seguramente son los nervios», decidí. Antes de que pudiera seguir reflexionando, Teresa me contestó.

—Aquí está, Charlie. Declan Lawton, 1742 de Rosemary Street. Es el único Lawton de la guía. ¿Es lo que buscabas?

—Sí. Muchas gracias, Teresa.

Charlamos un momento más antes de colgar y volví a guardarme el teléfono en el bolsillo.

Como solo había un Lawton en la guía telefónica de la época, Declan tenía que ser el padre de Connor. Eso significaba que los Lawton vivían justo al lado de los Norris cuando Connor era un niño.

Cogí papel y lápiz y anoté el nombre y la dirección. Me quedé mirando el papel un momento antes de dejar el lápiz.

De acuerdo, eso demostraba que los Lawton y los Norris habían sido vecinos en algún momento. También que Sarabeth todavía era dueña de la casa de sus padres. ¿De qué me servía?

Recordé a Connor, la noche de la fiesta, en la acera frente al 1742 de Rosemary Street, contemplando la casa. ¿Le traería recuerdos de sus primeros años de vida? ¿O desconcertado ante una casa que le resultaba extrañamente familiar?

Entonces recordé su raro comportamiento en la cocina de la casa de Sarabeth, cómo se había quedado mirando el aparador y luego había ido a abrirlo y a echar un vistazo dentro. ¿Era otro fogonazo que afloraba de la memoria? Una sensación de *déjà vu* explicaría la reacción de Connor, ahora me daba cuenta.

¿Cuánto recordaba de su infancia en Athena? Tenía cuatro o cinco años cuando su familia se marchó, según me habían dicho.

Laura era la única persona a la que podía preguntar por Connor, y deseaba fervientemente que le hubiera hablado de sus recuerdos. De lo contrario, no podría avanzar mucho más con mi teoría.

Bueno, en realidad debía reconocer que no era una teoría. Todavía no le había encontrado el sentido a todos estos cabos sueltos. La infancia de Connor en Athena tal vez no tuviera nada que ver con su asesinato. Pero supongo que yo había leído demasiadas novelas de misterio (todos y cada uno de los libros de Ross Macdonald, para empezar) en las que el pasado más o menos distante pesaba mucho en el presente, ¿y si en este caso era igual?

Miré el reloj. Faltaban unos minutos para las tres. Sean me había dicho que volvería con Laura sobre las tres. A mí me entraron tantas ansias de preguntarle a Laura que me planteé llamar por teléfono en ese mismo momento, pero llegaron enseguida y no hizo falta. Noté que Diesel se levantaba en el sofá justo antes de oír a Sean gritar desde el pasillo:

—Hola, papá, estamos en casa. ¿Dónde estáis?

—Vamos, chico —le dije al gato, aunque podría haberme ahorrado el aliento, porque salió por la puerta prácticamente antes de que acabara la frase.

Me asomé al pasillo y alcé la voz para contestarle a Sean.

—Aquí estoy. En el estudio, trabajando.

—Estaremos en la cocina. —La voz de Sean resonó en el pasillo.

Laura se sentó a la mesa, con Diesel ronroneando a su lado, y Sean tenía la puerta de la nevera abierta, con la cabeza metida dentro. Sacó dos cervezas y las destapó antes de dárselas a su hermana. Al verme, me preguntó:

—¿Quieres beber algo, papá?

—Un té helado, creo, pero ya lo preparo yo —le dije con un gesto para que no se preocupara, y se sentó en su sitio habitual en la mesa.

Mientras me servía el té y lo endulzaba, le dije:

—Me temo que tengo que daros una noticia bastante desagradable. Diesel y yo hemos tenido una tarde movidita.

Laura me miró asustada y Sean con cautela mientras me sentaba en mi sitio, delante de él.

Tan pausada y clínicamente como pude, les relaté los acontecimientos de la tarde. Ninguno de los dos dijo nada hasta que terminé, y entonces Laura no pudo contenerse.

—¿Qué demonios está pasando aquí? —dijo— ¿Quién me odia tanto como para querer matarme? Damitra está muerta, pero, aunque siguiera viva, nunca haría algo así.

Laura hizo una pausa, cruzó los brazos contra el pecho y empezó a mecerse ligeramente en la silla. Diesel, notando que estaba disgustada, le puso las patas en la pierna y frotó la cabeza contra su costado, pero con la angustia ella parecía no darse cuenta de su presencia. Sean y yo nos levantamos y fuimos a consolarla. Me tuve que inclinar por encima del gato, pero la abracé.

—Todo va a ir bien, cariño. Kanesha está muy indignada con esta situación, y lo cortará de raíz. No te va a pasar nada. Quienquiera que haya cometido este disparate pronto estará entre rejas.

Procuraba tranquilizarla aparentando estar calmado y conciliador, pero por dentro sentía que se me revolvía el estómago y se me ponían los pelos de punta. Aquellas amenazas contra mi hija hacían que me asaltaran pensamientos violentos que por norma evitaba por completo.

Por el brillo en sus ojos, supe que Sean estaba tan furioso como yo. Más le valía a quien había mandado aquel paquete que ni Sean ni yo le encontráramos antes que la policía.

Laura no tardó en serenarse, y Sean y yo volvimos cada uno a nuestro sitio.

—Lo siento, papá —dijo—. Por un momento me he desbordado.

—Has estado sometida a una tensión tremenda —la miré con ternura—. Detesto que haya pasado todo esto, porque habías encarado tan ilusionada las clases...

Laura asintió.

—Tenía muchas ganas de ver cómo se me daba la enseñanza. Es algo en lo que había estado pensando, pero con toda esta locura no sé si estoy haciendo un buen trabajo.

—Seguro que lo estás haciendo muy bien. —Sean le palmeó el hombro a su hermana—. Tan pronto como se resuelva esta situación, podrás concentrarte y tal vez incluso disfrutar del resto del semestre.

—¿A que sería estupendo?

El tono melancólico de Laura agitó mis emociones.

—Hoy he estado investigando y es posible que lo que he descubierto tenga alguna relación con los asesinatos.

No quería alterarla más, pero necesitaba hablar con ella sobre Connor. Esperaba que Lawton le hubiera hablado en algún momento de su infancia aquí, en Athena, y acerca de su obra.

—¿Qué has descubierto? —Sean me siguió la corriente. Miró de reojo a su hermana, y supe que le preocupaba disgustarla, igual que a mí.

—Antes de llegar a eso —dije, volviéndome hacia Laura—, necesito hacerte algunas preguntas, cariño. Sé que esto quizá te ponga triste, pero necesito hablarte de Connor.

Laura dio un par de sorbos a su cerveza antes de contestar.

—No pasa nada, papá. No me importa. ¿Qué quieres saber?

Decidí empezar por su infancia y luego pasar a la obra, porque me pareció el orden lógico, así que le pregunté:

—¿Alguna vez te contó algo sobre su vida en Athena de niño?

—Más o menos —dijo Laura frunciendo el ceño—. Cuando empecé a salir con él, una vez hablamos de nuestras familias, ya sabes, esas cosas de las que siempre se habla en algún momento al principio de una relación.

Sean y yo asentimos, alentándola, y continuó.

—Me dijo que sus padres habían muerto... Eran más bien mayores cuando él nació, creo que tenían unos cuarenta años, y no habían planeado realmente tener un hijo. De todos modos, creció en Vermont. Su padre era profesor de lengua allí, y su madre daba clases de piano. Cuando le dije que mi padre vivía en Misisipi, me preguntó dónde. Se rio cuando le dije que en Athena.

Hizo una pausa para tomar otro trago de cerveza.

—Le pregunté qué le hacía tanta gracia, pensando que iba a bromear sobre los sureños, pero me dijo que había nacido en Athena. Su padre era profesor en la universidad, pero se fueron cuando él tenía cinco años o así.

—Qué extraña coincidencia.

Sean vació su cerveza y sacó otra de la nevera. Comprobó si Laura quería otra, pero ella negó con la cabeza.

—Sí, bastante curioso —dijo Laura—. Me dijo, sin embargo, que apenas recordaba Athena, salvo por unas vagas impresiones de su habitación y el patio trasero de la casa, donde jugaba mucho. Había una familia al lado con la que a veces se quedaba cuando sus padres salían de viaje. Eso era todo, creo.

Pues era decepcionante. Pensé que iba a recordar mucho más de aquellos años en Athena, aunque tampoco sabía muy bien por qué. La idea seguía intentando tomar forma en los oscuros recovecos de mi cerebro. Tendría que dejar que el subconsciente hiciera su trabajo y confiar en que todo cobrara sentido.

—¿Ni siquiera cuando volvió a vivir aquí de nuevo? Seguro que eso le estimuló la memoria. —Sean se adelantó y supo expresar mis pensamientos más rápido de lo que yo podía.

—Me refería a aquella ocasión en que hablamos, hace meses, en Los Ángeles, cuando comentamos por primera vez esos temas —dijo Laura con una ligera impaciencia—. No había llegado a otras cosas que me contó más recientemente.

Me sentí aliviado al oír eso.

—¿Cómo cuáles?

Laura se volvió hacia mí.

—Cuando regresó, empezaron a venirle a la memoria pequeños detalles. Había algunos lugares que le resultaban vagamente familiares, como aquella vieja juguetería de la plaza y un par de edificios del campus. —Sonrió con tristeza y por un momento pensé que se le iban a saltar las lágrimas, pero respiró hondo y continuó—: También hizo un par de comentarios sobre una casa, aunque yo no estaba segura de a qué casa se refería. Creo que era la casa donde vivió aquí con su familia.

—Eso no suena muy concreto. —Sean rascó la etiqueta de su botella de cerveza—. ¿No supo decirte dónde estaba la casa?

Vi que Laura me miraba incómoda.

—Bebía mucho. —Se encogió de hombros—. Siempre bebía más de la cuenta cuando se entusiasmaba con una nueva obra. Al menos eso me dijo cuando protesté.

—Sé cuál era la casa en la que vivía —dije, sobresaltándolos a ambos.

—¿Cómo lo has averiguado? —Sean sonaba incrédulo.

—Bueno, soy bibliotecario, ya sabéis. —Les sonreí—. Sabemos cómo averiguar las cosas.

Sean soltó una carcajada y Laura me sonrió. Empecé con mi pequeño discurso mientras les relataba cómo lo había averiguado todo. Mientras hablaba, Diesel se apartó de Laura y vino a sentarse a mi lado. Me golpeó la pierna con la cabeza para llamarme la atención y le rasqué sin dejar de contarles la historia.

—Muy inteligente —comentó Sean cuando terminé.

—Ya lo creo —añadió Laura—. Así que Connor vivía en la casa de al lado de la de Sarabeth y su familia. —Hizo una pausa, con aire meditabundo—. Eso tal vez explica algo que me dijo por teléfono el otro día.

Como no continuó, la apremié.

—¿Qué te dijo?

Laura se sonrojó.

—No fue muy bonito, me temo. No quiero repetir las palabras exactas, papá, porque no te gustarían.

Hice una mueca.

—A estas alturas dudo que nada de lo que diga pueda escandalizarme. Adelante.

—A mí tampoco —dijo Sean—. Suéltalo.

—Bueno, como queráis. Estaba enfadado por algo, y cuando intenté que me contara lo que había pasado, se negó. Lo único que dijo fue: «Esa bruja gorda» (solo que no dijo «bruja») «quizá cree que puede encerrarme como antes, pero ahora soy demasiado mayor».

CAPÍTULO TREINTA Y SIETE

Fruncí el ceño. Había algo que me sonaba raro en lo que había contado Laura, pero por un momento no fui capaz de precisarlo.

Entonces me iluminé.

—Acabas de decir que hablaba de alguien que quería «encerrarlo» como antes. ¿Estás segura de que dijo «encerrarme» y no «cerrarme la boca» o algo parecido?

Laura asintió mientras Sean la miraba con patente curiosidad.

—Sí, a mí también me pareció raro. Intenté preguntarle qué quería decir, pero obviamente había bebido mucho. Conseguir que se concentrara cuando estaba borracho era difícil.

—Entonces, ¿quién crees que era la «bruja gorda» —Sean sonrió con picardía ante el eufemismo— de la que hablaba?

—Sarabeth Conley —contestamos Laura y yo al unísono.

—Tenía que ser ella —añadí—. Es alta y corpulenta, y el lunes le dio un rapapolvo allí mismo, en el escenario. Además, parecía que lo intimidara. Y probablemente era su familia con la que se quedaba de pequeño.

—La verdad es que ella lo trataba como si lo conociera —dijo Laura—. No estuve con los dos juntos más que un par de veces, pero a Sarabeth no le impresionaba Connor como parecía ocurrirle a todo el mundo.

—Es natural, si lo cuidaba cuando vivía con ella —se rio Sean—. Como Azalea, por ejemplo. ¿Recuerdas aquel verano que vinimos los dos y nos quedamos con la tía Dottie dos semanas mientras mamá y papá se iban de viaje a Inglaterra? Yo tenía, ¿qué, once años? Y tú tendrías nueve.

A Laura se le ensombreció la cara al oír mencionar a su madre, pero logró sonreír.

—Lo había olvidado, pero tienes razón. Si alguien te ha limpiado los mocos y supervisado el baño, supongo que no siempre se acostumbra a verte como un adulto de mayor.

Me aclaré la garganta para deshacerme del nudo repentino.

—Otra pregunta, cariño. ¿Recuerdas en qué contexto hizo Connor ese comentario?

—¿Te refieres a qué venía decir eso sobre Sarabeth? —preguntó Laura.

—Exacto.

No podía probarlo, por supuesto, pero ahora estaba seguro de que era Sarabeth a quien Connor se refirió con aquella grosería.

—Hablaba del nuevo rumbo que le estaba dando a la obra. Había empezado con un elenco de personajes, pero luego decidió cambiar y escribir sobre otros diferentes. —Laura negó con la cabeza—. Le pregunté por qué, y lo único que me dijo fue que tenía que seguir ese impulso. Esa historia le venía a la mente, como en forma de recuerdos, y sentía que debía escribir sobre ellos. No sabía por qué.

Sean resopló.

—Probablemente era el *bourbon* el que hablaba.

Laura se quedó pensativa.

—Al principio me inclinaba a pensar lo mismo, pero Connor dijo que cada vez que se sentaba a escribir, esas cosas le salían de dentro a borbotones. Al principio era puntual, pero cuanto más tiempo pasaba en Athena, más a menudo le ocurría. —Me miró—. ¿Le ves algún sentido?

—Empiezo a vérselo —dije. La idea amorfa por fin empezaba a cuajar y a tomar sustancia—. Recuerdos reprimidos.

Sean y Laura se miraron y luego me miraron a mí. Sean habló primero.

—¿O sea que crees que escribía sobre cosas que ocurrieron de verdad? ¿A él?

Asentí.

—Leí la obra y los cuadros de personajes me resultaron extraños, es decir, el hecho de que hubiera dos grupos de personajes. Me pareció una forma muy inconexa de contar una historia, porque no había ningún indicio de que las dos líneas argumentales fueran a conectarse. Luego, cuando me enteré de que Connor de niño vivía al lado de Sarabeth y su familia, sospeché vagamente que el segundo cuadro de personajes podía estar relacionado con los Norris. Norris era el apellido de soltera de Sarabeth.

—Y la familia de la obra son los Ferris. —Laura asintió—. Y la hija mayor de la familia se llama Lisbeth. Sarabeth, Lisbeth, Norris, Ferris.

—Eso tiene sentido —dijo Sean—. La similitud de los nombres no puede ser simple coincidencia.

—No creo que lo sea —asentí.

—¿Por casualidad Sarabeth tiene una hermana menor? —preguntó Laura.

—No, un hermano menor, Levi Norris. Es aquel hombre con el que tú y yo hablamos brevemente el lunes. ¿Te acuerdas, aquel que vino de los camerinos y nos preguntó si habíamos visto a Sarabeth?

Laura asintió y continué.

—La hija menor de la obra está en apuros, a punto de ir a la cárcel por algo que hizo. El padre se niega a desembolsar dinero para ayudarla, y a la hermana mayor eso le indigna muchísimo.

—¿Sabes algo de Levi Norris? —Me di cuenta de que a Sean le intrigaba el asunto, y con su cerebro de abogado ataba cabos rápidamente.

—Ha tenido problemas con la ley en numerosas ocasiones —dije—. Encontré algunas curiosas anotaciones entre los papeles de Connor, y finalmente descubrí que eran referencias a artículos de prensa.

Les ofrecí un breve resumen de mis pesquisas en los archivos de la biblioteca. Al mencionar la biblioteca, Diesel volvió a darme un cabezazo en el muslo, y le contesté rascándole la cabeza. Me recompensó con un ronroneo de satisfacción.

—Entonces Connor estaba escribiendo sobre un incidente que ocurrió en la familia Norris. —Sean apuró el último trago de su cerveza y dejó la botella a un lado—. Un incidente embarazoso, por lo que parece, aunque sin duda no es novedad. La gente en Athena ya sabe de los roces del hijo con la ley.

—Claro que lo sabe. En un pueblo como este, todo el mundo se entera.

Podía ver a dónde apuntaba Sean. Evidentemente, Laura también.

—Aunque no sea ninguna novedad y todo el mundo lo sepa, eso no significa que la familia quiera que vuelva a salir a la luz. Y menos en un escenario delante de todo el pueblo.

—Sí, tienes razón —dijo Sean—. Pero, papá, no estarás pensando que por impedir que se representara la obra alguien tendría un motivo para cometer un asesinato.

—Eso es solo porque no has leído la obra. —Laura se frotó la nariz—. Papá y yo sí. Lisbeth en la obra está muy enfadada con su padre, porque tiene el dinero para resolver el problema pero se niega. En un momento dado dice que, si él estuviera muerto, se acabaría el problema.

Repasé mentalmente lo que había leído.

—Además de eso, hay una escena en la que Lisbeth le dice a su hermana que no se preocupe, que ha encontrado la manera de resolver todos sus problemas de una vez. Luego comenta algo así como que su padre no volverá a decirles que no nunca más.

—¿Sigue vivo el señor Norris? —Sean se inclinó hacia delante con impaciencia—. Apuesto a que no.

—No. Encontré su obituario. Era una de las páginas que Connor había anotado.

—¿Cuándo murió? —preguntó Laura.

—En marzo de 1984. Había sido alcalde de Athena en una época, murió en su casa. Hubo una investigación, pero al final se dictaminó que fue un accidente. Se ahogó en la bañera. Según su mujer, le gustaba darse un baño tomando *whisky.*

—De lo que se deduce que bebió demasiado, perdió el conocimiento y se ahogó. —Sean se encogió de hombros—. ¿Qué tiene eso de misterioso? No es muy inteligente emborracharse y meterse en la bañera.

—No, desde luego que no —dije—. Lo extraño es que la investigación de su muerte duró tres meses.

—Debió de haber alguna circunstancia, entonces, que hizo sospechar a la policía que no se trataba de un simple accidente.

—Laura frunció el ceño—. En la obra de Connor no había nada sobre la muerte del padre.

—No, pero sí vi algunas notas crípticas. —Intenté recordar lo que había leído—. Ah, sí, Connor había escrito las palabras «bañera», «tobillos» y «moratones» en sus papeles, junto a varios signos de interrogación.

—No le veo el sentido —dijo Laura—. Bueno, aparte de «bañera», por supuesto, dado que el señor Norris murió en la bañera.

—Creo que tengo la respuesta —dije.

Una imagen tomaba forma lentamente en mi cabeza. Sabía que había leído sobre una situación similar en relación con un misterioso asesinato.

—¿Qué? —La pregunta impaciente de Sean me sacó de mi ensoñación.

—Una forma de asesinar a alguien fingiendo una muerte accidental y probablemente salir impune.

CAPÍTULO TREINTA Y OCHO

—¿Qué método es ese?

Una vez más me había quedado en silencio, reconstruyendo en mi mente lo que había leído, y la pregunta de Sean me impulsó a explicarlo en voz alta.

—No recuerdo en qué libro lo vi —dije—, pero si quieres matar a alguien en la bañera tienes que agarrarlo por los tobillos y tirar hacia arriba hasta que la cabeza de la víctima quede bajo el agua.

Laura frunció el ceño.

—Suena horrible, pero seguro que la persona que está en la bañera puede levantarse o soltar las piernas.

Negué con la cabeza.

—Yo también habría pensado lo mismo, pero evidentemente no es así. Sobre todo si la persona que tira de las piernas hacia arriba es fuerte.

—Y en este caso además estamos hablando de un anciano que había estado bebiendo. —Sean se encogió de hombros—. Probablemente no tenía mucha fuerza en el torso y los brazos, de todos modos. Un método bastante rápido para deshacerte de alguien.

—Sin duda —dije, aunque al visualizarlo se me revolvió un poco el estómago.

—Pero ¿cómo averiguar más sobre el caso Norris? —Sean señaló un obstáculo—. A menos que puedas convencer a Kanesha Berry de que abra los archivos y te deje ver la autopsia...

—Puede que no le quede más remedio que hacerlo al final —dije—. No necesariamente dejándomela ver, por supuesto, sino reabriendo el caso. —Sacudí la cabeza al imaginarme contándole todo esto a Kanesha—. Tengo otra forma de enterarme del caso: Ray Appleby.

—¿Quién es? —preguntó Laura—. Ese nombre me suena.

—El reportero del periódico local —le explicó Sean—. Gracias a la presunta carrera de papá como detective aficionado, se ha topado con Appleby unas cuantas veces. —Se volvió hacia mí—. ¿Ya era periodista entonces?

—Ajá —confirmé—. Su nombre estaba en las notas de Connor, y apostaría a que Connor habló con él sobre el caso Norris. Voy a llamarle y hacerle algunas preguntas, que probablemente sean las mismas.

—¿Hablará contigo? —preguntó Laura.

—Sí —dije, convencido—. Sobre todo si guarda relación con otros asesinatos. Sería el primero en dar la exclusiva, y cualquier periodista que se precie iría a la caza de esa noticia. —Me puse en pie y miré el reloj: casi las cinco y cuarto—. Aunque se haya ido a casa, voy a llamar a las oficinas de la *Gaceta* y pediré que le manden un mensaje. Veréis como llamará enseguida.

Saqué la agenda telefónica de un cajón del armario y busqué el número. Sin embargo, antes de que pudiera marcarlo, Laura me detuvo con una pregunta.

—Papá, ¿cómo crees que murió Connor?

Lo pensé un momento mientras la miraba. Recordé las manchas rojas que había visto en su cara y su cuello. Manchas que indicaban que podían haberlo asfixiado.

A regañadientes, porque no quería causarle más dolor, le ofrecí mi conclusión. Apartó la mirada cuando terminé, pero luego volvió a mirarme.

—Asfixiado. Ahogarse es una forma de asfixia, ¿no?

Asentí con la cabeza.

—Bien visto. —Sean lanzó a su hermana una mirada de aprobación—. Así que tanto al viejo señor Norris como a Connor los asfixiaron hasta matarlos.

Cuando Laura hizo una mueca de dolor, Sean se arrepintió de inmediato.

—Lo siento, hermanita. No quería que sonara tan frío.

Laura respondió con una débil sonrisa.

—Ya sé que no. Tranquilo.

—Kanesha tendrá que confirmarlo —dije—. De hecho, aún no sabemos si la muerte de Connor es oficialmente un asesinato.

—Podría ser una simple coincidencia —señaló Laura.

—Sí, podría —dijo Sean a regañadientes—. Pero a ambas víctimas les gustaba beber. No sabemos si el señor Norris bebía mucho, pero eso tal vez lo sepa Ray Appleby.

Asentí con la cabeza.

—Desde luego, se lo preguntaré. —Volví a la agenda, localicé de nuevo el número y lo marqué en el teléfono.

Cuando contestó una mujer, pregunté por Ray Appleby.

—Tengo un asunto urgente que tratar con él. Podría ser una gran primicia —le dije sin rodeos—. Sé que querrá hablar conmigo, así que ¿puede enviarle un mensaje enseguida? —Le di mi nombre y mi número—. Recuerde, es un bombazo.

Me aseguró que se encargaría de que Appleby recibiera mi mensaje lo antes posible, y colgué y me apoyé en la encimera.

Sean y Laura me observaron mientras cronometraba el tiempo con el reloj. «Que esté disponible —pensé—. Que esté disponible».

Un minuto y veintitrés segundos después de colgar, sonó el teléfono. Contesté sin dilación.

—¿Señor Harris? —me saludó—. Aquí Ray Appleby. ¿Conque tiene una gran primicia para mí?

A pesar de la nota de escepticismo en su voz, sabía que había estado involucrado en dos casos de asesinato anteriormente.

—Sí, eso creo. Tiene que ver con la muerte del dramaturgo, Connor Lawton.

—Ajá —dijo Appleby, y con esas dos sílabas supe que había captado su interés—. ¿Puedo acercarme y hablar con usted ahora mismo?

—Sí, por favor —le dije—. ¿Recuerda la dirección?

Tras asegurarme que sí, concluyó:

—Estaré allí en diez minutos a lo sumo.

Oí un clic y colgué.

Repetí las palabras del reportero a Laura y Sean. Mientras discutíamos las preguntas que queríamos hacerle a Appleby, oí abrirse la puerta principal y unos pasos en el pasillo. Por un momento me puse tenso, pero recordé que la puerta estaba cerrada y quien acababa de entrar necesitaba una llave.

Momentos después, Dante entró ladrando para anunciar su llegada. Se dirigió hacia Diesel, que seguía a mi lado, mientras Stewart aparecía con andares más pausados.

—Hola a todos —saludó—. Qué bien que hayáis venido a recibirme. —Sonrió—. ¿Qué clase de conciliábulo familiar se celebra?

Sean habló primero.

—Estamos esperando a ese reportero, Ray Appleby. Está en camino.

—Dante, tranquilo —dijo Stewart con una chispa de interés en los ojos. El caniche seguía ladrándole a Diesel, que lo ignoraba, pero a la orden de Stewart, el perro se calló y trotó hacia su amo—. Buen chico. ¿A qué viene Ray por aquí? —preguntó.

Sacó una silla para sentarse junto a Laura y Dante saltó a su regazo y se acurrucó. Le expliqué la situación tan brevemente como pude. El timbre sonó justo cuando estaba terminando. Sean fue a abrir. Momentos después entró en la cocina con nuestro visitante. Le presentó a Laura, y estaba a punto de presentarle a Stewart cuando él le interrumpió.

—Ray y yo nos conocemos desde hace mucho, ¿verdad, Ray? —Stewart arqueó una ceja mirando al periodista.

Appleby, que parecía tener más o menos mi edad, se sonrojó un poco ante el tono coqueto de Stewart.

—Desgraciadamente, sí.

—Vamos, Ray, ¿esa es forma de hablar de mí? —Stewart sonrió.

Fue intrigante. Por el comportamiento de Stewart, deduje que él y Appleby se conocían en un sentido que no me esperaba. Laura y yo intercambiamos una mirada perpleja. Stewart rara vez hablaba de los hombres con los que salía, al menos conmigo, y de pronto tenía a uno ahí delante, en carne y hueso.

—Eres un pelmazo, Stewart, y lo sabes. —El periodista sonrió con cara de circunstancias—. ¿Qué diablos estás haciendo aquí?

—Vivo aquí —contestó Stewart.

Appleby miró a Sean y de nuevo a Stewart, con una insinuación clara. Stewart se echó a reír.

—Ojalá —dijo—. No, solo soy un inquilino normal y corriente.

—En ti no hay nada normal y corriente —replicó Appleby.

—Vaya, Ray, qué cosas más adorables me dices. —Stewart le hizo ojitos y Laura y Sean se echaron a reír. No me quedó más remedio que reírme también.

Appleby puso cara de exasperación.

—No lo he dejado todo y he venido aquí para desenterrar el pasado contigo. —Se volvió hacia mí—. ¿Qué es lo que tiene que decirme sobre Connor Lawton, señor Harris?

—¿Por qué no se sienta? —Señalé una silla libre frente a Laura y Stewart.

Appleby accedió mientras Sean volvía a sentarse.

—¿Puedo ofrecerle algo de beber? —le pregunté.

El periodista negó con la cabeza.

—No, gracias.

Se notaba que estaba impaciente por ir al grano. No dejaba de mirar a Stewart al otro lado de la mesa, pero fingí no darme cuenta.

—Todo esto guarda relación con la muerte de Connor Lawton —empecé—. Pero creemos que las raíces pueden remontarse hasta 1984.

Appleby parecía intrigado. Sacó un pequeño cuaderno y un bolígrafo del bolsillo de su camisa.

—¿Qué ocurrió en 1984 que pueda ser relevante?

—La muerte del exalcalde Hubert Norris.

Hice una pausa para ver qué efecto tenía. Appleby se quedó visiblemente sorprendido.

—¿Cómo están conectados los dos sucesos? —preguntó.

—Connor nació aquí, en Athena, señor Appleby —dijo Laura—. Vivió aquí con sus padres hasta los cinco años, creo. O sea, hacia 1984.

—Llámame Ray. —Appleby asintió—. Sí, sabía que Lawton nació aquí, pero sigo sin ver la conexión.

—Los Lawton vivían al lado de la familia Norris —dijo Sean.

—De acuerdo —dijo Appleby—, pero ¿cuál es el vínculo?

Entonces me di cuenta de que nunca había acabado de articular mi hipótesis. Sobre todo porque faltaba una pieza, una última conexión fundamental... ¿cuál? Había algo que no estaba entendiendo, pero ¿qué?

De pronto la tenía. El aparador de la cocina.

Pero Appleby y los demás me miraban fijamente, esperando una respuesta a la pregunta.

—Llegaré a eso —dije—. Primero, déjeme hacerle algunas preguntas, señor Appleby.

—Ray —insistió—. Dispara.

—De acuerdo, Ray —accedí—. Tú cubriste la muerte de Hubert Norris y la posterior investigación para la *Gaceta*.

—Sí, fue mi primer gran encargo —dijo el reportero—. Llevaba entonces un año en el periódico.

—¿Por qué la investigación se prolongó durante tres meses? —pregunté—. A mí me parecía un caso bastante sencillo. Muerte accidental de un anciano en la bañera de su casa.

—A primera vista, eso es exactamente lo que parecía —Ray asintió—. El viejo Norris era un bebedor empedernido, y su mujer juraba hasta la saciedad que le gustaba pasarse un buen rato en la bañera tomando *whisky.*

—Eso fue lo que salió en el periódico, más o menos —dije—. ¿Hay algo más, entonces?

—Siempre lo pensé. Norris tenía mucho dinero, pero era de lo más tacaño. Había un hijo, un adolescente. Sí, Levi, se llamaba. La cuestión es que el chico siempre se metía en líos. Robaba en tiendas, tomaba coches prestados, de todo, y el viejo siempre pagaba a alguien para que el mocoso no acabara en el calabozo. —El periodista hizo una pausa—. Un par de semanas antes de que Norris muriera, Levi había ido a parar a la cárcel. Se dio a la fuga después de un atropello en el que un niño resultó gravemente herido. Norris se negó a pagar la fianza, por lo que recuerdo.

—¿Qué fue de su dinero cuando murió? —Sean preguntó.

—La esposa se quedó con todo —respondió Ray—. Y no mucho después de que el viejo muriera, su mujer pagó la fianza de Levi. Debió de sobornar a la familia del niño herido, porque el asunto nunca llegó a juicio.

—Este niño herido... —dijo Laura lentamente—. No era Connor, ¿verdad?

—No —dijo Ray—. Olvidé el nombre, pero no era Lawton.

—La muerte de Hubert Norris fue bastante oportuna para su hijo, ¿no te parece? —Stewart miró a Ray con expresión cómplice.

—Desde luego que sí —respondió Ray—. Creo que la policía también lo pensó. Norris se había quedado en la bañera bebiendo cientos de veces antes, así que ¿por qué esa vez se quedó dormido y supuestamente se ahogó? Demasiada casualidad.

Recordé las notas de Connor y la palabra «moratones».

—¿Había algo que indicara que pudo no haber sido un accidente?

Ray frunció el ceño.

—Lo único que recuerdo es que, al parecer, Norris tenía un moratón en un tobillo. La familia no pudo explicarlo, y creo que al final la policía tuvo que dejarlo estar y hacerlo constar como un accidente.

—Pero tú crees que había algo más.

Estaba seguro de que no me equivocaba en eso.

—Todo el suceso fue extraño —dijo Ray—. Hablé con la viuda y la hija un par de veces. Nunca me dio la impresión de que nadie estuviera muy afligido por la muerte del viejo. La hija casi parecía contenta, francamente.

—Qué triste. —Laura frunció el ceño.

—Volviendo a mi pregunta original —Ray golpeó su cuaderno con el bolígrafo—. ¿Cuál es la conexión con Lawton?

Todas las miradas se volvieron hacia mí, e incluso Diesel, que había estado más callado que de costumbre hasta ahora, se incorporó y gorjeó. Respiré hondo y esperé que lo que iba a contarles no sonara completamente descabellado.

—Todo tiene que ver con un niño y un aparador de cocina.

CAPÍTULO TREINTA Y NUEVE

Como esperaba, todos se quedaron perplejos. Incluso Diesel maulló.

—Tened paciencia —les dije—. Voy a necesitar unos minutos para explicarlo. En primer lugar, sabemos que Sarabeth Norris, ahora Conley, había sido la niñera de Connor. Evidentemente, el crío se quedaba con los Norris cuando sus padres estaban fuera.

Ray empezó a tomar notas en su cuaderno.

—De hecho —continué—, Sarabeth también fue mi niñera, aunque bastantes años antes.

Sean y Laura sonrieron.

—Ahora, saltemos hacia adelante casi treinta años, a una fiesta que se celebró no hace mucho en casa de Sarabeth, la casa que perteneció a sus padres. En un momento dado, me quedé sentado a solas en la cocina, sin muchas ganas de volver al jolgorio. Estaba en el rincón del fondo, fuera de la vista, cuando Connor entró a por algo de beber.

—Te dejé un poco abandonado, ¿no? —Laura frunció el ceño—. Lo siento, papá.

—Qué va —sonreí—. La cuestión es que allí estaba yo sentado, tomando un vino, cuando Connor entró y se sirvió una cerveza. Se apoyó en la encimera y encendió un cigarrillo. Mientras bebía y fumaba, se quedó mirando algo en la cocina. Luego se acercó y se puso en cuclillas delante de un aparador de la pared y abrió la puerta. Miró dentro y dijo: «No estoy tan loco, después de todo».

—Qué cosa más rara de decir —Stewart rascó el lomo de Dante, y el caniche gimoteó de placer—, pero ¿qué diablos significaba?

—Ese armario obviamente representaba algún tipo de recuerdo para él. En sus notas incluso escribió la palabra «aparador». Todo suena un poco extraño, pero si le añades otro comentario peculiar que le hizo a Laura, empieza a cobrar más sentido. —Hice una pausa para dejar hablar a Laura.

Me miró desconcertada un momento y luego vi que entendía de qué estaba hablando.

—Sí, dijo algo sobre una mujer gorda: «Quizá cree que puede encerrarme como antes, pero ahora soy demasiado mayor». ¿Crees que se refería a alguien que lo encerraba dentro de un aparador?

Asentí con la cabeza.

—Creo que sí. Creo que Sarabeth quizá lo metía dentro de ese armario, probablemente para castigarle. Imagino que era un niño bastante revoltoso.

—También era un poco claustrofóbico —dijo Laura—. Tal vez por eso.

—Son especulaciones interesantes —intervino Ray—, pero ¿cómo se vincula todo eso a la muerte de Norris?

Stewart resopló.

—Vamos, Ray, no seas tan tonto. ¿Recuerdas el viejo dicho, «las paredes oyen»? —Sacudió la cabeza—. Seguramente encerraron al chico en el armario y se olvidaron de que estaba allí. A saber lo que oyó.

—Aparecía una cría en la obra —dijo Laura—. Una cría llamada Connie, o al menos yo creía que era una niña.

—Pero Connie también podría ser un diminutivo de Connor —dijo Sean—. Tal vez prefería llamarse así. Recuerdo que a mí me costaba decir «Laura» de pequeño. —Sonrió a su hermana—. Te llamé «Lora» hasta los cinco o seis años.

—¿Qué es eso de la obra? —pregunta Ray desconcertado.

Y no podía culparlo. No tenía todos los detalles. Me apresuré a explicarle.

—Hay escenas en la obra que recuerdan a lo que ocurrió en la familia Norris. De hecho, la familia de la obra se llama Ferris, que se parece bastante a Norris.

—¿Así que crees que la obra que Lawton estaba escribiendo se basaba en sus recuerdos de infancia? —Ray garabateó un poco más en su cuaderno—. Fascinante.

—Memoria reprimida, ¿no es así como lo llaman? —preguntó Stewart.

—Sí —dije—. Según Laura, Connor no recordaba mucho de su vida en Athena hasta que volvió aquí. Entonces, poco a poco, los recuerdos empezaron a aflorar.

—Fue entonces cuando cambió totalmente el enfoque de la obra. —Laura se pasó una mano por el pelo un par de veces—. Al principio quizá no era consciente de lo que hacía. La historia estaba ahí, en su subconsciente, y salió a la luz. Cuanto más escribía, cuanto más veía a la gente y los lugares de aquí, más recuerdos afloraban.

—Eso es exactamente lo que creo que ha pasado. —Asentí, orgulloso de mi hija.

—Entonces, básicamente lo que me estás diciendo es esto —Ray fijó la mirada en mí—: Sarabeth Norris ahogó a su padre en la bañera porque el viejo se negó a ayudar a su hermano. Lawton oyó algo que podía incriminarla, posiblemente cuando estaba encerrado en el aparador de la cocina. Casi treinta años después, regresa a Athena y empieza a escribir una obra de teatro, y esa obra va de lo que le pasó a la familia Norris.

—Sí, a grandes rasgos es la idea —Sean asintió—. Entonces Sarabeth, o su hermano, quizá, mataron a Lawton porque querían detener el proyecto. Probablemente temían que la gente recordara la muerte de su padre una vez que vieran la obra y empezaran a relacionar ambas cosas.

—Me parece un poco rocambolesco —dijo Appleby—. Como una de esas historias de Agatha Christie —meneó la cabeza—. Pero es tan extraño que podría ser cierto. ¿Qué esperas que haga yo?

—Nada, de momento —dije—. Todo son especulaciones. Ni siquiera sabemos seguro si a Connor lo asesinaron, aunque apostaría que sí a ciegas. Lo único que hay que hacer es exponerle estos datos a Kanesha Berry y dejar que ella se encargue.

—¿Hay algún otro sospechoso? Hasta ahora no ha dicho mucho a la prensa sobre la investigación, simplemente los comentarios habituales de que están siguiendo distintas pistas. —Ray sonaba contrariado.

Había estado tan absorto desarrollando mi hipótesis difusa hasta convertirla en una teoría en toda regla que me había olvidado por completo de Ralph y Magda Johnston. Todos habíamos hablado sin tapujos con Ray sobre la supuesta implicación de Sarabeth en la muerte de Connor, principalmente porque yo necesitaba información que solo Ray podía proporcionarme. Pero, ¿podría justificarse contarle al periodista los trapos sucios de los Johnston?

Me di cuenta de que Laura, Sean y Stewart me miraban expectantes, esperando a que respondiera la pregunta.

—Supongo que debe de haberlo —dijo Ray con una sonrisita—. Si no, ya lo habrías negado. Entonces, ¿quién es?

—Me veo en un terrible dilema —dije en un intento de ganar tiempo. Seguí pensando. Podía contarle lo que Helen Louise me había dicho, porque evidentemente los problemas matrimoniales de los Johnston eran de sobra conocidos en la ciudad, pero no creía prudente mencionar nada sobre la carta que Connor escribió acerca de la obra de Ralph.

—Bien, vamos allá —dije, y cuatro pares de ojos me miraron fijamente—. Connor tenía una aventura con una mujer casada, una mujer que aparentemente tiene fama de acostarse con cualquiera.

—Te refieres a Magda Johnston. —La afirmación de Ray no me sorprendió.

—Sí. Supe por una fuente muy fiable que a ella y a Connor los habían visto juntos en varias ocasiones, y que por cómo actuaban estaba claro que tenían una aventura. —Todo eso era tan sórdido como la historia de la familia Norris, pero en algún rincón en medio de esa sordidez se hallaba la respuesta a la muerte de Connor, y quizá también a la de Hubert Norris.

—Johnston, de hecho, intentó pegarle a aquel deportista que se tiraba a su mujer. —Ray ladeó la cabeza mientras me miraba—. Así que quizás Johnston finalmente se volvió loco y se cargó al tipo con el que se acostaba su mujer, ¿no? —asintió—. Eso no me parece tan descabellado. Hay todo tipo de historias sobre esos dos lunáticos.

—Además hay otro motivo sobre el que no puedo entrar en detalles —dije, sintiéndome un poco ridículo—, pero tiene que ver con un asunto profesional.

—Déjame adivinar —dijo Ray, con un destello especulativo en los ojos—. Ralph Johnston..., perdón, *Montana* Johnston... se cree todo un dramaturgo. —Resopló burlonamente—. Pero vi esa obra suya y era malísima. Seguro que tu gato podría escribir algo más digno.

Sonreí con cariño a Diesel, tumbado junto a mi silla con la cabeza apoyada en las patas delanteras.

—No te lo voy a discutir. Yo también vi la obra.

—Entonces apuesto a que Lawton habló de la obra de Johnston. —Ray sonrió—. Entrevisté a Lawton justo después de que llegara a la ciudad, y era un tipo bastante engreído. Omití algunos de los desagradables comentarios que hizo sobre la facultad de Bellas Artes.

—No puedo confirmar ni negar tu conclusión.

Sonreí. Ray Appleby era agudo, tenía que admitirlo.

—No hace falta —asintió Ray—. También he entrevistado a Johnston un par de veces. Es su mayor admirador, créeme, y sé que no se tomaría muy bien que alguien como Lawton viniera a decirle que es un idiota.

—¿Qué hacemos ahora? ¿Invitarlos a todos a tomar el té en la biblioteca, para que tú hagas tu mejor imitación de Hércules Poirot y desveles el misterio? —La pregunta jocosa de Stewart iba dirigida a mí.

—No es justo eso lo que tenía en mente —dije en tono cordial—. Me propongo tan solo exponérselo a Kanesha y dejar que a partir de ahí ella se encargue. No quiero más incidentes... —me interrumpí en seco, acordándome demasiado tarde de que no quería sacar a relucir los ataques a Laura delante del periodista.

Ray cazó al vuelo mi desliz.

—¿Incidentes? ¿Como cuáles?

Aguardó una respuesta, pero cuando ninguno de nosotros respondió, continuó:

—Debe de ser por eso que la policía ha puesto vigilancia en vuestra casa. A menos, claro, que uno de vosotros sea sospechoso. —Nos miró uno por uno, y luego centró su atención en Laura—. Conocías muy bien a Lawton, ¿verdad?

—Así es —dijo Laura—. Pero no tuve nada que ver con su asesinato. Y tampoco nadie más en esta habitación.

Ray me observó.

—La verdad es que no creo que ninguno de vosotros sea un asesino, aunque parecéis tener un don para que los asesinatos os salpiquen de cerca. Dime, entonces, ¿por qué la policía está vigilando tu casa?

Supuse que no podía seguir postergándolo.

—Ha habido un par de ataques dirigidos a Laura. La asaltaron en su despacho del campus, y esta mañana temprano llegó un sobre con el correo, a su nombre, que quizá sea un paquete explosivo. —Omití el incendio frustrado.

Ray silbó y miró a Laura.

—Sin duda alguien la tiene tomada contigo. ¿Por qué?

—No lo sabemos —contestó Sean secamente—. Quienquiera que esté detrás de estos ataques debe de creer que mi hermana sabe algo comprometedor.

—Algo que Lawton te contó a ti y nadie más sabe... —Ray seguía concentrado en Laura.

Ella se encogió de hombros.

—No tengo ni idea de qué puede ser. Cualquier cosa que me parecía pertinente ya la he hablado con mi padre y mi hermano.

Ray se volvió hacia mí.

—Sabes, cuanto más lo pienso, más raro me parece. Tienes al viejo Norris, muerto por ahogamiento en una bañera, ¿verdad? Y luego a Lawton, ¿cómo murió?

—Asfixia, creo. —Me preguntaba adónde quería llegar Ray con esto.

Ray asintió.

—De acuerdo. Luego está esta mujer, Damitra Vane. Tiene que estar relacionada, claro, ya que la única razón de que estuviera en la ciudad era Lawton, ¿verdad?

Asentí.

—A ella la apuñalaron. —Ray pareció pensativo mientras continuaba—. Luego atacaron a tu hija en su despacho. También me dices ahora que le enviaron un paquete bomba.

Asentí de nuevo. Además estaba el incendio, pero seguí sin mencionarlo. Empezaba a entender por dónde iba.

—Dos hombres murieron asfixiados. Cruel, pero no sanguinario, ¿verdad? —Ray nos miró uno por uno, y todos asentimos—. Luego tienes un apuñalamiento, una agresión y una bomba. Todo muy violento.

Hizo una pausa y volvimos a asentir.

—¿No lo veis? —preguntó Ray—. Me parece que estamos hablando de actos cometidos por dos personas distintas.

CAPÍTULO CUARENTA

No me sorprendió tanto como a los demás la conclusión que sacó Ray de los asesinatos. Aunque no tenía ni idea de si tenía razón, había captado algo que a mí me estaba rondando ya.

—Creo que es un razonamiento válido, Ray —dijo Sean—. El asesinato es un crimen violento, pero hay niveles de violencia. Me pregunto qué perfil haría un experto de los tres asesinatos, un asalto y una carta bomba.

—Un criminólogo tal vez buscaría a alguien con antecedentes violentos —respondió Ray—. Como Levi Norris. Ha estado metido en problemas desde que era un niño. Problemas cada vez más agresivos, incluyendo intento de violación.

—Sabemos algo de eso —dijo Laura—. Papá encontró artículos de prensa.

—La policía y la comisaría del condado conocen a fondo la historia de Levi. Por lo que sé, los últimos diez años se ha mantenido bastante limpio, pero no me sorprendería nada que estuviera detrás del apuñalamiento, el asalto y la carta bomba.

—Quiero que no haya más actos de violencia y proteger a mi familia —dije con más ferocidad de la que pretendía. Supuse que me salía el miedo inconsciente por la seguridad de mi familia—. Kanesha va a tener que escucharme ahora mismo.

—Probablemente sea la señal de que debo irme ya. —Ray Appleby se levantó y guardó el cuaderno y el bolígrafo—. De todos modos no me dejaría estar presente, aunque aceptara hablar contigo. —Miró a Stewart de un modo que me pareció estudiadamente despreocupado—. Además, la cena me espera en casa.

—Qué encanto. —Stewart arqueó las cejas e inclinó ligeramente la cabeza—. ¿Quién es esta semana, Ray?

El periodista se puso colorado como la grana y pensé que le daba un ataque ahí mismo. Stewart puso una sonrisa angelical, mientras Laura y Sean volvían la cabeza hacia otro lado. Ray se quedó un momento más en silencio y se le bajaron los colores. Me hizo un gesto con la cabeza.

—Me pondré en contacto contigo más tarde, cuando hayan dado alguna declaración desde la comisaría del condado. Realmente creo que vas bien encaminado con Sarabeth y Levi Norris.

Lo acompañé hasta la puerta principal; cuando volví a la cocina, los demás se estaban tronchando de la risa.

—No puedo creer que seas tan perverso —dijo Laura, señalando con el dedo a Stewart—. Eso no ha estado bien. —Sonrió.

—Una reina tiene privilegios —contestó Stewart con una sonrisa burlona—. Algún día te contaré toda la aburrida historia, querida, pero déjame decirte que tengo mis razones. —Le hizo una caída de ojos a mi hija—. Y son buenas. —Alargó la última palabra hasta que sonó como si tuviera cinco sílabas.

Sean resopló.

—Prométeme que dejarás de hacer el numerito a lo Jack McFarland un día de estos antes de volvernos locos a todos, ¿vale?

Stewart y Laura soltaron una carcajada.

Aguardé con paciencia hasta que se calmó la guasa, intentando no sonreír. Cuando los tres se serenaron lo suficiente como para concentrarse en mí, les dije:

—Es hora de ponerse serios, tropa. Voy a llamar a Kanesha para intentar que me escuche. Hemos montado un guion interesante, pero no tenemos ni idea de qué tipo de pruebas hay. Tal vez necesita un detalle de toda la información que hemos reunido, tal vez no. Pero quiero que el caso se resuelva lo antes posible, porque no me gusta la idea de que mi familia esté bajo la amenaza de más violencia.

Diesel se acercó a mí y se frotó contra mis piernas, maullando. Se había dado cuenta de mi nerviosismo, una mezcla de euforia y temor. Le rasqué la cabeza y le murmuré que todo iba bien, hasta que dejó de murmurar y se relajó recostado en mí.

—Por supuesto, papá —dijo Sean—. Dinos si quieres que hagamos algo.

—Gracias, hijo. Sé que puedo contar con vosotros. —Hice una pausa—. Lo principal es mantenernos unidos y no permitir que Levi o Sarabeth se acerquen a ninguno de nosotros hasta que esto acabe.

—¿Estás convencido de que son ellos y no los Johnston? —dijo Stewart, dejando en el suelo a un inquieto Dante, que corrió hacia el lavadero y su cuenco de agua.

—Sí, lo estoy. —Le rasqué la cabeza a Diesel porque notaba de nuevo su zozobra—. Por Hubert Norris, principalmente. Su muerte fue demasiado oportuna. Tiene que estar relacionada con el presente.

—Creo que tienes razón —dijo Stewart—. No sé vosotros, pero yo tengo hambre. Respecto a eso sí puedo hacer algo. ¿Qué tal si empiezo a preparar la cena mientras Charlie llama a la Mujer Maravilla?

—Buena idea —dijo Laura—. Yo también tengo hambre. Te ayudaré.

—Y yo —dijo Sean—. A menos que me necesites para algo, papá.

—No, adelante. Iré al estudio y llamaré a Kanesha desde allí.

Diesel me acompañó al estudio. Me senté en el escritorio mientras se subía al sofá y se acurrucaba en su manta. Maulló un par de veces, como invitándome a reunirme con él. Ya sabía lo que quería, por supuesto: que le rascara la espalda y le frotara la tripa, por lo que me recompensaría con ronroneos y gorjeos.

—En un minuto, muchacho —le dije—. Tengo que hacer esta llamada primero.

No me entusiasmaba la idea de charlar con Kanesha. Tal vez aún estuviera enfadada por la escena del otro día con su madre. No podía evitar sentirme un entrometido, pero Kanesha no era del todo racional cuando se trataba de su madre. Yo no le tenía miedo, simplemente no me gusta demasiado confrontar. Hablar con ella siempre me parecía más una confrontación que una conversación. Aun así le había proporcionado información de interés en dos investigaciones anteriores, y quizá esta vez estaría dispuesta a escucharme.

Marqué el número que ya me sabía de memoria y esperé respuesta.

—¿Podría hablar con la inspectora Berry, por favor? Soy Charlie Harris y tengo noticias urgentes para ella.

La voz al otro lado del teléfono lamentó que la inspectora no estuviese disponible y me invitó a dejarle un mensaje y un número de teléfono para devolverme la llamada. Con una clara sensación de desencanto, insistí que necesitaba hablar con ella urgentemente y di mi número de móvil.

—Puede llamarme a cualquier hora.

Me aseguraron que le entregarían el mensaje, y eso fue todo. Colgué y me quedé mirando los papeles de la mesa.

No sabía cuánto tiempo pasaría hasta que Kanesha me devolviera la llamada. ¿Minutos? ¿Horas? Era frustrante no poder desahogarme y pasarle el testigo.

Sean interrumpió mis cavilaciones.

—Papá, ¿podemos hablar un minuto?

Me giré y lo vi entrar en el estudio. Asentí con la cabeza.

—¿Qué pasa?

—Acabo de hablar por teléfono con Alexandra —dijo mientras se sentaba en el sofá. Diesel cambió de posición y empujó la pierna de Sean con las patas traseras, una clara llamada de atención. Sean sonrió y empezó a acariciarle la tripa al gato—. Me necesita mañana por la mañana. Tiene que hacer una declaración en Tupelo y quiere que la acompañe. ¿Puedes escoltar a Laura hasta que yo vuelva? Probablemente después de comer.

—Por supuesto. Llamaré a Melba a primera hora de la mañana y la avisaré de que no iré.

—Siento que tengas que faltar al trabajo otra vez. —Sean se levantó, y Diesel refunfuñó al echar de menos las caricias—. ¿Has hablado ya con Kanesha?

—No hay problema porque falte al trabajo —dije—. Y no, no he hablado con Kanesha. No estaba disponible y tuve que dejarle un mensaje.

—Qué fastidio —dijo Sean con una sonrisa comprensiva. Sabía lo impaciente que podía ponerme en situaciones como esa—. La cena no tardará. Te daré una voz cuando esté lista.

—Gracias.

Cuando se marchó, me volví hacia los papeles de mi escritorio. Tal vez debía revisarlos y tomar mis propias notas, que me ayudarían a organizarme las ideas para cuando hablara con Kanesha.

Busqué un bolígrafo y un bloc de notas y me puse manos a la obra. Unos minutos más tarde sentí una zarpa en el muslo, y entonces Diesel me metió la cabeza por debajo de un brazo y empujó. Dejé el bolígrafo y le froté la coronilla.

—Lo siento, chico, sé que quieres un poco de atención. Ahora estoy ocupado, así que tendrás que perdonarme.

Diesel respondió con unos maullidos quejumbrosos, pero las continuas cosquillas convirtieron los maullidos en alegres gorjeos. Sean me llamó para cenar antes de que pudiera volver a mis notas, y Diesel y yo nos dirigimos a la cocina.

Aquella noche me costó conciliar el sueño. Kanesha aún no me había devuelto la llamada, y necesité todas mis fuerzas para dominarme y no llamar a la comisaría cada media hora. Podría haber intentado hablar con otra persona, al menos para apaciguar mi creciente necesidad de compartir la teoría a la que había llegado, pero sabía que Kanesha era quien tendría que decidir qué hacer con esa información, así que me convenía esperar hasta poder contárselo personalmente.

El sueño, cuando llegó, no fue especialmente reparador, y cuando a la mañana siguiente sonó el despertador me entraron ganas de darle con un bate de béisbol. Diesel, que había estado durmiendo a mi lado, percibió mi mal humor e hizo lo que yo llamaba sus «monerías». Miradas dulces, gorjeos simpáticos y estiramientos lánguidos para ablandarme y que acabara diciéndole: «Ay, pero qué muchacho tan dulce, simpático y adorable eres», palabras de cariño que me levantaban el ánimo.

Naturalmente, no pude resistirlo, y me sentía mejor cuando bajé a desayunar. Sin embargo, pensando en la mañana que me esperaba, y preocupado por la falta de respuesta de Kanesha, volví a ponerme de mal humor. Contemplé la posibilidad de insistirle a Laura para que se quedara en casa, pero sabía que discutiría conmigo.

Llegamos a su despacho en el campus unos minutos antes de las nueve, con Diesel a la zaga, que inspeccionó el lugar mientras yo me acomodaba en la única silla para las visitas. Laura encendió el ordenador y se dispuso a leer el correo electrónico.

—Hay café en la zona común del personal —me dijo.

—Estoy bien. —Me había tomado las dos tazas de rigor antes de salir de casa—. No te preocupes por mí. Tú concéntrate en tu trabajo, me quedaré aquí leyendo. Diesel se calmará enseguida, cuando haya husmeado todo lo que haya que husmear por aquí.

Laura sonrió mientras observaba al gato un momento.

—Desde luego es un gato curioso, ¿eh? —Volvió a la pantalla de su ordenador y pronto se quedó absorta en su tarea.

Saqué un libro del maletín y me dispuse a leer. En momentos de estrés suelo releer mis favoritos de siempre, y esta mañana había sacado una novela de la estantería, *La indomable Sophia*, de Georgette Heyer. Pronto me sumergí en sus páginas y apenas me di cuenta cuando Diesel vino a estirarse debajo de mi silla.

Había leído unas veinte páginas cuando me sobresaltó una visita inesperada.

—Buenos días. —Sarabeth Conley estaba en la puerta—. ¿Puedo pasar?

CAPÍTULO CUARENTA Y UNO

Esperaba que hubiéramos podido evitar a Sarabeth, al menos hasta tener la oportunidad de hablar con Kanesha, pero allí estaba, en el umbral de la puerta, ofreciendo una tímida sonrisa mirando a Laura. Me levanté y me esforcé por sonreír.

—Buenos días. ¿Quiere sentarse?

Sarabeth vio a Diesel debajo de la silla.

—Dios mío, qué gato tan grande. No morderá, ¿verdad?

—No, a menos que lo trate mal. —Laura, con expresión neutra, miró a Sarabeth—. Entonces podría arrancarle la pierna a mordiscos.

Sarabeth soltó una risita nerviosa y paseó la mirada de Laura a Diesel.

—Descuide —le dije—. Siéntese. No la molestará.

Cuando Sarabeth hizo ademán de acercarse a él, Diesel se arrastró desde debajo de la silla y rodeó el escritorio para ir al lado de Laura. Sarabeth ocupó la silla y yo me coloqué contra la pared, entre ambas. Si intentaba algo, podría bloquearle el paso antes de que llegara a mi hija.

—¿Qué podemos hacer por usted? —El tono de Laura era frío pero profesional.

—Solo quería ver cómo estabas —dijo Sarabeth—. Después de aquel feo golpe en la cabeza. Espero que te encuentres mucho mejor.

Sarabeth sonaba completamente sincera, y me pregunté si tendría alguna experiencia como actriz. Sabía que yo tendría que recurrir a todas mis dotes interpretativas para que no se diera cuenta de que sospechaba de ella.

—Me encuentro bien —dijo Laura—. Por suerte tengo la cabeza dura. —Me lanzó una mirada pícara antes de volverse solemnemente hacia Sarabeth—. Resulta que soy difícil de matar.

Sarabeth frunció el ceño.

—¿De qué estás hablando? No creerás que quien te asaltó aquí intentaba matarte, ¿verdad?

Se había metido a fondo en el papel. En cierto modo, no podía dejar de admirar el valor que tenía. Estaba bastante seguro de que su hermano Levi era quien había golpeado a Laura, y ella al menos debía de saberlo, si es que no lo había consentido.

—Ah, ese golpe en la cabeza no fue gran cosa. —El tono despreocupado de Laura me alertó de que tramaba algo. Intenté mirarla a los ojos, pero me rehuyó—. Pero si a eso le sumamos un intento frustrado de quemar nuestra casa mientras todos dormíamos, y luego un paquete bomba que mandaron a mi nombre, según mis cálculos nos da un intento de asesinato. ¿No cree?

Sarabeth palideció y se llevó la mano al corazón. Por un momento temí que se desmayara. Se aferró a la silla con la otra mano.

—¿Quemar vuestra casa? —Su voz salió crispada en un susurro—. ¿Paquete bomba?

Laura asintió.

—Bastante desagradable, ¿no?

—¿Hubo... hubo alguien herido? —Sarabeth todavía tenía una mano en el pecho. No había recuperado el color de la cara y respiraba agitada.

¿Tenía que llamar a emergencias? ¿Le iba a dar un infarto? Si estaba actuando, lo estaba llevando demasiado lejos.

—¿Estás bien, Sarabeth? —Me acerqué—. No te veo muy buen aspecto.

Sacudió la cabeza.

—Se me pasará en un minuto. Supongo que es la impresión. No tenía ni idea de que hubieran pasado esas cosas. Jamás imaginé que... —Se interrumpió, parecía confundida.

—Perdona, ¿qué ha querido decir? —preguntó Laura, con expresión dura.

—Nada —dijo Sarabeth. Se puso en pie—. En realidad, nada. Me alegro de que estés a salvo, pero realmente tengo que volver a mi despacho. Hay algo urgente de lo que me acabo de acordar.

—Por supuesto —dijo Laura, y ambos la observamos mientras se alejaba.

En cuanto pensé que ya no nos oía, hablé.

—Eso ha sido muy extraño. Si decía la verdad, no sabía nada del intento de incendio ni de la carta bomba. ¿Crees que estaba fingiendo?

—Difícil saberlo. —Laura se mordió el labio inferior un momento mientras reflexionaba—. Si actuaba, ahora mismo debería estar en Broadway, porque es brillante. —Hizo una pausa y sacudió la cabeza—. Pero no creo que fuera teatro. Creo que estaba sorprendida y disgustada de verdad.

Antes de que pudiera continuar, llamaron a la puerta. De repente me di cuenta de que había bajado la guardia. Sin embargo, Diesel empezó a maullar mientras rodeaba el escritorio para saludar a la nueva visitante. Kanesha Berry estaba en la puerta.

—Buenos días, señor Harris, señorita Harris. He pasado por su casa y el señor Delacorte me dijo que estarían aquí. —Miró al gato, ahora plantado delante de ella observándola—. Hola, gato.

Diesel volvió a maullar.

—Pase, inspectora —le dije—. Me alegro de verla.

Kanesha esquivó a Diesel, pero el gato la siguió esos pocos pasos. Le señalé la silla.

—Por favor, siéntese.

—Gracias —dijo Kanesha. Empezó a sentarse, pero se detuvo bruscamente y señaló algo en el asiento—. ¿Qué es esto? ¿De dónde ha salido?

Me acerqué para ver de qué hablaba. En el centro del asiento había una lentejuela morada y dos pequeños abalorios.

—Probablemente se desprendieron del vestido de Sarabeth —dije—. O caftán, mejor dicho. Algunos que suele llevar son muy recargados. Llenos de abalorios y lentejuelas y adornos por todas partes. —Hice un movimiento para barrerlos de la silla, pero Kanesha me detuvo.

—¿Sarabeth Conley? —dijo—. ¿Son de su ropa?

El tono agudo con que lo preguntó insinuaba que había algo significativo en aquellos detallitos.

—Sí, ha estado aquí hablando con nosotros y se ha sentado en la silla. Yo la he ocupado antes de que ella entrara, y entonces no estaban.

Kanesha sacó el teléfono móvil.

—Bates, ven y trae el equipo —dijo tan solo, y colgó—. Tiene algo urgente que hablar conmigo. ¿De qué se trata?

Miré la silla y volví a mirarla a ella. Su expresión no cambió. Yo ardía de curiosidad, y me bastó un rápido vistazo a Laura para saber que mi hija también.

—Sí, lo sé. Es sobre los asesinatos. Nos hemos topado con información que debería estar en su poder, en caso de que no la tenga ya.

Kanesha no se inmutó, pero de algún modo pude notar su irritación.

—Bueno, continúe. ¿De qué se trata?

—Es sobre la familia Norris. No sé si recuerda cuando murió el padre de Sarabeth, Hubert, hace casi treinta años.

Su expresión cambió a una de mínimo interés.

—Estaba en el instituto. Lo recuerdo vagamente.

—Consideraron que murió por un accidente fortuito. Se ahogó en la bañera después de beber *whisky*. Hubo una investigación que duró tres meses, pero el veredicto final fue muerte accidental.

—Pero es obvio que usted cree que había algo más. —Kanesha cruzó los brazos sobre el pecho y se apoyó en el marco de la puerta.

—Creo que podrían haberlo asesinado. —Me apresuré a explicarle cómo, pero antes de que pudiera hablar de los motivos, apareció el agente Bates.

—Disculpe. —Kanesha le señaló el asiento—. Mete eso en una bolsa y etiquétalo a nombre de Sarabeth Norris.

Bates se puso a trabajar de inmediato y Kanesha volvió a prestarme atención.

—Por favor, continúe.

Accedí y pasé varios minutos esbozando los puntos principales que quería exponer. Bates terminó la tarea mientras yo hablaba y Kanesha le indicó que esperara en el pasillo. Laura contuvo a Diesel a su lado y lo hizo callar un par de veces cuando intentó aportar algo a mi relato. A Kanesha eso no pareció hacerle gracia, aunque tuve que reprimir una sonrisa.

Cuando por fin acabé, me pareció ver la sombra de una sonrisa rondando los labios de Kanesha.

—Interesante —asintió—. ¿Algo más?

Decidí contarle el extraño comportamiento de Sarabeth esta mañana.

—¿Qué opina? —le pregunté al concluir.

—También interesante. Todo empieza a encajar —Kanesha asintió de nuevo—. Agradezco la información, señor Harris. —Dio media vuelta como si fuera a marcharse.

—Vamos —dije—. No puede irse y no decirnos nada más que eso.

Se volvió con una sonrisa de verdad.

—No, supongo que no. —Miró a Laura y luego a mí—. Gracias a esa quincalla de la silla, ahora tengo pruebas bastante concluyentes de que Sarabeth Conley asesinó a Connor Lawton.

CAPÍTULO CUARENTA Y DOS

—¿Una lentejuela y dos abalorios son pruebas concluyentes? ¿Cómo? ¿Habrían encontrado objetos similares en el apartamento de Connor?

—De acuerdo, lo que voy a contar aún no se ha hecho público oficialmente, pero como son lo más parecido a una familia que tenía Lawton, creo que deben saberlo.

Kanesha hizo una pausa para asomar la cabeza por la puerta y deliberar brevemente con Bates. Cuando terminó, cerró la puerta y se apoyó con todo su peso.

—¿Por qué no se sienta? —señaló la silla con la cabeza.

—De acuerdo.

Me senté, deseando que se diera prisa y empezara a hablar.

—La autopsia de Lawton no ha concluido, pero sabemos que murió asfixiado. Tenía un alto contenido de alcohol en sangre, así que lo más probable es que estuviera inconsciente cuando ocurrió y que muriera sin llegar a despertarse.

Miré a Laura de reojo y, aunque había palidecido, parecía serena. La compadecí de todo corazón, porque sabía qué mal trago era para ella. Tener que oír los detalles de cómo murió un amigo nunca es fácil.

Al ver que ni Laura ni yo hacíamos ningún comentario, Kanesha continuó.

—La forense al principio no lograba entender cómo había sido, pero encontró unos cuerpos extraños alojados en sus fosas nasales y en la barba. Yo no tenía ni idea de dónde provenían hasta hoy.

—Abalorios y lentejuelas —dije, estupefacto—. De uno de los caftanes de Sarabeth... pero ¿cómo?

—Es una mujer corpulenta —dijo Kanesha—. Creo que tal vez se sentó encima de su cabeza hasta asfixiarlo.

Laura soltó un grito, y no pude culparla. La imagen que evocaban las palabras de Kanesha era perturbadora. Me levanté de la silla y fui a consolar a mi hija.

—Lo siento mucho, cariño —le susurré, agachado junto a su silla. La abracé y apoyó un momento la cabeza en mi hombro. Luego se apartó para buscar un pañuelo y enjugarse las lágrimas.

—Lo siento —dijo Kanesha—. Sé que es tremendo, pero creo que así es como ocurrió.

—Tiene razón. —Sacudí la cabeza mientras me levantaba, sin moverme del lado de Laura—. Es muy fácil de visualizar, por desgracia. En ambos casos, tomó el atajo más rápido, y el hecho de que sea alta y fuerte lo hizo mucho más simple.

Diesel se frotó con fuerza contra mis piernas, buscando consuelo, y yo le acaricié la cabeza.

—Sí. Voy a ir a detenerla en cuanto consiga la orden, y ya no tendrán que preocuparse por ella. —Kanesha sonrió con tristeza.

—Eso es estupendo —dije—. Pero ¿qué hay de Levi Norris? ¿Cree que es responsable del asesinato de Damitra Vane y de los demás?

—Esa es una de las razones por las que yo también quería hablar con usted esta mañana. —Kanesha sonó petulante—. Por cierto, aquello era un paquete bomba, y fue inteligente al hacer exactamente lo que hizo. Podría haber matado a quien lo abriera y a cualquiera que estuviese cerca.

Por un momento sentí que me iba a desmayar. Me apoyé en la silla de Laura. Conseguí recomponerme cuando oí a Laura asustada:

—¡Papá! Papá, ¿estás bien?

—Estoy bien, sí —dije, aunque la voz me sonaba tensa incluso a mí.

Laura se levantó e insistió en que ocupara su silla. Como aún me temblaban las rodillas, le hice caso y se quedó a mi lado pasándome un brazo por los hombros.

Kanesha, con expresión culpable, se disculpó.

—No pensé que reaccionaría así. A veces no debería ser tan brusca.

Asentí pero no hice ningún comentario. Después de un momento, continuó.

—Tampoco tendrá que preocuparse por Levi Norris. La policía lo detuvo hace una hora y está en la cárcel, pendiente de cargos.

—¿Por qué? —preguntó Laura.

—Asesinato, concretamente el asesinato de Damitra Vane —dijo Kanesha. Hizo una pausa—. No entraré en detalles, pero Norris dejó pruebas en la escena del crimen que lo incriminan.

—¿Qué tipo de pruebas? —Me preguntaba qué le había hecho tropezar.

—Digamos que dejó rastros de cierta clase, y dejémoslo ahí. —Kanesha frunció el ceño, claramente intentando disuadirme de seguir indagando.

Entonces caí en la cuenta de lo que probablemente insinuaba, y me sentí tan asqueado y horrorizado que no quise saber nada más. Ver la cara de Laura me dijo que ella también se había dado cuenta.

—Siento que usted y su familia hayan tenido que pasar por todo esto. —La expresión de solidaridad de Kanesha me conmovió. Por una vez creí de verdad que lo sentía—. Pero ya ha pasado. Están a salvo.

—Gracias, inspectora —dije—. Estoy tan aliviado que no sé ni cómo expresarlo.

—Yo también —dijo Laura.

Diesel tuvo que añadir su granito de arena, y eso alivió la tensión. Hasta Kanesha se rio. Se despidió de nosotros y desapareció por la puerta.

Miré a Laura, que seguía apoyada en mí, y sonreí.

—Vayamos a casa y compartamos las buenas noticias.

El fin de semana siguiente, estábamos todos reunidos en la cocina, junto con Frank Salisbury y Helen Louise Brady. Sean había invitado a Alexandra Pendergrast, pero no pudo acompañarnos. Helen Louise puso el postre, Stewart se lució con una cena magnífica y Frank trajo el vino. El ambiente era festivo y lo celebramos a lo grande.

Mientras terminábamos el postre, la conversación se centró inevitablemente en la detención de Sarabeth Conley y Levi Norris.

—Todo fue un poco decepcionante, al final. —Le di un sorbo al excelente *pinot noir* que me había servido Frank—. Estaba preparado para discutir con Kanesha y luchar para que me escuchara. Sabía que iba a rebatirme, pero al final resultó que no tuve que enfrentarme a nadie.

—Mientras se haya acabado, ¿quién necesita enfrentarse con el asesino? —se rio Helen Louise—. Siempre parecen un poco artificiosos en algunos de los libros que leo.

—Entiendo lo que quieres decir. —Stewart negó con la cabeza—. He visto todos los episodios de *Se ha escrito un crimen*, adoro a Angela Lansbury. Pero hay que estar loco para dejar que Jessica Fletcher se acerque a menos de diez metros de tu casa. Siempre hablando de presagios de la muerte. Y esa forma de acorralar a todo el mundo y luego desvelarlo todo. —Nos regaló un estremecimiento teatral.

—Así es la televisión —resopló Sean—. Todos sabemos que no tiene mucho que ver con la vida real.

—Ya he tenido «vida real» de sobra por un tiempo —dijo Laura—. Es tan agradable disfrutar simplemente de la rutina con mis clases...

—¿Y la obra que iban a hacer tus alumnos? —preguntó Justin—. Con todo lo que ha pasado, ¿te vas a olvidar de ella?

—No, seguimos con el proyecto, solo que con otra obra. Yo sugerí varias, pero —Laura puso cara de circunstancias— Montana Johnston insistió en que hiciéramos un montaje de su nueva obra. Y por supuesto no puedo negarme.

Frank rio.

—Quizá otro fracaso estrepitoso le convenza por fin de que deje de escribir teatro. Es evidente que para eso no tiene talento.

—Sin Connor aquí para insultarle, puede ignorar prácticamente a cualquier otro. —Laura frunció el ceño, y supe que seguía afectada por la muerte de su amigo, aunque parecía ser la única.

Frank le estrechó la mano y ella sonrió. La mirada de adoración que le dirigió a Laura no sorprendió a nadie. Los dos eran ahora prácticamente inseparables, y yo seguía esperando cualquier día entrar y ver que se había mudado a casa. No habían llegado tan lejos, de todos modos, y yo lo agradecía. Soy bastante chapado a la antigua en algunas cosas, y esa era una de ellas. Si la relación prosperaba y querían irse a vivir juntos, tendría que aceptarlo, pero mientras Laura estuviera aquí, bajo mi techo... en fin, había límites.

La conversación derivó hacia otros temas y me senté a gozar viendo lo bien que se llevaban mi familia y mis amigos. Helen Louise charlaba encantada con Sean y Justin, mientras Frank, Laura y Stewart comentaban obras de teatro que habían visto en Nueva York.

Los cuadrúpedos de la familia dormían profundamente bajo la mesa, con la tripa llena, exhaustos por verse tan colmados de atenciones. Dante roncaba ligeramente y Diesel se despertaba de vez en cuando para estirarse y bostezar, antes de volver a dormirse. Sonreí y disfruté del ambiente de satisfacción y relajación que reinaba. Así es como debe ser: la familia y los amigos felices y disfrutando unos de otros.

Pensé fugazmente en Sarabeth Conley y Levi Norris y en su triste historia. Al parecer, Sarabeth seguía insistiendo en que la muerte de su padre había sido un accidente, pero admitió su culpabilidad en el asesinato de Connor. Simplemente se negó a decir por qué lo había hecho.

El día anterior me había llegado una carta suya, y en cuanto me di cuenta de quién la mandaba estuve tentado de tirarla a la basura, sin leerla siquiera, pero me picó la curiosidad.

La carta era una especie de disculpa. Sarabeth hablaba de la familia y de su importancia, en particular de la relación entre padres e hijos. «A veces —escribió—, los padres hacen cualquier cosa, incluso matar, por el bien de sus hijos. Seguro que puedes entenderlo, ¿no, Charlie?».

Lo entendía, pero no podía por más que deplorar lo que había hecho en nombre de su hermano.

Sin embargo, había algo más en la carta, y abrí los ojos como platos cuando me di cuenta de lo que Sarabeth me estaba contando.

«Tener un hijo es una responsabilidad terrible, y no siempre los educamos muy bien. Mis padres no lo hicieron demasiado bien conmigo, pero así es la vida. Hay errores que ocurren y no tienen arreglo, pero es mi hijo, aunque él no lo sepa, y le tenía que proteger. Espero que puedas comprenderlo».

Firmaba solo con su nombre de pila, Sarabeth.

Levi era su hijo. La revelación me dejó atónito.

Aún no la había compartido con nadie. No estaba seguro de si lo haría. Sarabeth me había confiado un secreto, y pensé que debía respetar su confianza, a pesar de todo lo sucedido.

Volví a centrarme en mi familia y mis amigos y dejé que el calor del hogar y la alegría me envolvieran, pensando en todo momento en lo afortunado que era y en lo agradecido que me sentía.

AGRADECIMIENTOS

Como siempre, debo dar las gracias a mis compañeros de crítica de los martes por la noche: Amy, Bob, Heather, Kay, Laura, Leanne y Millie, cuyas aportaciones marcan una gran diferencia y con quienes estoy en deuda de gratitud. Gracias también a todos los miembros del clan Hairston-Soparkar, bípedos y cuadrúpedos, por abrirnos cada martes las puertas de su estupenda casa para que trabajemos.

Mi más profundo agradecimiento por el apoyo de mi editora, Michelle Vega, y mi agente, Nancy Yost, que me han ayudado de un sinfín de maneras, todas fundamentales. Lo mismo puedo decir de mi familia de libreros: McKenna, Brenda, Anne, John y Robbie. Gracias por vender tan bien mis libros y por hacer que el tiempo que paso con ellos sea tan memorable.

Por último, quiero dar las gracias a tres amigos que siguen apoyándome y animándome: Terry Farmer, lector voraz y experto en gatos Maine Coon; Julie Herman, escritora y la mejor hermana no biológica que alguien podría tener; y Patricia R. Orr, compañera de los tiempos remotos de la facultad y amiga del alma.

COZY MYSTERY

Serie *Misterios de*
Hannah Swensen
Joanne Fluke

1

2

3

Serie *Misterios bibliófilos*
KATE CARLISLE

🏷 1   🏷 2

Serie *Misterios de una diva* doméstica
KRISTA DAVIS

🍲 1

Serie *Coffee Lovers Club*
CLEO COYLE

☕ 1   ☕ 2

Serie *Misterios en la librería Sherlock Holmes*
Vicki Delany

 I

Serie *Secretos, libros y bollos*
Ellery Adams

I

MIRANDA JAMES

Miranda James es la autora superventas del *New York Times* de la serie *Cat in the Stacks Mysteries,* que incluye los títulos *Twelve Angry Librarians, No Cats Allowed* y *Arsenic and Old Books,* así como de *Southern Ladies Mysteries,* serie que incluye *Fixing to Die, Digging Up the Dirt* y *Dead with the Wind.* James vive en Misisipi.

Más información en: catinthestacks.com
y facebook.com/mirandajamesauthor.

Descubre más títulos de la serie en:
www.almacozymystery.com

Serie
MISTERIOS FELINOS

1

2

3